环太平洋前传
PACIFIC RIM
Uprising: Ascension 破晓之光

〔美〕格里格·凯斯 著

陈拔萃 洪丹莎 译

北京联合出版公司
Beijing United Publishing Co.,Ltd.

图书在版编目（CIP）数据

环太平洋前传/（美）格里格·凯斯著；陈拔萃，
洪丹莎译 .—北京：北京联合出版公司，2018.4（2025.4 重印）
ISBN 978-7-5596-1767-5

Ⅰ.①环… Ⅱ.①格… ②陈… ③洪… Ⅲ.①科学幻
想小说—美国—现代 Ⅳ.① I712.45

中国版本图书馆 CIP 数据核字 (2018) 第 039404 号

著作权合同登记 图字：01-2018-1608

This translation of Pacific Rim Uprising: Ascension, first published in 2018, is published by arrangement with Titan Publishing Group Ltd. through The Grayhawk Agency Ltd.

© 2018 Legendary.

环太平洋前传

作　　者：［美］格里格·凯斯
译　　者：陈拔萃　洪丹莎
出 品 人：赵红仕
责任编辑：孙志文
封面设计：王　鑫

北京联合出版公司出版
（北京市西城区德外大街83号楼9层 100088）
北京新华先锋出版科技有限公司发行
三河市兴博印务有限公司印刷　新华书店经销
字数159千字　787毫米×1092毫米　1/16　16印张
2018年4月第1版　2025年4月第12次印刷
ISBN 978-7-5596-1767-5
定价：49.00元

第一部分　事故

////////////////////////////////

CHERNO-ALPHA

ЧЕРНО АЛЬФА

1

2035 年
蒙屿兰破碎穹顶
中国

破碎穹顶对欧阳金海来说并不新奇。他七岁以前的大部分时光都与家人住在香港的破碎穹顶里，还去参观过其他的破碎穹顶。在香港，他是为数不多能住在穹顶里的小孩。大人们通常不让孩子们妨碍他们工作，孩子们一般也比较听话。

但在没有重大事件时，金海和小伙伴们会偷偷溜去看机甲猎人——那些与从地底下窜出来的魔鬼般的怪兽战斗的巨型机甲。他们瞪大了眼睛惊奇地看着"切尔诺阿尔法"（Cherno Alpha）、"暴风赤红"（Crimson Typhoon）——当然还有他的最爱——"少林游侠"（Shaolin Rogue）。他们用纸皮箱做成战服和机甲，互相搏斗。他们在废弃的仓库和宽阔的机甲装备用地上玩耍，那是人们存放、维修交通工具和机甲运输直升机的地方，那里还存放着多余的已装配好的机甲部件。

突然，一切都变了。早在金海出生之前就开始攻击人类的怪兽被打败了。金海还记得人类获得胜利的那个夜晚，记得所有机甲技术人员和机械工程师们沉默的庆祝，沉重的损失让他们无法大声欢笑。

之后，他们一家从穹顶搬到了更舒适的内陆郊区居住，臭氧和机油的味道也渐渐成了遥远的记忆。转眼十年。他长大了。世界也早已物是人非。

但一切似乎又从未改变。此刻，他和其他人正上下打量着猎人海湾，端详着伫立在他们面前的雄伟无比的机甲猎人，以及释放这些机甲外出战斗的、足有三十层楼高的、矗立在海洋中的大门。

金海从来没有来过这儿。蒙屿兰破碎穹顶最近才建好，比他记忆中的香港穹顶更大、更惊艳、更现代——他居住的香港穹顶肮脏破旧、锈迹斑斑。但即便如此，他也认为，不管怎么说，香港穹顶都比郊区那儿宽阔宁静，空无一人的房子更像他的家。

他知道其他猎人学员肯定没有见识过穹顶内部的模样。当然他们可能看过图片和视频，但是，你只有真实地站在250多英尺高的机甲猎人脚下——记得，这里能容下6个如此巨大的机甲猎人——你才能真正体会到穹顶规模之巨。他还记得母亲第一次带他去看"少林游侠"的场景。那除了让他觉得自己渺小，还让他第一次觉得母亲也没有多高大，父亲也是。就连潘特考斯特元帅似乎也不是那么伟岸了。在机甲猎人面前，所有人都是那么渺小。大人和小孩儿的体型差异似乎也不值一提。

他看到其他学员凝视着"泰坦救赎者"（Titan Redeemer）这个庞然大物，震惊得合不拢嘴的画面，只觉得他们可笑。

"我已经过了对机甲感到惊奇的阶段了。"他心里想。

包括欧阳金海在内的所有人都是猎人学员。他们年纪相仿，都是十七岁左右，并且全都心怀一个梦想——有一天能驾驶这些巨型金属机甲去拯救世界。

不，只能说是大多数人。欧阳金海也早已过了梦想着拯救世界的阶段了。他来这里，有自己的理由。

其他学员中，只有一人没有张开嘴或瞪大眼睛表示讶异——维多利亚·玛丽科娃，这个俄罗斯姑娘的脸上只有不耐烦的表情。这一点让金海立马对她产生了好感。

大多数学员都提前一天到达穹顶，但维多利亚却姗姗来迟，正好赶上了开始介绍穹顶的时候。正式开始之前，他们先进入一间会议室，上交所有个人电子产品，拿到环太平洋联合军防部队（PPDC）的许可徽章，然后听管理人员重申所有关于部队猎人学院的规则和要求，尽管所有学员和他们的父母都已签名同意这些规则。走完所有程序后，兰伯特和伯克这两位驾驶员带着他们参观穹顶。

现在的穹顶和金海七岁时居住的穹顶也不是毫无变化——自从猎人计划启动以来，机甲制造技术有了极大的飞跃。比如第六代机甲是如此惊艳，就连他也为之惊奇，虽然他并不打算承认这一点，也不愿意像其他人一样发出"哇""啊"这样的赞叹。但这些机甲确实酷炫。

"你们可别指望以后像现在这么悠闲，"兰伯特对他们说，"你们要经过重重考验和挑战才能驾驶这些机甲猎人。有的人永远也没机会。今天过后，我们会开始基本训练——格斗同步训练，通过基础庞斯训练来评估你们的同步适配度——最后你们会在模拟测试中进行虚拟战斗。若进展顺利，你们就有机会驾驶'狂战士克罗诺斯'（Chronos Berserker），当然仅限在基地内。"

猎人海湾是一个巨大的环形结构。所有机甲都矗立在硕大的墙洞中。"狂战士克罗诺斯"是第五代机甲，尽管它在守卫和重建工作中发挥出色，但它从未与怪兽正面交锋。

"正如你们所见，'克罗诺斯'的头部还未接上，"伯克说道，"它在那儿，往上看。"

他指着一个墙洞的顶部，很靠近穹顶的天花板，那里有起重机架、人行过道、脚手架、头部束颈器之类乱七八糟的东西挡着，十分昏暗，大家看不清"狂战士克罗诺斯"的控制舱，只看见一片阴影。

兰伯特接过话茬儿："它的头——也就是控制舱——将会由两位即将毕业的猎人学员驾驶进行测试，他们就是布拉加和乌，明天你们就会见到他们了。现在我们乘电梯去'狂战士克罗诺斯'的控制舱，你们一定都知道驾驶员就是在那里控制机甲的。你们可以两两进入控制舱。虽然所有重要设施都已断开电源连接，但你们还是不能乱碰。机甲不是玩具，这里也不是幼儿园。带你们进控制舱的目的是为了让你们体验进入魁梧的机甲猎人内部的感觉，确保你们已经做好充分准备，无论面对什么都能全力一战。猎人训练是很艰辛的，你们肯定会时不时萌生出放弃的想法。但是我希望，在你想放弃时，这次体验能支撑你继续下去。"

他们一行人乘电梯去了穹顶的最高处。那里设置了机甲头部束颈器，可以释放"狂战士克罗诺斯"的头部控制舱，让其竖直下落与躯干相连。他们在原地等待，轮流进入。

欧阳金海注意到维多利亚悄悄离开了人群，她独自向下俯瞰着整个穹顶。过了一会儿，他跟了上去。

"这些人真是少见多怪，对吧？"他轻声说。

"这里的确是很壮观，"话是这么说，她淡漠的语气却出卖了自己，"他们中有许多人从来没想过自己会来到这儿。也许其中某些人根本不应该来。"

她说话的方式，还有用眼角轻轻瞥他一眼的动作，都让金海觉得似有敌意。

"你不认识我。"他说道。

"我知道你是搭乘部队的公务直升机来到福鼎的，"她说道，"而我是从海参崴坐火车三等座过来的。"

"嘿，"金海说，"我不是来惹你生气的。只是想聊聊天儿。"

"我不是来这里聊天儿的，"她说，"我来这里是为了接受训练、为了学习、为了驾驶机甲的。"她扬起头，看着控制舱。

"到你了。"

兰伯特在送布拉加和鸟到猎人海湾之前，对他们做了最后一次考察。布拉加和往常一样，脸上挂着灿烂的笑容。他还保留着孩童般的天真，但是是以一种最好的方式。他的好奇心并没有影响到他的专注度和努力程度，反而对二者起了促进作用。他浓密而蓬松的黑色卷发有点儿凌乱，差点儿超过了海军学校规定的头发长度。这算是他的个人风格，但他从不会让头发过长。

站在六英尺高的布拉加旁边，鸟显得很娇小。她身高略矮于五英尺，体重不到一百磅，但是兰伯特从未见过有人在格斗中比她表现得更好。她是一个目的性很强的人，并且非常自我节制。

"我也许不应该说这话，"兰伯特对他们说道，"但是我真的为你们感到骄傲。你们俩都勤奋刻苦，成为驾驶员是理所应当的。我知道此次测验感觉很特别、很严肃，但其实它和平时的模拟测验没什么两样儿。"

"长官，冒昧地说一句，"布拉加说，"身处真实的机甲猎人中——一定有所不同。"

"好吧，有一点儿不同，"兰伯特只好承认了，"但你们之间保持同步才是更重要的，而你们俩已经多次证明了自己的实力，所以只要保持冷静，不要过度兴奋，一切都将水到渠成，知道吗？"

"知道，长官。"布拉加和乌同时答道。

"好。现在我们去让新学员见识一下，让他们知道自己应该朝什么方向努力。"

"长官，我已经见过一些新学员了，"布拉加说，"他们似乎都很出色。"

"不要和他们关系太好，"兰伯特郑重地提醒道，"还记得你们班的退学率吧？"

"接近百分之六十。"乌回答道。

"接近百分之七十，我们班。"有人加入了他们的对话。

"伯克长官好。"乌说。

伯克比兰伯特矮一点儿，但体重不相上下，这多亏了伯克一身健壮的肌肉。

"终于来了。"兰伯特说，"哥们儿，你跑哪儿去了？"

"有点儿事要办，"伯克回道，"我来得不算太晚吧？"

兰伯特尽量收敛起自己的不高兴。他欣赏伯克，他们也是同步的好搭档，但是最近伯克似乎有点儿奇怪。准确地说，是变得不怎么靠谱，并且这种情况好像愈发严重了。

"我们正要去见新学员，"兰伯特说，"一起去吧。"

"今年这一批看起来年纪很小。"兰伯特悄悄对伯克说。他们俩站在一个角落里，没有人发现他们。学员们都在听布拉加说关于梦想和坚持的励志故事。

"以前我在里约只是个街头小子。"布拉加说道，"这位是乌，她的父亲是渔民，母亲是裁缝。PPDC不在乎你的出身——无论你家庭贫困还是出身富贵，社会地位是尊贵抑或低下。你自身才是最重要的……"

"那是因为你老了。"伯克说道。

"据我所知，二十七岁可不算老。"兰伯特反驳他。

"跟年纪确实有关吧？"伯克说，"在你二十多岁的时候，你还觉得自己跟他们一样，好像十七岁和二十一岁、二十一岁和二十五岁之间没有很大差距。可现实是，差距存在于……其他所有方面。听听布拉加说的话。你能想象自己重回年少，像他一样活力四射、对未来充满憧憬吗？想想过去在他这个年纪的我们。我们也曾拥有梦想。"

"我现在依然有梦想。"兰伯特反驳道。

"你跟他们不一样。他们看起来年轻是因为你跟他们已经不一样了。我们和他们都快是两个物种的生物了。"

伯克向来说话比较夸张，但却不无道理。兰伯特看着那些年轻学员，不得不承认，他对他们的情感不是朋友之间的，甚至不是兄弟之间的，更像是父子之情。

"天哪，我真的老了。"他暗自想着。

他们处理完学员的相关事宜，就走向主场馆。

尽管已经在这儿待了不止十年，猎人海湾依旧大得让兰伯特直冒鸡皮疙瘩。它实在太宏伟了，无与伦比。人类在面临灭绝时建造了它。

目前有五架机甲猎人驻守在墙洞中，包括兰伯特自己的机甲——"复仇流浪者"（Gipsy Avenger）。这个名字是向搭载了森真子和罗利·贝克特进入虫洞裂缝的第三代机甲"危险流浪者"致敬。不过兰伯特的"流浪者"是第六代，是巧夺天工的杰作，是致命的美人。

其中一架机甲已经准备出发。那就是他和学员们提到的澳大利亚产的第五代机甲——"狂战士克罗诺斯"。它的控制舱还悬挂在高处，这样布拉加和乌才能进入它。

布拉加抬起头说："听说您昨天让新学员们进入控制舱了。"

"是的。"兰伯特回复道，"别担心，他们离开后我们马上进行了完整的试运行。而且这架机甲也没什么能让他们破坏的。"

"您误会了，"布拉加说，"我只是——我想起了您带我们班进入控制舱那天。长官，那次经历确实鼓舞了我。我想再次向您致谢。"

"等你正式成为驾驶员再来谢我吧。"兰伯特说。

他和布拉加、乌握了握手，目送他们搭电梯去控制舱。

然后他前往任务指挥中心，协助监控这两位技术纯熟的学员进行最终测试。

他对新的中心控制员项点了点头。

"他们表现如何？"兰伯特问。

"就位动作老练，像老驾驶员一样，"她答道，"布拉加有点儿着急，乌则比较自如。"

不错。他不禁觉得他们俩的表现比他当初的还要好。而且他们用的还是老式的匹诺曹操作系统——驾驶员用手和脚操纵机器，然后机器才将动作传达给机甲。现在的"狂战士克罗诺斯"系统已经升级了，磁悬浮技术让驾驶员能够悬空于控制板之上。这让驾驶员——也让机甲本身——能够完成更多、更细致的动作。

"好，"项说道，"控制舱准备降落。"

"准备好了。"布拉加答道。

"狂战士克罗诺斯"的头部迅速从起重机上下落，准确与躯干对接。

"太赞了，"布拉加开心地欢呼着，"这比模拟操作过瘾多啦。我们再来一次吧！"

"好了，"项对他说，"冷静一下，布拉加。准备开启驾驶员间连线程序。"

"报告总部，准备好了。"布拉加完成确认。

"大脑半球校准中，"项答道，"大脑左半球，校准完成；大脑右半球，校准完成。开启神经元对接。"

项把一缕乌黑的发丝拨到耳后。兰伯特并不是十分了解她。蒙屿兰穹顶自建成以来，已经换过三位中心控制员了——项才来了几个星期。她曾受训于有名的蔡天童手下，这说明她应该是有能力的——但只有在紧急情况下，一个人真正的水平才能显现出来，而最近的生活比较平静。

"神经元对接完成，"项说道，"他们同步了。"

机甲模型最初设定由一人单独驾驶，实际结果却不如人意。一个人无法承受操纵机甲带来的神经负荷。两个人若各自行动，也无法通过各自控制半边机甲来达成协作，击溃怪兽。但是两个人将大脑通过庞斯技术相连，共同承担神经负荷，就可以与怪兽一战。

因此，机甲猎人需要两名——有时甚至是三名——驾驶员。

这也意味着机甲驾驶员和其他机器操控人员不同等，例如飞行员等。除了智力和体能要达标外，机甲驾驶员还要具备一项更加必要的能力，这称得上是制胜关键——同步适配能力。有的人具备该能力，有的人却没有，而少部分人可以与所有人同步。进行同步的搭档往往是兄弟姐妹、爱人或心有灵犀的人。其他人可以在训练时碰碰运气，寻找与自己合得来的人。

兰伯特就找到了这样的人，而且是两个。

布拉加与好几个学员都适配，但乌只和布拉加同步成功了。作为一支队伍，他们合作得天衣无缝，毫无疑问他们应该成为彼此的搭档。

此时此刻，兰伯特知道，他们正在分担彼此的恐惧、黑暗的过去以及疼痛的创伤。他们进入了对方的大脑，也进入了环绕着他们的机器人工神经，他们尝试寻找平静，不受记忆和过去干扰，不与之纠缠。

现在他们准备好了。

项发出指令："'狂战士克罗诺斯'，移动你的右手。"

在极为短暂的反应时间后，机甲猎人举起了它的右手。工程师们和机甲技术人员纷纷为他们鼓掌。

"很好。现在举起左手。"

狂战士举起了左手。

"右脚向前迈一步。"

没有反应。

"'狂战士克罗诺斯'，请迈右脚。"

依旧没有反应。

"布拉加？乌？"

"Meu Deus！[1]（我的天哪！）"布拉加突然大喊一声。随后乌也开始叫喊。

"怎么了？怎么了？"

---

[1] 葡萄牙语。——译者注

突然，两人同时噤声。

"怎么了？"兰伯特着急地问。

"我不知道，"项说，"我们收不到'克罗诺斯'的反馈。"

"收不到反馈？全部反馈？怎么——"

"狂战士克罗诺斯"突然身体前倾，朝空中挥了一拳，又挥了一拳，所有人都紧紧地盯着它。

他们在做什么？布拉加虽然有时候有点儿顽皮，但不至于蠢到做出如此越界的行为。而乌是绝不会允许这类恶作剧发生的。

"克罗诺斯"转过身，跑了四步，一头撞进墙里。

"搞什么？"兰伯特大吼。布拉卡和乌不是在捣乱，一定是发生了什么。一定发生了非常不对劲儿的事。

"让它停下来！"他对项说。

"不行，"项说，"故障防护系统被更改了。"

"谁干的？改成什么了？"

"某个驾驶员吧，我也不清楚。糟了！"

兰伯特也看见了。"狂战士克罗诺斯"的两边手臂各装备了一枚锤头导弹。右手臂上的发射阀刚刚开启。

"天哪，不——"

"全体人员，迅速撤离到安全区！"项几近崩溃地大喊。

但是所有人都知道来不及撤离了，他们四处奔逃，寻找距离最近的掩体。兰伯特觉得找掩体也没有意义了。锤头导弹装载着目前世界上威力最强的非核弹头。只一枚，就足以将整个穹顶打穿。

伴着一阵灼眼的火光和直升机起飞般的轰鸣声，导弹从"狂战士克罗诺斯"的手臂中射出。

导弹径直朝基地围墙射去，途中与"危险流浪者"（Gipsy Danger）擦肩而过。兰伯特看到发射出去的导弹膨胀变大，然后坠落。他呆住了。这时他才想起来，导弹虽然可以出于训练目的发射出去，但其弹药已经被移除了。

这对穹顶的所有人而言都是天大的幸事。

发生了什么？肯定是同步的问题。布拉加和乌以为自己在和什么东西搏斗。到底是什么呢？为什么会出现这种错觉？

"克罗诺斯"又挥出一拳。这一次击中了"欧米茄勇士"（Valor Omega），对它的肩膀造成了明显损坏。

一定有办法的……

"等等，"兰伯特说，"你刚才说所有故障防护系统都失效了，也包括庞斯调解系统吗？"

这句话如同当头棒喝，项摇头。

"那是个独立系统，"她一边说着，手指一边在操纵装置上飞快地操作着，"不会受到影响。"

通过庞斯调解系统，外界人员能与控制舱内的驾驶员进行同步。在意外发生时，例如某位驾驶员意外昏倒时，这个安全预防措施就能发挥作用。外界人员能够与剩余的驾驶员同步，从而稳定驾驶情况。

也许，该系统现在能派上用场，能让机甲停下来。

"让我跟他们同步。"兰伯特说道。

2

　　兰伯特与他们连接上了，但他面对的不是普通的同步状态，而是一派混沌的混乱场面。布拉加和乌都陷入了极度恐慌之中，这种恐慌加剧了二人原本就无比强烈的恐惧感，就连兰伯特也几乎深陷其中。

　　不过，他现在已经与二人连接上了，也亲眼看到了让他们恐惧的东西。他目力所及之处都是怪兽，体型硕大无比。他和怪兽相距如此之近，竟无法识别怪兽全貌，只能看见其部分躯体。怪兽"吉拉"（Gila）的三只巨爪仿佛真的从控制舱的右边挠过，他感觉自己身处一场陆地大屠杀中。

　　他知道这一切不是真的，不可能是真的。

　　但它又如此真实，至少布拉加和乌对此深信不疑。当然，他不在控制舱内，无法知晓他们的真实状况——但是他能感觉到，他们的心灵受到了极大的震撼，已深陷恐慌中无法自拔。

　　即便如此，他们也在坚持战斗，或者说尝试坚持抗击到底。

　　怪兽抬起它黝黑的巨爪向他们袭来。"克罗诺斯"举起双臂正面挡下了攻击，然后双拳向下对着怪兽的头重重锤了下去。怪兽重心不稳，晃了一下，但又恢复了平衡。它张大嘴巴，露出锯形利齿向控制舱靠近，大脸占据了整个显示屏，然后像狗啃骨头一样，咬啮着控制舱。"克罗诺斯"先给了它一记上勾拳，再向后退了几步，为第二枚导弹的发射留出空间。

　　兰伯特尝试把自己的思想灌输到他们的头脑中，但是他无法在这场思想博弈中占据上风。若说布拉加和乌的同步连接中有什么缺点，那就是他们的连接太强劲了，兰伯特根本无法加入其中。他们之间的紧密联系阻止了兰伯特。他无法同时与二人进行连接。

只能二选一。

他们两人中，乌似乎是主要的控制者。思索片刻后，他与乌同步了。

"这不是真的。这只是一次训练。快醒醒，乌。让机甲停下。"

乌也想相信他，但眼前的一切都如此真实。怪兽又开始攻击了……

"想一想。同步之前，你们还在海湾呢。'克罗诺斯'根本没有走出穹顶……"

怪兽把"克罗诺斯"举了起来，兰伯特立马感觉天旋地转。他向下看到了海，海面上覆盖着一望无际的冰层，近处的陆地有绵延的雪山。

"冰，乌，你看到了吗？是雪！我们现在在中国的蒙屿兰破碎穹顶，这里是夏末时节，不可能出现千里冰封的场景……"

怪兽把他们重重摔入海里，然后用力把他们压到海底深处，布拉加嘶吼着，身体疯狂扭动。海水开始从控制舱的裂口涌入，冰冷刺骨。

"乌！"

"没有冰没有冰没有冰没有冰。"乌不断地重复，"没！有！冰！"

"是，长官！"乌大吼了一声。

兰伯特感觉到乌的意识迅速消失了。她肯定摘下了头戴设备。但布拉加还在嘶吼着。随着控制舱逐渐被海水灌满，他在极度恐惧与绝望之际发出了尖锐而刺耳的叫喊。

兰伯特断开了连接。布拉加单凭自己的力量无法同步。并且由于乌退出了同步连接，神经元对接无法继续进行，这场幻觉将会结束，所有的一切都会停止。

海湾外，"狂战士克罗诺斯"又开始攻击围墙，它后退了三步，突然静止在原地。

总部仍然无法收到机甲内部的反馈。兰伯特现在唯一能做的，就是看着紧急救援小组从穹顶的天花板降落，打开控制舱。他们终于进入了控制舱，随之而来的，是一阵长久的沉默。

"乌昏迷了。"医护人员终于向总部报告了。

"布拉加呢？"兰伯特心急如焚。

"很遗憾，长官——他没撑住。"

伊莎贝尔·莫拉莱斯博士的存在似乎总能对赫尔曼·戈特利布造成威胁。这并非伊莎贝尔博士有意为之，也不是她性格缺陷使然。赫尔曼元帅所感受到的威胁，完全是他将自己与伊莎贝尔博士对比产生的。伊莎贝尔博士早期在 PPDC 的工作成果——用数学公式表示出怪物所在海底"Anteverse"星球的大概位置——绝对是天才成果，是百年难能一见的数学思维的巨大飞跃。过去他们在部队的研究部门共事时，她似乎就总是领先一步得出答案。此外，她在社交方面也很出色：幽默风趣、博闻广识，能从维多利亚时代文学作品聊到萨泽拉克鸡尾酒，再聊到弦理论，她对这些领域都很感兴趣，且了如指掌。她总是胸有成竹的样子，却不会显得自傲、自满。总而言之，伊莎贝尔·莫拉莱斯博士的存在让赫尔曼元帅和绝大多数其他科学家都显得……档次不够。即便如此，赫尔曼元帅还是很欣赏她。

现在，她就站在他的实验室里。这是近十年来他们第一次见面。他开始担心她会不会哭。

她虽然没哭，但是一定从他的表情中看出了什么。

"我知道，"她说，"这比我想象中的更难。这是我第一次回到部队，自从……自从肖恩死后不久。"

"啊，是的，"他说，"我都忘了。不——我不是忘了他死了，你懂我意思的。那是一场悲剧。虽然我跟他不熟，但是我知道你们俩很熟……"他发现自己越解释越乱，声音渐渐变小了。他常常说错话。好在她比较了解他。毕竟他们曾订过婚。

"没事。"她说，"我只是发现自己没有想象中冷静。"

"我不懂——"他开口了，却意识到自己的话可能会对此刻悲痛的她造成困扰，于是没有说完。

"不懂我为什么内疚？"她补全了他的话，"因为他的死是我造成的。我该对遏制机制负责。"

"但是那时候我们掌握的信息太少了，"他说，"而且遏制机制也是一项重要的工作成果。只有把我们的数学理论——确切地说是你的数学理论，是你最先从数据中看出门道，还用公式将其表达出来的——应用于实践，我们才能建设出科技更加进步的时代。而且，多亏了那些实验，我们才能关闭虫洞裂缝。"

她耸了耸肩，说："他本该成为我丈夫的，却在愤怒中死去。他知道他的失败是我造成的。我能从他眼里看出来。"

"胡说。他怎么会怪你。没人怪你。"

伊莎贝尔垂下了头，赫尔曼才知道原来她一直在哭。他呆站在原地，手足无措。过了一会儿，他尴尬地揽了一下她的肩膀，拍了拍，希望她不要误会他的本意。

也许该换个话题了。

"一切都会好起来的，"他说，"不如告诉我你来这里的原因吧。你还在吉尔诺西斯手下工作吗？"

"是的，"伊莎贝尔答道，一边擦了擦泪，"你说得对，我应该专心做事，我之前就是这样度过的。这次我也一定能克服。"

她又轻轻笑了笑："离开部队以后我回到大学，但这无法——确切地说是几年后，它无法像我想象中的那般满足我。所以，对，我去私人公司工作了，和吉尔诺西斯一起。公司刚和部队签约，要设计一款等离子电池以进行新一代能源改进。由我带领我们小组，就在这里，在穹顶里。他们为我在机甲装备区提供了设备。"

"我想没人比你更适合这份工作了。"赫尔曼说道。这是一个非常保守的评价。伊莎贝尔做这份工作其实是大材小用，至少他以前认识的那个女人的能力远在此之上。但是现在站在他面前的这个女人，似乎比他记忆中的那人要脆弱得多。

"无论有什么需要，请一定要告诉我。"

"谢谢你。"伊莎贝尔说。

接下来就是一阵尴尬的沉默。赫尔曼开始猜想，她是否在等待着他说些什么，或做些什么。他能体会她的心情，但现在的确有很多工作要做。他很高兴能见到她，但是从工作上说，目前还有——工作。他应该邀请她去家里做客吗？他当然应该先和妻子商量一下，但若伊莎贝尔现在需要情感上的支持，他至少应该邀请她下班后去家里坐坐。

赫尔曼还没想好该怎么开口，伊莎贝尔却恍然大悟似的扬了扬眉。

"真不好意思，赫尔曼。"她说，"我完全忘记了。我带了点儿东西给你。"她从包里拿出一根记忆棒，递到他面前。

赫尔曼问："这是什么？"

"我说不好。"她告诉他，"这是我之前在进行的一个项目，能帮助建立更好的预测模型来定位地质资源——石油、天然气、稀土之类的。我们通过研究广泛的数据集，取得了一些惊人的发现。在过去六个月，地质数据呈现出非常细微的频率和振幅的增减变化，但总体呈上升趋势。要不是因为地球上层地幔的中微子排放量也呈现相似的上升趋势，我都不会发现这一现象。这不一定是虫洞裂缝出现的标志，但它——它让我想起了虫洞裂缝。虽然我觉得该现象应该得到更多关注，但我现在时间不充裕，而且，坦白说，我对这个领域的发展现状一无所知。我没有读过关于它的任何一篇论文，自从……自从我离开部队以后。赫尔曼，你才是这个领域的专家。这个项目可能不会起什么作用。它可能根本没用。但我还是想让你看看。"

赫尔曼接过记忆棒，把内容同步到工作站，所有数据立马显示出来了。他弯下腰仔细地看。

"我看出来了。"他喃喃自语道，"真有意思。我从未见过这样的东西。我一定会好好研究一番的。"

他不安地看着这些。最近他对这些事情非常担心。他很反感直觉这种说法，但不得不承认偶尔直觉也能发挥作用。

整栋建筑突然剧烈晃动起来，紧接着又晃动了一次。四下警铃大作。赫尔曼察看了显示穹顶各区域状态的地图模型。

"猎人海湾出事了，"他说，"伊莎贝尔，恐怕我得过去一趟。"

"去吧，赫尔曼，"伊莎贝尔说，"先工作，我们晚点儿再聊。"

他奔向大门，压根儿没听到她在说什么。

3

2035 年
PPDC 机动司令部
北极上空

"森秘书长？"

森真子没有立即转身，不仅因为此刻她正沉浸于壮观的落日景象中，还因为她没有适应"秘书长"这个称呼。这个头衔于她似乎名过于实，她就像穿了大人衣服的小孩儿。同时该称呼又让她变得渺小，想想过去她可是一位驾驶员，站在二百六十英尺高的高空之上战斗。那才是适合她的。

可如今那身份，就像她曾拥有的其他许多东西一样，都被剥夺了。

此时，在五万英尺高空之上，是壮丽华美得几乎超出人的承受力的日落，片片云朵漫着金光，高空的云愈发明亮。而下方的大海已是一片阴暗。似乎黑夜和白天同时出现了。

"飞行员，怎么了？"飞行员是一个年轻人，身上的制服笔挺得就像是穿上了身再熨烫过的一样。

"您有一条来自蒙屿兰破碎穹顶的紧急信息。他们一直在与您联系。"

"谢谢你。"森真子说。

飞行员一走，森真子就叹了口气，查看了紧急通信。她本想将它关闭直至日落结束，但云朵在追赶着太阳，关闭紧急通信的时间自然延长了。她怎么了？她觉得自己有点儿无所适从。不是因为她累了，准确地说是她觉得自己没有了价值。她知道自己的工作很重要，但她不认为自己对这份工作而言有多重要。但很显然，其他人认为她举足轻重，否则他们也不会一直联系她了。

任务控制中心。

森真子回拨来电，告诉控制员她要与权将军通话。电话那头混乱了一会儿，不久，传来了权的声音。

"秘书长，"他说，"你那边还好吗？"

森真子差点儿忍不住笑了。她知道这句话的意思是"你到底去哪儿了"。

"都好，"她回答，"怎么了？"

"我们遇到麻烦了，"权说，"在猎人海湾。"

权的描述越详尽，森真子就越害怕。他的描述将她带回了一个她不愿回忆起的场景：她自己的同步出事故时。而此次事故结局更糟：一人死亡，一人再也不能驾驶机甲。当然情况本可能更严重。

"还有其他人受伤吗？"她问道，"学员们都没事吧？"

"他们没事，秘书长。没有其他人受伤。"

这是个好消息。

"好的，深呼吸。"森真子心想。

"我想和兰伯特驾驶员通话，"她说，"他在吧？"

"他就在我楼上。我现在将他接入通话。"

"我是兰伯特。"

"让我捋一捋思路，"森真子说，"你介入了他们的同步，看到他们以为自己在和五级怪兽战斗？"

"是的，秘书长。"

"我们目前只见过一只五级怪兽。"

她知道的。她突然回想起怪兽"毒妇"（Slattern），它从湿漉漉的虫洞裂缝中钻出来，体型如此硕大，似乎看不到尾……

"是的，秘书长，"兰伯特说，"并且他们战斗的怪兽不是'毒妇'，是新怪兽。我猜是他们想象出来的。"

森真子沉浸在自己的回忆中。她想起了和罗利的第一次同步。当时，罗利回忆起了和怪兽"镰刀头"（Knifehead）的战斗。在那场战斗中，他失去了自己的哥哥。他的回忆汹涌澎湃，触发了森真子的回忆，让她陷入了记忆中并信以为真：她想起那只袭击东京并杀死了她父母的怪兽。那一次同步事故几乎酿成大错——她差点儿在香港穹顶内发射了"危险流浪者"的等离子加农炮。

但这次事故的两名训练员——布拉加和乌——此前都没有和怪兽战斗的经历，除非他们小时候就和怪兽搏斗过，那么，是什么样的回忆能引起此次事故呢？

"他们经历过怪兽袭击吗？"森真子问。

"没有。"兰伯特回答道，"布拉加来自里约郊区，乌来自休斯敦，并且他们俩都没有去过任何遭遇过怪兽袭击的城市。"

"这么说来，那不是由他们的回忆引起的。"

"是的。那场景就像模拟训练，但是更……真实。"

"那么此次事故就不是意外。"

"我不认为这是意外，"兰伯特说，"这是一次蓄意破坏，和谋杀。"

"你已经封锁穹顶了吧？"

"当然。权将军当即就下令封锁了。"

"我五个小时之内到，"森真子说，"我会让其他穹顶加强警戒。若有人蓄意攻击我们，这一定只是前奏。我们还会遭遇更多事故。"

这一次，森真子没有关机，却又把注意力放在了日落上。太阳在与云朵的赛跑中占了上风。现在只能看见一线日光。即使是天际最高处的云也不再明亮。

森真子在思考关于敌人的一切。在她孩提时代，敌人是很清晰明了的，敌人的丑陋怪异和荒诞离奇也是显而易见的——它们是破坏了她的城市、杀害了她的父母的巨型怪兽。在她成长过程中，她始终坚信，有一天，她能够驾驶机甲，消灭这些敌人。她也做到了，并且在这过程中，她找到了无比珍贵的东西。

罗利。

没有进行过同步的人是不会明白的。他们还以为自己口中的"爱"与她和罗利经历的爱相同。若他们开始感到彼此之间存在连接，并最终达到真正的心意相通，那么相互吸引、连接、信任这些词，都无法表达出两人之间的感觉。在同步过程中，潜藏在内心最深处的事物往往最先浮现，那些无甚特别的事物则要好几年才会被发掘——甚至完全不会重见天日。同步的两人是否诚实已经没有任何意义了。

她和罗利——还有她的养父史塔克·潘特考斯特以及其他人——他们打败了敌人，杀死了怪兽，还破坏了怪兽通往地面的大门。之后世界太平了。他们拯救了世界。

十年间，没有任何怪兽从虫洞裂缝中钻出来。

但是它们夺走了罗利的生命，不是吗？

罗利和森真子都因受到虫洞裂缝的辐射而中毒。她还记得躺在床上做血液透析的日子，那种治疗方法对他们俩而言都是高度实验性的。他们仍然保持着通感，经历相同的事情，承受相同的痛苦。他们成为彼此的支柱。

然后，森真子开始好转了。

罗利却没有。

科学家们把怪兽用于出入地面的跨维度通道称为"虫洞咽喉"。她和罗利曾深入虫洞咽喉中，而罗利在启动他们驾驶的机甲——"危险流浪者"——的原子核弹前，就把她的逃生舱弹射了出去。

她一弹射，罗利就下坠得更深了。在她乘着逃生舱上升的同时，罗利和"危险流浪者"漂到了虫洞咽喉另一端，进入了"Anteverse"星球。罗利启动了"流浪者"的核漩涡涡轮，让机甲上升进入虫洞咽喉，然后在机甲爆炸的前几秒将自己弹射了出去。罗利在"Anteverse"星球里只停留了一会儿，但比森真子停留的时间长。他尝试向她描述自己的所见，但那些描述就连他自己看来也不合常理。

即使因"Anteverse"星球的辐射而中毒，罗利依然在战斗，像以往一样战斗着。

他死的时候，森真子握着他的手，听到了他的遗言。此前他一直在沉睡，但一睁开眼，眼里依然可见旧时的光彩。罗利从未离去。

"森真子，"他悄声说着，握了握她的手，"你只要顺势下坠就好了，谁都可以做到的。"

他走了。不是战死，而是在一个宁静的氛围中死去。这样的安宁似乎完全无法彰显罗利伟大的人格。命运捉弄了罗利。也捉弄了森真子——她的罗利、她的养父以及她驾驶员的身份都不复存在了。

即使她还能驾驶机甲，即使她还能进入控制舱，操纵机甲移动，她又能和谁战斗呢？罗利之仇应该向谁报？

4

2035 年

蒙屿兰破碎穹顶

中国

通往蒙屿兰机场的路非常陡峭。PPDC 将这座最新的破碎穹顶建在了晴川海湾陡峭的岩石山上，背靠中国福建东海岸。从山上看去，从分散在大洋各地的无数海峡看去，风景别有一番韵味。和香港之类的其他所有人口密集中心不同，此地从未受过怪兽的攻击。这里的海岸线仍保存完好，并且小城福鼎位置比较靠近内陆。这里曾经也开设了许多度假村和桑拿城，但已是曾经。即使不受怪兽直接攻击，海滩边的房子现在也不受人们青睐了。

权将军和兰伯特在机场与森真子见面了。权将军今年四十出头，体格健壮，手握大权，行事自成一格。兰伯特比权将军小十几岁，他的长相是森真子心目中美国人的典型相貌：栗色头发、暗蓝灰色的眼睛、结实的身材，但他不像其他美国人那般傲慢。森真子很了解兰伯特。知道他在完成部队任务和使命方面值得信赖，也知道他无法忍受那些看起来不及他忠诚的人。他和森真子的养父之子杰克曾是密友，也是同步的好搭档，如今却形同陌路。森真子也很久没有见到杰克了，但她的情况更……复杂。

在森真子的要求下，权和兰伯特保卫她前往猎人海湾查看这次事件造成的损害。

情况没有她预想的糟。包括"狂战士克罗诺斯"在内的涉事机甲只受到了小的撞击伤。穹顶内部的破坏程度更严重些。导弹即使没有弹药，也把发射台和装载装置弄得一团糟，现在想要把所有伫立着的机甲恢复到备战状态还要花点儿时间。不管怎么说，绝大多数损坏都是比较表面的。

当然，除了，他们失去了一位技能纯熟的学员。

在离开前，她的目光停在了"复仇流浪者"身上。这是第六代机甲，崭新闪亮、造型优美，但它让她想起——这也是它的设计初衷——那架老式、翻新的第三代机甲，"危险流浪者"。那是罗利的机甲。是她驾驶的第一架也是最后一架机甲。

"它很迷人，不是吗？"兰伯特说。

"是的。"森真子回答，"它很迷人。而且血统优良。"

"我希望我不会辜负它，"兰伯特说道，"能驾驶它是我的荣幸。"

"你是一个很出色的驾驶员。"森真子说，"可能是我们之中最优秀的。我相信只要有时机，你会表现得很棒。"

兰伯特看起来有点儿尴尬。森真子似乎也感觉到了，降低了声音。

"见到你很高兴，内森。"她说，"现在还不是时候，晚点儿，等你有时间了，我们好好聊聊天儿。"

"我也很期待。"兰伯特说。

但她却不认为他真的期待。

在权的办公室里，戈特利布博士也加入了他们。办公室很整洁，像是专业人士的房间，摆设很均衡。完全反映了将军本人的性格。森真子摆摆手表示不想喝茶。

"我们目前掌握了多少？"她问道。

"我已经派出了顶级人才去处理这个问题了。"戈特利布博士清了清嗓子，接着又说，"我一直在综合分析他们的报告，接下来要说的，就是目前掌握的情况。"

"好的，"森真子回答道，"请继续。"

"'狂战士克罗诺斯'的驾驶员当时身处遭到篡改的模拟训练系统。所谓的怪兽完全是他们想象出来的，并且无论在什么场地，即使我们派出目前拥有的所有机甲，也无法打败那些怪兽。该篡改过的系统也针对所有为预防此类事故而设计的安全机制。"

"有无远程操控的可能？"

"没有。"戈特利布博士说，"我认为不可能，并且我认识的人中，没有人尝试过这样做。毕竟，我们不可能让人在战争中远程操控我们的机甲。就像某些人几年前在塞尔维亚进行的类似尝试。不可能的，最合理的解释就是，有人手动输入指令。"

"我们找到了这个。"权说。他拿出一个塑料证据袋，里面是一个小的随身存储器。

"那是我们的存储器。"森真子说。

"没错。更确切地说，是我们在新学员入学第一天，上交所有个人电子产品时，发给他们的。"

森真子皱了皱眉，说道："你是说，有可能是布拉加或乌自己干的？"

"不，"权解释道，"所有新学员昨天都去过'狂战士'的控制舱。而这个存储器就是在那天发放给学员的。"

"新学员？"森真子惊讶地说，"你该不会认为是他们中的某个人做的吧？"

"证据显示如此。"戈特利布说道。

"不，"兰伯特摇了摇头，"不可能，我每年都带新生去控制舱。机甲技术人员会在新生离开后对机甲进行彻底检查。不可能——若某个新生把像口香糖这么大的记忆棒插在同步头盔上，一定会被发现的。技术人员不可能看不见这个存储器。"

"当然有可能。"戈特利布反驳道。

"不不不。这肯定是之后发生的，可能是晚上，或是那天一大早。"

"有安保数据为证。"权说，"那天晚上，控制舱封锁之后没有再被打开过的痕迹，直到布拉加和乌进入控制舱。"

"那也有可能是进行最终检查时某个技术人员干的。"兰伯特说。

"或者，那些新学员根本就不是他们看上去的那样。"戈特利布说，"若一个问题出现两个或两个以上的可能方案，往往最简单的那个才是正确的。"

"博士先生，我也懂奥卡姆剃刀定律[1]。"兰伯特说。

"这个存储器是欧阳金海的。"戈特利布说。

---

[1] 简单有效原则。

"也有可能是别人偷了他的。他昨天才获得存储器，哪有时间把个人设备里的数据转移到存储器上？"

"驾驶员先生，转移的方法有很多，在他上交东西的时候就可以完成了。机甲猎人是无法通过无线设备进行程序改写的。但是存储器不是无线设备。并且我认为欧阳金海还有帮凶。"

"你的说法真是越来越复杂了，博士。"兰伯特说，"越来越不符合奥卡姆剃刀定律了。"

森真子一直静静听着，没有发表言论，但是目前的对话似乎产生不了任何实质结果。

"也就是说，要么就是某个新学员干的，"说这话时，她朝戈特利布点了点头，"要么，就是有人想让我们误以为是学员做的。"这一次她看着兰伯特。

"哪位学员有能力编写出这样的程序？"

"都不太可能，"戈特利布承认，"我目前得到的信息就这么多。新学员进入模拟训练程序并修改它是有可能的，并且至少有一个学员——欧阳金海——成功绕过了安全程序。"

"欧阳金海，"森真子重复道，"他是苏尹和明皓的儿子，真的会是嫌疑人吗？像驾驶员刚才所言，就算存储器是他的，也有可能是别的学员，甚至穹顶内部人员窃取的。"

"他以前就表露出对当局者的不尊重，您应该没有忘记。"

"没忘。"森真子说，"我复验了他提交的材料。我不想录取他。他不听从我的指令。但我不认为他会做出这样的事。"

"倘若他真这么做了，"戈特利布说，"那么他绝不是独自行动的。他也许自己插了这个程序，但是篡改我们的故障防护系统的程序——依我个人之见——太复杂了，不可能是学员自己完成的。无论是谁创造了这个程序，他一定拥有我们的内部情报，而且是新生不可能获取到的情报。此外，该程序中的某些指令片段，和我们从'战争恶魔之神'组织中截取到的很相似。因此，这个在机甲植入信息的人很可能只是一个送信小子——或送信姑娘。"

"你是说，我们的某个新学员是怪兽的信徒？"

也许自从"入侵者"——第一只怪兽——出现以来，就有人认为它们是上帝派来惩罚人类罪恶的使者。慢慢地，这些人找到了彼此，还找到了以此类思想为教义的有组织的宗教。他们在死去的怪兽体内建圣庙、唱圣歌、表忠心、办庆典。即使怪兽不再出现，这些奇异的宗教依然存在。然而森真子发现大部分这样的宗教——无论多么自欺欺人和令人讨厌——并不危险。他们会祷告、唱圣歌、服用由怪兽某些身体部位制成的药。有一些人还精心布置了一场茶会来自杀，他们喝的茶是由脱水的怪兽体液冲泡的。

而"战争恶魔之神"组织则不同——他们是暴力的极端分子，致力于摧毁PPDC，企图将怪兽带回地面。他们曾发动过几次攻击，试图摧毁或破坏机甲猎人——然而从没有人能导致像蒙屿兰刚发生的事故那样的严重的后果。

"这不是没有可能，"权说，"我们对他们的审查结果都显示良好，然而有的学员是来自可疑地区的。"

"我们中某些最优秀的驾驶员也来自所谓的'可疑'地区。"兰伯特说。

"我是说，"权解释道，"由于怪兽的攻击，导致长期的、大范围的混乱，他们成长的地方没有得到完整的记录。某种程度上，我们不得不询问他们的成长史。"

"他们的心理评估呢？"戈特利布问道。

权耸耸肩："优秀的驾驶员心理状况几乎都与众不同。我们不是在寻找地球上适应能力最强的人。总之，直到他们在这儿完成训练之前，他们的心理评估都有保持不完整的必要性。"

一时间，没人再开口说话了，好像所有人都在努力思索有什么可说的，却一无所获。

"我会深入调查的。"森真子说道。

"秘书长，"权提出异议，"我想您应该还有更重要的事情，我向您保证，我们会发起内部调查，查明真相。"

"学员计划是史塔克·潘特考斯特的遗作，"森真子说，"过去十年，它也成了我的计划。若我们的某个学员——或学员计划的制订和实施管理——出了问题，我一定要负责。权将军，若你能为我在穹顶准备一间办公室，并且向我提供所有学员的全套档案，我现在就开始调查。"

5

2024 年
库页岛
俄罗斯
小维

　　维多利亚虽然穿了靴子，还穿了三双袜子，但第一片雪花落下时，她的脚趾还是早已冻得麻木了。天气无常。早上还是晴天，凉爽却不寒冷，这是四月的一个温暖的日子——春天可不是这样的。但现在，天空黑得就像教室里的黑板。风从海面吹来，夹带着盐的咸味，因湿气而变得厚重、阴冷。她知道距离已经很近了。她甚至觉得自己能听到海鸥的叫声。然而周围的鱼鳞云杉树和库页冷杉树繁茂、密集，即使站在山坡上，她也什么都看不见。但是，她相信只要再走远一点儿，她一定能看见。大海就在前方，就像她在图片上看到的一样，洁白的浪花一朵朵拍向海岸，大海是由海水构成的无垠的蓝色平原。

　　可是雪越下越大，树林里棕色的小路在沉沉暮色中晦暗难辨，她再也走不了了，必须休息。毕竟她才七岁，没走过那么长的路。而且天色渐晚，她也觉得困了。她的外套和裤子都冻僵了，她每走一步，皮肤都要经受一次摩擦，很不舒服。雪花飞扬之势愈加猛烈了。

　　她坐在一根掉落的树枝上休息，蜷缩起来。她对自己说："只能休息一会儿，然后要继续赶路，前往海岸。"

　　或者，她可以掉头回去，但是外婆一定会很生气的。反正大海就在不远处。再走几分钟，可能越过下一个山坡就能看见了。也许她还能看见他，看见他们……

夜幕渐深，她的步伐越来越沉重，困得几乎抬不起头来。但她知道她必须前进。她有坚持的理由。

她深吸一口气，喉咙深处因吸入凛冽的风而感到一阵刺痛，她用杉树的树枝当拐杖，支撑着自己。她往前迈了一步，但是现在她的裤子完全冻住了，那疼痛感就像有把刀子扎进早已擦伤的皮肤里，她疼得放声大哭。她感到眼睛阵阵刺痛，只好闭上双眼，咬紧牙关，凭借小小身躯里秉持的信念和决心，又迈了一步。她马上头晕目眩，整个世界仿佛天旋地转，然后她感觉自己倒在了床上，一张柔软、舒适、被家里的小火炉烘烤得暖乎乎的床。

接下来，她感觉到有人试图将她晃醒。她不想被打扰，她试图说出来，但是那个人还在晃她。她感觉自己被扶了起来，终于，她睁开了双眼，发现有一束光正照着她的眼睛。

"维多利亚，"一个粗糙的嗓音喊着她的名字，"醒醒。"

她看不见他的脸——周围漆黑一片，而且她的眼睛刚被光照射过。但是声音的主人听起来像她外公。

过了一会儿，她意识到这个男人一定把她带走了。她不知道身处何地。这是一间小木屋，一点儿火苗在金属火炉里跳动，火炉由铝制管道连接到低矮的屋顶上。她正躺在地板上，身上裹着几块毯子。

"外公？"她低声说。

他的胡子一部分已经变白了，邋邋遢遢的，在火光中显得苍老了许多。他用外套的兜帽盖住了日渐稀疏的头发。

"小维，你要去哪儿？"他问道。

她不想告诉他，所以只保持沉默。过了一会儿，他叹了口气，往火堆中添了几根柴。顿时火花四射。

"我们在哪儿？"她问。

"好几年前，我是这儿的伐木工人。"他说，"我们几乎把这里的树砍光了，现在它们又长回来了——这就是为什么这些树都那么小的原因。但我们在这儿搭了房子，就不用每天晚上都跋涉回城了。有一些小屋还在。好在这房子的屋顶还是好的，我们真幸运。我想我们应该可以回家。也可能回不了——我的背不好。我能找到你真是你的福气。再过几分钟，你的足迹就会被大雪完全覆盖了。就算没被覆盖，假如你没有喊的话……"他说着，摇了摇头。

"外婆会生气的。"她说。

"肯定会的，"他看着小维，"是因为那个男孩儿吗？你用石头扔他的那个男孩儿？"

"马克西姆比我壮。"她说。

外公露出了苍白的微笑。

"你很聪明。"他说话的声音很轻，她差点儿没听见。

马克西姆嘲笑小维，所以小维打他。但是他已经九岁了，而且是个大块头，小维根本无法伤害他。他把小维推倒在地，扬长而去。小维找到了一块石头，然后叫住他。他一转身，小维就用石头砸中了他的前额，流出的血和马克西姆震耳欲聋的哭喊声让小维惊呆了，但很快，她满脑子想的都是自己闯下了弥天大祸。

"所以你就躲进树林里？"

她看着外公，想知道他是不是在开玩笑。看来他还是不懂。

"不是的，"她说，"我想去海边。"

"为什么？"

"我没见过海，大海就在那边，可外婆总不让我看。"

外公叹了口气："大海是很危险的，小维。尤其是在这种天气的时候。你外婆只是想保护你，但为什么现在，为什么——"他停住了，转过头，绿色的眼眸中闪着光彩。

他说："啊，是因为机甲猎人吧？"

"对。"她承认，"'切尔诺阿尔法'就在那儿，我在学校的监视器上看到的。外公，它正在和怪兽搏斗，就在海里。我想看。"

他摇摇头，说："大海是很广阔的。怪兽在这里的南边，在东海岸。我们在库页岛的西边，你继续走是看不到的。就因为这个，你差点儿死掉了。"他咳了起来，重重的咳嗽直抵胸腔深处。

"你外婆……"他开了口,却没有说完。他只把目光移开了。

"那个男孩儿。你为什么打他?"

"他说我是骗子。说我是孤儿。"

"他为什么说你是骗子?你跟他说了什么?"

"我说萨莎·凯伊丹诺夫斯基是我妈妈,阿列克西斯·凯伊丹诺夫斯基是我爸爸,他们驾驶着'切尔诺阿尔法',就在它的胸口处。等到所有怪兽都被消灭的那一天,他们就能回来找我了。"

小维的外公又一次沉默了,似乎沉浸在了自己的回忆里。他再次开口时,声音极其轻柔,仿佛害怕外面的雪花能偷听到他的话。

"你外婆是怎么说的?"他问道,"是她告诉你,他们是你爸爸妈妈的吗?"

小维垂下了头。

"是的。但是外婆还说我永远不能说出去。永远不能说出他们的名字,或告诉任何人。"

"那就是了,"他说道,"你外婆是很有智慧的。这件事,你应该听她的。"

"为什么?为什么我要任由马克西姆叫我孤儿?"

"他说的话对你不会造成伤害的。"老人家对她说。

"是因为我知道真相吗?"她问。

他沉默了一会儿。然后,他把手放在她的肩膀上。

"你知道了自己的父母是谁,会不会觉得自己变强大了?有没有鼓励自己,要成为像他们一样伟大的人?"

"有。"她说。

"很好。"他叹气道,"那就好。但你绝对不能再这样逃跑了。"他说,"一定要答应我。"

"外公,我答应你。"小维回答道,"但是你能不能告诉我——战争有没有结束呢?'切尔诺阿尔法'是不是又赢了?"

外公大笑:"我怎么知道呢?我一直在这里照顾你呀。"

他们在小屋里过了一夜,第二天一早,外公带她回到他们位于城外山脚下的小农舍里。然后他搭车去工作——去南边砍树。

"你这个小贼，"她外婆骂道，"你外公需要休息——他工作已经够累了。你偷走了他的休息时间。"

"对不起。"小维说。

"我怎么办？要是你在外面冻死了，我要怎么说？你父母把你交给我，让我照顾你，看着你长大——如果我交给他们的是一具冰冷的尸体，一大块冻僵了的肉，他们会说什么？"

"我只是想去看海。"小维说。

"大海就是死神。它冰冷刺骨，会带来痛苦，它是杀人犯，是夺取灵魂的小偷。所以我们才住得那么远，离它远远的。"

"你曾经住得离大海很近，我听外公说的。"

"是呀，曾经。那是之前，不是现在。更不是以后，听懂没有？"

小维没有回答。外婆和她并肩坐在小小的床上。外婆有一双圆圆的、灰色的眼睛，一个大大的鼻子和一对招风耳。金发，和维多利亚一样，不过她简单绑了起来。她告诉过维多利亚好几次，她们的金发遗传自她的曾外婆，曾外婆是库页岛的原居民阿依努人。大多数阿依努人在俄罗斯从日本手中夺过库页岛时都被驱逐了，但还有少数人留下来了。外婆的家人进入库页岛的深处，而外公的父母则来自彼尔姆[1]，来这儿做石油生意。

"为什么外公不姓凯伊丹诺夫斯基呢？"小维问道。

"什么？"

"马克西姆说萨莎和阿列克西斯不是我爸妈，因为外公不姓凯伊丹诺夫斯基。"

"你爷爷奶奶的姓才是凯伊丹诺夫斯基。"外婆回答道。

"他们在哪儿？"

"墨西哥，我猜。"

"但是我不也应该姓凯伊丹诺夫斯基吗？"

---

[1] 俄罗斯边疆区城市。——译者注

"一直是外公外婆在照顾你，"外婆说，"你跟我们姓办事会方便许多。政府不会问太多问题。"

"但是我看杂志上说，萨莎娘家的姓是瓦西列夫……"

"什么杂志？"外婆说，"让我看看。"

她犹豫了，但是外婆脸色阴沉，她只好从床单下翻出那本旧杂志。外婆接过杂志，用手指点着褪了色的西里尔字母[1]细细地看，直到看到他们的照片。萨莎又高又强壮，而阿列克西斯简直像个巨人。他们俩都是金发，但是萨莎的眉毛是黑色的，和小维的外婆一样。小维突然觉得自己不应该追问的。

更不应该怀疑。

"你知道吗？"外婆说，"很久很久以前，世界上到处都是恶魔，他们游荡在整个地球上。他们喜欢搞破坏，但最喜欢的还是攻击小孩儿。我也不知道为什么。恶魔就是这样的。所以，那时候的人们不会马上给孩子起名字，因为你一旦有了名字，恶魔就会找上门来，然后攻击你。那时候，即使你有名字，你也不会告诉别人，而是用昵称。多少年过去了，我们逐渐遗忘了这个传说，也遗忘了很多其他事情。遗忘，是因为我们以为恶魔已经消失了，以为恶魔被佩剑的骑士赶跑了，然后又被电和光以及科学什么的消灭了。但是，小维，它们又回来了，不是吗？并且它们还能听到我们的名字。若怪兽知道了你的真名，它们就会来找你。你的父母是很强大的，他们打败了怪兽。但假如怪兽知道了你是他们的女儿，你的父母就无法保护你了——他们不能兼顾你和整个俄罗斯。所以，我们把你的名字藏了起来，是为了把你藏起来。我们是故意的，你懂吗？所以才用了我娘家的姓——玛丽科娃。"

"但是如果恶魔知道了我的名字怎么办呢？"

"问得好，"她外婆说，"维多利亚这个名字又长又好听，很可能会吸引恶魔的注意力，可能从现在开始，我们要用别的名字叫你了。不如叫，托利。"

"我还是更喜欢小维，"她说，"小维短一点儿，不那么引人注意。"

"小维，"外婆说，"真好。以后你的名字就是小维·玛丽科娃了，知道吗？"

---

[1] 俄语字母的名称。——译者注

"知道了。"她说,"但是——这就是他们不能来探望我的原因吗?因为他们害怕怪兽会知道我在哪儿?"

她的外婆只是微笑,亲吻了她的头,然后表情忽然严肃起来。

"别以为我忘了你干的好事。你伤了一个男孩儿,然后就逃跑了。你可能会害死自己,还会害死你外公。罚你三天不能看 Vidiot,听到没有?"

Vidiot 是外婆的说法,指所有的电视娱乐节目。她觉得那会让你变笨。

"但是我想看他们战斗。"

"当然是'切尔诺阿尔法'赢了,你知道这个就够了。"

但那还不足以满足她。她知道怎么才能了解战况。放学路上,她在酒馆处停下,那里聚集着许多因伤无法工作的老人,他们整日饮酒度日。有三个老人坐在外面,他们告诉她战况,其中两个老人说话有点儿含糊不清。

此次怪兽的名字叫"鱼眼怪"(Vodyanoi),此名源于俄罗斯民间黑暗历史故事中的一种水怪。和所有怪兽一样,它巨大无比。怪兽看起来都很怪异,就像把所有正常的、不正常的东西糅合在一起了。"鱼眼怪"就像一只又大又肥,还洋洋自得的蟾蜍,看起来真是令人作呕。"切尔诺阿尔法"和"伊甸园刺客"(Eden Assassin)这两架机甲与它搏斗。"鱼眼怪"朝"伊甸园刺客"吐了某种酸性液体,然后将机甲咬穿,杀害了两位驾驶员。

"'切尔诺阿尔法'可不允许这种事发生,"一个名为弗拉底米尔的老人说道,"'切尔诺阿尔法'从海里抬起一座冰山,将'鱼眼怪'揍得落花流水。用一座冰山。一座雄伟的冰山。在怪物抵达我们的首都之前。"

说完,他举起了酒杯:"让那些人和他们的围攻都滚蛋吧。俄罗斯机甲,'苏联牢狱',是我们的救世主!向'切尔诺阿尔法'致敬!向其他所有机甲和驾驶员致敬!"

他们给小维倒了一点儿自己杯子里的酒,让她和他们一起干杯。烈酒让她的嘴巴和鼻子如火烧般灼热,她没办法咽下这口酒。她在想"鱼眼怪"吐出的酸性液体是不是跟这酒一样。

维多利亚回家了。外婆还没有下班,所以她在做家务之前先回了自己房间。她房间墙上挂着"切尔诺阿尔法"的海报,上面画着它巨大、桶状的头颅，以及魁梧的胸膛，海报曾经是色彩鲜艳的。她想象着自己的父母坐在里面，操纵着魁梧、壮硕的机甲移动、战斗、杀戮。

在这张海报旁边，是一串写在墙上的名字。

"复仇者"（Reckoner）、"雷神"（Raythe）、"天鼓"（Tengu）、"电刃"（Denjin）、"炎像"（Atticon）。这些怪兽都与"切尔诺阿尔法"交战过，它们不仅被打败了，还被碾压了。

现在，她在这个名单后面加上了一个新名字——"鱼眼怪"。

然后，她就去洗碗了。

那天晚上，她必须比平时早睡，这算是对她之前所作所为的惩罚。外公、外婆打开了新闻频道，但是她不能看。只能躺在床上思考。

那天，她见了马克西姆。他头上贴了一块大创可贴，一句话也没有对她说。但她听说马克西姆到处对别人讲她用石头砸他，这是作弊。

现在她想到"切尔诺阿尔法"，它也用了武器——它用冰山把一只怪兽打死了。但那不是作弊，是胜利。

就连外公也夸她聪明。马克西姆对于她这种体型的小姑娘来说太强壮了。但如果她用了石头，一切就不一样了。

她没有告诉外公的是，在她打马克西姆的时候，她一直在进行角色扮演。她假装自己是一架机甲。全副武装、孔武有力，假装有驾驶员在她的胸口操控着她，她也保护着驾驶员。而马克西姆，就是一只怪兽——冷酷无情，体型庞大，头脑呆笨，肆意破坏、伤害人类。这就是怪物的本性。所以她在打马克西姆的时候，一点儿也不觉得抱歉、羞愧或震惊。因为她就是机甲猎人。战袍加身时就要尽自己的职责。捡起石头的不是她，是机甲。

她想到"切尔诺阿尔法"在冰冷的海洋里大步穿行，不受严寒或降雪的阻挡。她想到"切尔诺阿尔法"体内那一男一女两位驾驶员。他们会想她吗？她想到所有战争结束的那一天，他们是否会离开钢铁巨人，重新来做她的父母呢？

她觉得他们会的。她希望他们会。

她在这样的期盼中安然入眠了。

6

2018
鄂霍次克海
俄罗斯
"切尔诺阿尔法"

母亲歇斯底里的笑声从旁边的房间传来。好冷。空气中弥漫的是什么味道？罗素的小棺材。有人轻轻拍打着她的脸颊。有血腥味儿。走廊上好多婴儿。她闻到伏特加酒的味道。哥哥打开了酒，却说她年龄太小还不能喝。他尝了第一口伏特加，感觉酒精几乎要把他的嘴巴灼伤了。他看到她蜷缩在地板上。她在这儿干吗呢？他手上有茧，身躯笔直。他的力量、火焰和愤怒熊熊地燃烧着。

"复仇者"大得吓人，腿脚众多，发起一波又一波的攻击，在暴怒和平静的状态之间反复不定……

回到现在。萨莎和阿列克西斯正处于同步状态。

"启动神经元连接。"任务控制中心发出指令。

如今他们已经和"切尔诺阿尔法"合为一体。

"切尔诺阿尔法"是一只猛兽。高达两百八十英尺，重达两千四百一十二吨，配备尖端高科技金属装甲，应用先进的科学技术。萨莎和阿列克西斯将思想合二为一，通过匹诺曹操作系统来控制机甲的每一个微小动作。若萨莎举起右手握拳，"切尔诺阿尔法"也会举起她重达数吨的、巨大的右手。驾驶员走路，"切尔诺"就前进；驾驶员跑步，"切尔诺"也奔跑起来。它是初代，即第一代机甲猎人，但即便现在有更新型、更酷炫的模型，"切尔诺"仍属于他们。他们就活在这头猛兽中。

只有猛兽能击败猛兽，现在，这头猛兽正带领着他们前进。

五年前，第一只怪兽突然从马里亚纳海沟深处钻出。那里的大陆板块互相挤压，产生了无法估量的垂直压力，有多股足以扭曲地壳的力量相汇。后来，人们把怪兽出现的地方称为"虫洞裂缝"，但那是之后的事情了。当时，科学家获得的只是大量不同寻常的数据，无法得出任何结论，直到那个"东西"从地底深处钻出。最后他们给其取名为"入侵者"，但是在一开始，人们只知道它是一只三百英尺高的恶魔，从太平洋钻出来，肆意破坏人类世界。它出现的位置距离美国旧金山很近，在短短六天内就把三座城市摧毁成浓烟滚滚的废墟。美国和英国向它投掷了所有武器，最终动用了核武器。

核武器起作用了，但是核爆的后果和怪物破坏的后果一样糟。

若"入侵者"是第一只也是最后一只怪兽，这就只是一个个例。

但它不是。怪兽接二连三地出现，人类终于觉醒了。在破坏、驱逐和控制了所有掠夺者——即地球上所有形式的生物——之后，某些事情发生了，将人们赶出了自得其乐的舒适区。

他们现在就是巨人脚下的小蚂蚁。

但他们是有智慧的蚂蚁，也是有决心的蚂蚁。他们团结一心、集聚众力，过去用木头、钢铁和塑料构筑了自己的小窝，现在打造出自己的雄伟巨人。

这些巨人名为"机甲猎人"。

机甲猎人承载的能量与核武器一样多——早期的机甲猎人，包括"切尔诺"在内，都靠核动力驱动——但是它们能够保存核能量，将其留在体内，避免核爆带来的附加破坏。

战争产生的影响是国际性的。"切尔诺阿尔法"产自俄罗斯，其他机甲，有的来自美国、日本，有的来自中国、巴拿马、墨西哥——但全都存放于香港破碎穹顶中。其他破碎穹顶也都环绕着太平洋而建造。很快——可能今年年底之前——"切尔诺阿尔法"就能回到俄罗斯本土，回到海参崴，那它就能更好为祖国服务了。在悉尼、安克雷奇、东京、利马，其他一些设施正在建造中，目的在于打造一个保护世界的穹顶。

目前，所有部署都从香港出发。

但既然这只怪兽朝着俄罗斯进攻，那么"切尔诺阿尔法"就荣耀地担负起将其驱逐的责任。

声呐一探测到怪兽"雷神"在深海移动，直升机就将"切尔诺"运输到穹顶外。没人知道怪兽移动的原理和根据，这只怪兽一直待在海底，从日本岛出发，向西边的堪察加半岛移动，因此直升机四处勘察寻找着它的踪迹，有8架V-50直升机在严密监视着它。现在，直升机都停靠在距离堪察加半岛约十公里处的海拔较浅且结了冰的海面上待命。

"今非昔比。"阿列克西斯说。他是大声喊出来的。尽管他们的思想已经融为一体，能感受到、了解到对方的一切想法，但是要确保专注和精确，口头语言仍然是最好的方式。

就算不同步，萨莎也知道阿列克西斯想说什么。他们的第一场战斗距今快两年了，打得并不十分顺利。怪兽"复仇者"突破了"奇迹线"，直逼香港海岸。"切尔诺阿尔法"只能抵挡住一时，它在长达数小时的战斗中受了重伤，无法站立。最后，是中国的"地平线勇士"（Horizon Brave）将怪兽猛力掷入发电厂，结束了它的生命。媒体将这场战争称为"切断生命电源之战"。

这一直是阿列克西斯心中的芥蒂。两年来，他不断自责、进行艰苦训练、等待机会重振"切尔诺"的荣光——寻回自己的尊严。他想做的——萨莎能感觉出来——就是用自己的双拳打败这只怪兽。

有了"切尔诺阿尔法"的力量相助，由最强大的能源内核驱动，这个目标是有可能实现的。但是沾沾自喜却于事无益。

"我们采取防御性战术，"萨莎说，"不能让它走出大海。它休想污染俄罗斯的一寸国土。"

突然，第三个声音加入了他们的对话，是来自任务控制中心的康斯坦丁·斯克里亚宾。

"很高兴看到你们如此同心协力，"他说，"但是现在出现了一点儿意外。"

"请解释一下。"萨莎说。

"目标方向发生变化。它现在朝着北海道往西前进。"

"我们现在怎么办？"萨莎问道，"我们距离那里有好几公里。"

"你们比其他机甲距离近得多，请全速前进，"斯克里亚宾说道，"我们能做的就是让你们尽快到达那里。"

"它耍我们，"阿列克西斯说，"早该想到的。它怎么会去堪察加呢？那儿什么也没有，除了驯鹿和雪。还是札幌更好，有城市。还有啤酒喝。"

"谁知道怪兽袭击那些城市的原因呢？"萨莎说，"它们就是没有脑子的怪物。"

"但这头没脑子的怪物耍了我们，"阿列克西斯答道，"把所有直升机调回来。带我们过去！"

"它们已经出发了，'切尔诺'，但要在奥哈[1]补充燃料。它们今天已经飞行相当长的航程了。你们俩也可以断开同步，稍作休息。"

驾驶员同步时间是有限制的——有的驾驶员只能坚持几个小时，直到连接自动断开。

阿列克西斯越来越沮丧了。他想来一场酣畅淋漓的战斗，犹如拳击般直接，而现在他们却要和怪兽玩猫捉老鼠的游戏。更糟的是，遥测再一次感应到怪兽即将登陆，而这一次，他们甚至连阻止的机会都没有。但这不是"切尔诺"估算错误，也不能责怪任务控制中心。"雷神"行动有变。它才是罪魁祸首。

然而，怪兽变得越来越癫狂。"切尔诺阿尔法"所梦想的"在失败的地方重新出发"——在怪兽造成任何损失之前就消灭它——已经不可能实现了。他们不可能及时赶到日本。

"不，"萨莎对斯克里亚宾说，"我们一到达目的地就要准备战斗，必须保持同步状态。这对我们不成问题。"

---

[1] 位于库页岛东北部。——译者注

7

2035
蒙屿兰破碎穹顶
中国

"情况不妙。"苏雷什说,"我们来了还不到一周呢。糟透了。"

苏雷什总是一副杞人忧天的样子,至少金海认识他的这几天他是如此。现在他愁得眉头都要拧在一起了。

可现在,金海的心情和他一样。和陌生人待在一个新地方已经够难了,但在彼此认识之前就要面对灾难——并没有让事情变得简单。

还有一件雪上加霜的事,他找不到部队发放给自己的存储器了。和部队发的其他东西相比,存储器只是个小玩意儿,但现在弄丢了,他就不得不向部队申请再要一个,这会让他看起来像连自己的物品都保管不善的怪人。

"我喜欢布拉加。"梅林说道。她也是中国学员,身材高挑、四肢修长、美丽动人,虽然金海觉得她的刘海让她看起来太严肃了。"他很幽默,也很热情。"梅林说道。

"他真笨。"维多利亚暗自嘟囔着。这可能是她心中的话,但现在所有人都听到了,也许除了塔依玛,他要么是睡着了,要么是假装睡着了。

"维多利亚,你为什么要说这么伤人的话呢?"梅林问道。

维多利亚皱了皱眉,说:"请你不要这样叫我。请叫我'小维'。"

梅林似乎不太想陷入争执,但雷娜塔现在正专注于这场争执中,他代替梅林向维多利亚发难。雷娜塔是智利人——说话直白,并且有点儿自以为是。他喜欢梅林。当然，他一开始也喜欢维多利亚。

"好的。'小维'，"雷娜塔说，"你为什么说布拉加笨？我们洗耳恭听。"

小维把自己的床铺折叠起来，摆好架势准备与雷娜塔打斗。俄罗斯人比智利人要高上几英寸。

"布拉加以为这个世界是温柔的，"她说，"就像个大枕头，让他在上面尽情撒野。他没有尊重世界的本来面貌。所以丢了性命。"

一时间，雷娜塔竟无言以对。

"这真是我最喜欢的睡前故事了，"苏雷什说，"你能再讲一个吗？"

"太苛刻了吧。"金海说，"你跟布拉加并不熟悉。"

"有的东西一眼就能看出来，欧阳。"

"唉，糟了。"金海心想。

"你想怎么样？"雷娜塔说，"现在又找金海的麻烦？"

"欧阳，"小维重复了他的姓，"不跟大家说说你是怎么来这儿的？"

"就跟你们一样，"他说，"我努力付出了才进来的。跟我父母毫无——"

他意识到大家都在盯着他看，便不再说话了。

"等等，"苏雷什说，"我还以为只是个巧合——中国到底有多少姓欧阳的？"

"你父母就是'那一对'欧阳夫妇？"雷娜塔问。

"没错，"金海叹了一口气，"就是'那一对'欧阳夫妇。"

问题是，他觉得这个俄罗斯女孩儿似乎是对的。就算父母没有从中周旋，他依旧能得到优待。

他打赌所有人都在想着同一件事。

至少他现在知道小维为什么不喜欢他了。

"那么……"过了一会儿，苏雷什开口，"你们觉得到底发生了什么？有人说说吗？"

金海耸了耸肩，只觉得换了个话题真是太好了。

"我是说，我们都听到沸天震地的声音了，对吧？就像打仗一样。"

"很明显是机甲出事故了。"雷娜塔说，"但我没有听说海湾内有人因此死去。一定出事了。"

"'一定出事了'。这就是你思考得到的结论吗?"小维说。

另一位俄罗斯学员伊利亚用家乡话对小维说了些什么。她也炮语连珠地用家乡话回复她。她点点头,闭上了嘴,看起来很羞愧。

"好吧,小维。"雷娜塔说,"如果你非要深究的话,我认为这是一次蓄意破坏。所以他们才什么都不告诉我们。可能出现了炸弹什么的。这样说够具体了吗?"

出乎金海的意料,小维点头表示同意。"我也这样认为。"她说,"我觉得这不是意外。"

雷娜塔刚想开口,小维突然肃立。

"驾驶员来了。"她说。

金海从床上跳下来,表情认真。兰伯特长官在门外停了一下,给他们几秒钟时间整理着装。他认真审视了每一个人,神情凝重。

"我知道你们都听说了布拉加和乌的事,"他说,"我们将为布拉加举行追悼会,明早九点。希望你们全员出席,并且精神抖擞。你们中的大多数人和布拉加不太熟,但我告诉你们,他在我见过的学员中是相当优秀的。他是个好人,我们不会忘记他。"

兰伯特说这番话的时候是不是在看着小维?他是不是偷听到学员们的聊天儿了?

很有可能。金海提醒自己今后要谨慎开口,就从此时此刻开始。

"至于乌,"兰伯特接着说,"医生表示她很快就会康复的。她现在不在基地里,她去接受更好的治疗了。我会告知你们她的最新状况。"

"驾驶员,长官,"雷娜塔说,"您能告诉我们到底发生了什么吗?"

兰伯特摇头:"我们已经对事故正式展开调查了,在盖棺定论之前,我不能透露任何消息。你们也不要过度关注。你们是来这里训练的,现在继续训练。等所有训练结束了,你们也许会留在这里,成为驾驶员,也可能从哪儿来,回哪儿去。"

"还有一种可能",金海暗自想,"像布拉加一样,被装在尸体袋里拖出去。"

过了一会儿，金海找到伊利亚，问她和维多利亚说了什么。伊利亚只是摇了摇头。

"朋友，听我一句劝，"她说，"别惹俄罗斯姑娘。"

驾驶员没有开玩笑。他带他们去了格斗训练室，花了一小时带他们简单练习了一遍，然后进行配对。仿佛老天爷也在跟金海作对，他第一次配对的人竟是小维。

他们以前从没进过格斗室，但是他听过很多关于它的故事。它就像一间健身房，或是日本道场，学员和驾驶员们在这精进他们的格斗技巧。毕竟，机甲的格斗能力不会比它的驾驶员优秀。若驾驶员无法挥出一个漂亮的拳，或使出一招完美的过肩摔，那么机甲也不可能做到。

"今天我就要测试一下你们。"兰伯特说，"当然，我已经看过你们的测试结果了，但是我想亲自考察你们。从无武器搏斗开始，你们可以使用任何格斗招式或自由组合格斗招式。我想看到出彩、实用的招数，同时我还要看到你们的自控能力。我不想看到有人鼻子挂彩、掉牙或是骨折。听明白了吗？"

"明白，长官。"他们齐声答。

"很好。雷娜塔和伊利亚，你们先开始。我——"兰伯特突然拍了拍手，提醒我们注意，"秘书长，早上好。"

"早上好，驾驶员。早上好，学员们。"

没人说话。大家只是盯着秘书长。

那可是森真子，是参与关闭虫洞裂缝的驾驶员之一。在那场两架机甲同时对抗三只怪兽（其中两只四级，一只五级）的战斗中，她是那支战斗队伍中唯一的幸存者，那支战斗队伍是对抗怪兽的人类最后的支柱。金海的父母曾在怪兽战争中立下显赫功绩，即便如此，他亲眼看到森真子的时候，还是大为吃惊。

"您怎么亲自来了？"兰伯特问道。

"我只是来看看，"森真子说，"请继续吧，就当我不在这儿。"

怎么可能呢？

雷娜塔和伊利亚开始搏斗了——一开始两人僵持不下,在伊利亚取得首胜后,雷娜塔开始大展身手了。他看得出伊利亚学过一点儿松涛流空手道和拳击。她喜欢出拳,并且脚下功夫也了得。她喜欢踢腿,这就给雷娜塔带来麻烦了。伊利亚对雷娜塔做了两次相同的动作——在雷娜塔使出高踢腿时,伊利亚马上一只手横臂抓住他的脚,另一只手反身出拳朝他脸部打去——当然没有真的揍下去,但是几乎贴到脸了。

然后是苏雷什对阵塔依玛。苏雷什表现得意外出色,但是塔依玛——不仅块头大——动作还很敏捷。

然后轮到金海了。

小维来势汹汹。当然也在他意料之中。他接连挡下了她好几拳,但这样一来就无暇顾及她的腿了。她一脚踩住他前脚掌,让他失去平衡,然后趁机掐住他的脖子。兰伯特喊停,让他们回到原位,再来一轮。

这一次,金海先佯攻然后迅速退后,打乱她的招式。他反身出拳,小维侧身闪避,向下出拳攻击他的腹部,他抓住她的手臂,将她一把甩了出去,然后趁她挣扎起身时快步跑到她身边。她差点儿——但没有完全——防住了金海朝她头部打来的一拳。

本轮金海获胜。他开始自我感觉良好了。

第三轮开始,小维没有采取任何行动。她只是站着,甚至没有认真防御。

"来吧。"她说,"我知道你想赢。来呀。"

这有点儿刺激到他了。他练习过击剑和几种近身搏击术,但是所有教练都明确反对在打斗时说废话。在击剑中,这是明确禁止的,违者可能会被禁止参赛。

他踮着脚,小幅度跳跃前进,缩小与小维的距离。

她仍是站立不动。

他出拳,那本只是作为佯攻的,却被小维一把抓住,小维顺势将他手臂扭转,给了他另一边脸一巴掌。她下手极重,打得金海眼冒金星。

"我早该看出来的。"金海心想。

"停。"森真子说。她声音轻柔,但每个人都能听见。

"对。"金海晃了晃脑袋，心里想着，"快喊停吧。"

森真子走到格斗室里。她看了金海好一会儿。

"你可以坐下休息。"她说。

金海点点头，鞠躬，坐下了。

然后她看着小维。

"你叫玛丽科娃，是吗？"

"是的，秘书长。"

森真子伸出手。

"攻击我，"她说，"全速，但不能碰到我。只能让我感受到空气流动。"

小维盯着她看了一会儿，摆好姿势，然后出手了。

她的动作极快，并且如森真子的指示，没有碰到她。

"很好。"森真子说，"现在再来一次，用力打我的手。我要感觉到它能直击我的心脏。"

小维犹豫了。这是金海第一次看见她犹豫。

"秘书……"

"照做。"

小维伏下身子，摆好姿势，然后给了森真子的手一拳。发出"砰"的一声，听着就觉得痛。

森真子没有眨眼。

"这么说，你知道这之间的区别。"森真子说。

小维点了点头，满脸通红。

"要求你控制的时候，"森真子说，"你就要展示出控制力。明白吗？"

"明白，秘书长。"

"我想你以前也听过这些话。"森真子说。语气更轻柔了。其他几个学员偷笑起来，就连小维也展露了一点儿微笑。

"是的，长官。"小维承认道。

"坐吧。"

然后，森真子对所有学员说："在格斗室训练有两个目的。第一个是确保你有赢得战斗的必要能力。同样重要的另一点，就是要掌握与他人的适配能力——这个人日后有可能会跟你进行同步——不管你有没有机会同步。你会学习格斗技巧，你会进行相关训练。但你们在和其他学员打斗时，不要把他们当成对手，要视他们为搭档。"

金海完全理解了森真子的意思，这一点出乎他自己的意料。有的学员似乎还觉得困惑，而小维的表情像是刚吃了什么酸东西。

他们那一天剩下的时间都在格斗室里度过，超过七个小时。训练结束时，金海几乎无法走回宿舍。

8

秘书长在学员都离开后还留在格斗室里，兰伯特看得出来她希望他也留下。他一直很害怕出现这种情况。尽管他并不想和秘书长谈话，但是再害怕，终究还是无法避免。

"他们看起来很不错。"学员一走远，森真子就对兰伯特说道。

"有几个挺有前途的。"他表示赞同，"我不期望所有人都能完成训练。"

"我们没有期待你能完成任务，你知道的。"森真子说道，"你总是独来独往，相信可以仅凭一己之力就打败怪兽。有这么一件小事……"

"是的，秘书长。"

"我知道等级的重要性，内特 [1]。"她说，"但是这里没有别人，我的头衔实在是太大了。我更希望你能直呼我的名字。我们的关系应该可以直呼姓名吧？"

"那是很久之前了。"他说。

"你可以这样想。"森真子说，"但对于我，那段时间从未远去。"

"好吧，"他说，"森真子。"

"谢谢你。"她说，"你与多少人同步失败了？"

"六个。"他回道。

"在你试到第五个的时候我们就应该把你刷下来了。但是我父亲——我养父——相信你。我也是。杰克也相信你。"

"我记得。"兰伯特说，"我觉得这里就是我的归属。我觉得你们所有人——整个PPDC——都是我的家人。然而就在我开始适应这一切的时候，杰

---

[1] 内特（Nate），是杰克对内森（Nathan）的昵称。

克……"

他发现自己开始感到愤怒，于是努力抑制情绪。

"我不知道杰克在哪儿。"森真子说，"我努力找过他。他的名字总会时不时出现……"

"对，"兰伯特说，"在罪犯名单里。怎么会——"他停住了，低下头说，"对不起，我知道你把他视为自己的兄弟。"

"我跟你一样，内特。"森真子说。

"不，"他说，"再也不一样了。你找不到他，我替你感到遗憾，但——说真的——这可能是最好的安排。"

她紧闭双唇，不作回应。

"我也这么觉得，有时候。"她说，"但他始终是我兄弟。"

一天结束的时候，大多数学员都或多或少收集到了一点儿关于布拉加和乌发生事故的消息。整个穹顶流言蜚语在疯传着，他们要塞住自己耳朵才能避免听到这些消息。

那天晚上，学员之间流传着一本本子，彼此分享着自己收集到的消息。他们达成的唯一共识就是："狂战士克罗诺斯"内部发生了某些意外——布拉加和乌都相信自己身处一场真实的战斗之中。苏雷什偷听到两位底层技术人员推测，说乌连接到某个分裂组织去了。小维说她听说怪兽的信徒与此次事件有关。

"那些怪兽狂人以前是不是试图杀害你父母之类的？"伊利亚问金海。

金海摇了摇头。"不是我父母。是那对在我父母之前驾驶'少林游侠'的夫妇，他们在自己的公寓被人谋杀了。"他说，"所有人都觉得怪兽信徒必然是共谋，但据我所知，没人拿得出证据来。不过，我父母收到过很多来自他们的死亡威胁。我想很多驾驶员都收到过吧。"

"真是肮脏的勾当，那些怪兽教会。"塔依玛说。

"肮脏不足以概括它。"小维说。她的语气好像自己知道什么内幕一样。

"同意。"金海说。

第二天，布拉加的追悼会结束后，学员们面临着更多格斗训练，但他们没有相互搏斗，而是学习使用武器。今天练习匕首战和近战，非常暴力。

不出意料，小维深谙此道，几乎和导师一样出色。金海虽然不愿意承认，但对她确实产生了崇拜感。那不是击剑，击剑是他觉得唯一有美感的武术运动，可能是因为它和跳舞有许多相似之处吧。但是小维的动作中透露着强烈的美感，他开始欣赏她的动作，期待着她的下一招。

现在，他如果觉得之前那就叫酸痛，那真是大错特错。

明天，他们要开始研究怪兽，终于能休息了，他们要了解——怪兽的天性、解剖图、天然武器之类的。所有他们战胜怪兽所必须掌握的知识。

昨天中午吃饭的时候，小维将显而易见的一点指出来了。金海还在试着弄清楚他那碗面里究竟有什么东西的时候，小维坐在了他的对面。

她看着自己的面。

"太浪费时间了。"她说，边用筷子搅动着面，"这会是我们距离怪兽最近的时刻了。"

"希望如此。"他回道。

"哦？"她说，"那你为什么要来这儿？是你亲爱的妈咪、爸比坚持要你来？"

"你知道吗？"金海说，"如果你是想跟我做朋友，那你用错方法了。"

"我没有想跟你做朋友，"她说，"我不喜欢你。我觉得你很软弱，你的一切都是别人给予的。我不认为你有资格来这里——"

"听着，"金海说，"你不了解我。你不知道我过着怎样的生活。"

"——但我觉得我们是适配的。"

金海不说话了。

"什么？你是说——你不喜欢我，但是你觉得我们应该互相帮助？"

"互相帮助？傻子。我是说同步适配。我们打斗的时候你没感受到吗？我们之间的连接？"

"我只觉得你的手和我的脸有连接。"他说。

小维耸耸肩："我可能是错的。但你等着瞧。"

第二天，雷娜塔被叫出去训练了一个小时，然后是伊利亚。那天，有四名学员出去又回来，但是没有人愿意透露自己去哪儿了或发生了什么。

又过了一天，轮到金海了。

他被带去森真子的办公室。他很惊讶这么一位重要人物，办公室却那么小。森真子也没有怎么装饰这个地方。

"你父母还好吗？"金海走进办公室的时候，森真子问他。

"他们，呃，还好吧，大概。"他说，"我们不常见面。"

她点了点头。她看着屏幕，而金海只能看到屏幕的背面。

然后她开始问问题。一开始是简单的问题——他在哪儿读过书、童年玩伴是谁、说说他的击剑教练以及第一次和达斯汀见面的情形他还记得多少。

实际上，她问了好几个关于达斯汀的问题，占的比重显然大于其他的问题。

她还问了很多其他问题。等面谈结束了，他才终于意识到是怎么回事。

"狂战士克罗诺斯"的破坏——布拉加之死。

他是嫌疑人。其他接受面谈的学员一定也是嫌疑人。

森真子告诉他可以走了，但是他还没走到门那里时，森真子又叫住了他。

"最后一个问题，"她说，"来这里的第一天你就收到了一个存储器，我能看看吗？"

他的心几乎要沉到胃里了。

"秘书长，我不知道把它放到哪里了，"他说，"第一天上课的时候我就找不到了。"

"我知道了，"她说，"好，你可以走了。"

离开办公室后，金海很好奇她问了别的学员什么问题。也许她问他们的问题都是关于他的。

9

2033
香港
中国
金海

金海跑到火车站的楼梯时喘得上气不接下气。他这辈子还没跑过那么快，沉甸甸的背包更是个累赘。但就算跑得那么快，他也只剩下两分钟了。

他跳下第一层楼梯，着地的时候太用力，膝盖有点儿受伤了。身后有人骂骂咧咧的，但他都无视了。他继续往下跑，越来越深入地底——更重要的是，他要到达驱动火车的超导体区域中去。一般情况下，那并不能让他关闭已植入皮肤的信号传送器，但是这个火车站以信号差而闻名，只要他接近火车动力区，追赶他的人应该无法追踪到信号了。

他到达的时候，火车门正好开启。他一个箭步冲进去，坐在座位上，把手里的东西粘在座位底下，然后站起来仿佛要去其他车厢。然后他从隔壁车厢的门，下了火车。

他去了洗手间，躲在其中一间隔间里。

现在他觉得自己真是聪明绝顶。他伪造了一个信号传送器的信号点，把它下载到一部旧手机上。火车上的旧手机现在应该在发送出他的个人坐标信号了。专家稍用工具就可以拆穿这个把戏——甚至是能力一般的人也可以拆穿——但到那个时候，他已经逃之夭夭了。

他等了足够久的时间，然后又等了一会儿。

他把头探出洗手间的门四处张望。火车站几乎是空的，他看不见那些追赶他的人了。

又过了几分钟，他的目标列车到了，方向和刚才那辆完全相反。他找了个座位，把背包放在地上，拿出一瓶水和几根能量棒补充能量——他要去那个地方，因此必须保持充沛活力。这还只是一个开始。

"你背包里的是一把剑吗？"

他转头，身旁坐着一个比他大十岁以上的人，膝盖上放着公文包。

"算是吧。"金海说，"是一把击剑重剑。"

"像电影里的那样？像佐罗？"

"有点儿像吧。"

"它末端加了一个螺丝套，你才能用它来练习，对吗？如果把那个东西去掉，剑端就是锋利的。"

金海总是对类似的说法感到惊奇。那种做法怎么能行呢？若剑端加了螺丝套，就说明剑是开了刃的，对吧？这也就意味着你要是想刺杀某人，只要把剑对着他们快速旋转，就能刺入他们的身体里了。难道大家认为会有人给小朋友这样一把转转手腕就能杀人的剑吗？

"不是的，先生。"金海回应道，"剑端是钝的，若是非电动剑，剑端会带有一个橡胶保护套，但那也只是为了额外增加安全性。我们击剑时非常看重安全。所有的剑都是不开刃的。"

"好的，"那个男人说，"谢谢你，听起来蛮有意思的。"

"的确很有意思。"金海肯定地说道。

他也没有撒谎。重剑出厂的时候是没有开刃的。

但那是随手一查就知道的信息。

他在火车上休息好了，也吃饱了，下火车的时候做好了飞奔躲避的准备，但是车站里没有人来拦截他。目前一切进展顺利。显然，他的计划没有出现漏洞。他还记得他要去的方向。

他从没来过城的这边。这儿是一个老旧的海滨区附近，因怪兽的袭击变成了一片荒地，没有重新进行建设。海边的房子和从前大有不同，至少在环太平洋区域是如此。这个时代，人们都倾向于到内陆去发展，毕竟把钱用来建设能看到海湾的高塔实在不是什么明智的选择。

若怪兽很长时间不攻击人类，这种情况会再度改变的。人类就是那么愚蠢。

但现在，若有人想进行一些隐秘的活动，这里就是最佳地点。他所在的地方有很多建筑——很多都只剩下一部分了——仍矗立着，但已经彻底荒废了。

转过几个拐角后，他看见了他们，都在等他。

有一个女生——跟他年龄差不多——站了出来。

"你先拿出来看看。"她说，"谭不认为你有那东西。他说你会临阵脱逃的。"

"谭压根儿没有他想象中那么了解我。"金海说。

女孩儿用怀疑的眼神看着他。

"你现在退出还来得及。"她说，"现在退出还是光荣的。一旦开始行动，就没有后悔药吃了。"

"那你看好了。"金海说。

他们大概有15人，但只有那个女孩儿是全副武装的，所以她一定就是金海的打斗对象。现在还很难说战况如何。她中等身高、宽肩、长腿。她只是站在原地，所以金海看不出她的招式。

金海穿戴好装备，最后戴上面具。一个矮小的男人走过来检查他的刀刃，然后用沾了消毒剂的毛巾擦了一下。

"刀很好。"矮个儿男人说。

"好。"那个女孩儿说，"等你准备好了就开始。"

等他准备好？他盯着女孩儿的刀尖看。那可真是能要命的。

去他的吧。他准备好了。

他摆出防御姿势。

"无裁判，不限时。"矮个儿男人说，"懂吗？"

"收到。"金海说。

"那好，准备好就开始吧。"

金海踮起前脚掌，一边轻巧地前后来回跳跃，一边用刀慢慢画圆，保持移动，让对手不知道他会从哪个角度发起攻击。

二十秒过去了，金海知道对方比他强。他的对手也知道这一点。他能看见她藏在面具后不屑的笑容。他往回弹跳，想在弄清楚自己该如何出招之前离她远一点儿。他差点儿把自己绊倒了。这地面和他平日里练习击剑时踩的光滑铝垫不一样。街道是不平整的，尤其是这里，砖瓦、石块会让他摔倒。

金海只是跟跄了一下，但对那个女孩儿来说已经是一个破绽了。她飞一般朝他冲来。金海挥舞重剑，试图躲避她，但是她的剑刃已经滑过了他的剑。为了避免被刺伤，他用力把自己甩向一边。女孩儿那没开刃的剑身从他手臂上划过。

她退回原地，等他站好再来。

"这不是击剑运动，小明星。"她讥讽道，"带着你的剑回到击剑室去吧，那里比较安全。"

"我觉得这里也很安全。"金海回击道，"就像有人在哄我睡觉一样温馨。"

"好哇，过来，我再给你一个晚安吻。"她回道。

他知道，他若想占得上风，就必须压制她，所以他进攻了。她侧身一躲，步伐轻盈得仿佛身躯没有一点儿重量。她找到他的破绽，夺走了他的剑。他一边后退闪避，一边试图夺回自己的剑，但她也躲开了，电光火石之间，她的重剑刺入了他的肩膀。他的肩胛骨感到一阵撕心裂肺的疼痛，仿佛她刚才不是用一把只有几公斤重的剑，而是用一把斧子在砍他。

很快，疼痛感越来越强烈，像电流一般传遍全身，他全身疲软地跪下了。

"这就对了。"女孩儿说，"晚安，小宝贝。"

他眼含泪水，但是依旧强迫自己一定要站起来。

"只是身体受伤了而已。"他说。

的确，但是这个伤比他想象中的要严重得多。

"算了吧，欧阳金海。"某个旁观者对他说。

无论他刚才脑海中闪过了什么样说服自己投降的理由，现在都不成立。既然他们知道他的身份，那么他要捍卫的就不仅是自己的尊严了。

他站起来，再一次摆出防御姿势，努力聚精会神。

至少她攻击的不是他拿武器的手。这只手臂本来在击剑时就没什么用处。

她攻过来，金海看到她手臂内侧毫无防御，于是向那儿攻去。当然，这只是她的战术。她击退了金海的反击，全力运剑朝着金海的胳膊刺去。而金海故意掉剑，让剑刺到了女孩儿的大腿根部。

这一次，疼痛来得迅猛而剧烈。他的武器掉了。对手也松开了手，但那只让事情变得更糟了。女孩儿的剑从金海胳膊的一边刺了进去，从另一边穿了出来，现在一把重剑卡在了他的胳膊上。他瘫倒在地，忍不住疼痛得大声叫喊起来。

唯一能给他一点儿安慰的，就是他的对手也疼得直骂人。

有人把剑从他胳膊上用力抽了出来，那疼痛比剑刺进去更剧烈。

"他马上就要失血过多而死了。"有人说，"我觉得他再过五分钟就没命了。"

"你还有五分钟。"金海嘴上这么说，但是随着疼痛加剧，他内心的恐惧也逐渐加深。这一切是真的吗？地上的鲜血那么多，多得让人无法置信。

"闭嘴。"和他打斗的女孩儿生气了，"别吓唬他。他表现得还可以。他露出破绽让我攻击，就是为了划伤我的腿。这招数还可以。给他包扎一下。"

有人按压金海的伤口，然后开始局部包扎。金海一直闭着眼睛。他不想看到血。

他再次睁开眼，只看到一个姑娘盘着腿坐在地上。她摘掉了面具，脱下了击剑服，换上了短裤，大腿上还缠着纱布。

"你知道我叫什么，"金海说，"那你的名字是？"

"无意冒犯，"她说，"我可不想蹭你父母的光。"

"好哇，"他说，"那我们干脆结婚怎么样？"

"你会娶一个能打败你的女孩儿？"

"只要她心地善良就好。"他说。

她好像准备要开口，却突然挣扎着站了起来。根据她和其他人的反应，金海知道发生了什么。

"达斯汀。"他说，"我正准备去找你。"

他转身，果然是达斯汀来了。

达斯汀块头不大，但是透露着一股生人勿近的危险气息。这可能是因为他健壮的肌肉和锐利的蓝色眼眸。他把手枪举在胸前，暂时还没有伤害任何人。手枪也没有指着谁，但是只要他转转手腕，就能让手枪对准某个人。

"这样不合规矩。"女孩儿说。

"没事的，"达斯汀说，他的美国口音独具特色，但他的普通话也无可挑剔的清晰，"我们现在就走。他从来没有来过，对吧？"

大多数人都点了头，但那个女孩儿看起来很生气。

"好。"她说，"他没来过。但绝无下次。"

"同意。"达斯汀对女孩儿说，然后转向金海，"走吧。"

"再见了各位。"金海踉跄地站起身，"挺好玩儿的。"

10

2024
黄海
中国
"少林游侠"

明皓低头看着熟睡的儿子，希望外面的汽笛声没有吵到他。金海闭着眼，被子遮住了他的脸颊，此刻的他看起来特别像他的母亲——他的眼睛、柔和的面部轮廓。而在其他时候，明皓能从金海身上看到自己的影子。孩子一天天成长带来的变化总是令人吃惊。

"人不能两次踏进同一条河流。"明皓的父亲也爱这么说。

这句话是真的。但也许有一天，没有人会愿意踏进那条河流。对于明皓和他的妻子苏尹来说，今天可能就是"那天"。今天过后，他们也许再也见不到自己的儿子了。

"我告诉他明天会去湖边远足。"明皓悄声说。

"去湖边可要花上好几天呢。"苏尹说，"让梅带他去游乐场玩儿吧。他会很开心的。等我们回来了再补偿他。"

"好。"他长舒一口气，心里想着：如果我们回不来……

苏尹握了握他的手。她能读懂他的表情。

"金海会好好活下去的。"她说，"没有比破碎穹顶更安全的地方了。无论今天发生了什么，我们的孩子都会活下去。来吧。没时间可浪费了。"

然而在前往猎人海湾的路上，明皓还是想着那个湖，想着他们上一次去那里玩儿的情形。那时候金海多高兴啊，而他自己又是多么满足哇。那些美好的时光，在当时看来好像永远不会结束，他——他们所有人——可以永远沉浸在幸福快乐里。

这只三级怪兽代号"豁达"（Huo Da）。它从虫洞裂缝里出来不到一小时，攻击目标似乎是上海，这意味着他们要用V-50直升机把机甲从香港破碎穹顶吊出来，然后带着它飞过八百英里去与怪兽对战。过去，在所有破碎穹顶都开放的时候，若遇到怪兽的行进轨迹是这样的，可以从日本的长崎或东京破碎穹顶派遣机甲去拦截它。但现在是不可能了。

好在直升机即便是牵引着机甲，依然行动迅速。然而就算提前检查了系统十几次，它们还是要花时间在途中停机检查。

"少林游侠"是第三代机甲，它已经服役七年了，但这次是他和苏尹第一次驾驶着它上战场。或者说是他们第一次驾驶机甲上战场——并且，在他们的初次战斗中，他们决心取得胜利。魏氏三胞进入"暴风赤红"进行检查，发现冷却系统出了点儿问题。"暴风赤红"和经验丰富的机组人员，会比"少林游侠"晚一个小时左右到达。

明皓和苏尹看着脚下的大地，提醒自己，这就是他们待会儿要捍卫的祖国。他们看着月光下的山川河流、城市小镇，尝试回忆起它们的名字；他们玩儿文字游戏；持续了解敌人的最新动态，可是消息并不多。

"从目前掌握的信息来看，这只怪兽比其他的要矮小一点儿，"任务控制中心的蔡天童告诉他们，"它一直挨着底部，基本保持直线前进，但是我们以前也遇到这种情况，最后怪兽打了我们一个措手不及。它的阴影看起来像一只扁平的节肢动物——有点儿像蜈蚣，又像放大版的三叶虫。它似乎有六到八条腿，全都向前弯曲。它头部硕大。它以小碎步向前冲，所以怪兽观察员认为它可能通过喷射水流推动自己前进。它前进的最高速比我们遇到的任何怪兽都要快——至少在水中是如此。它可能比我们见过的一些怪兽更适合在水中生活。"

"就像'少林游侠'一样，"苏尹说，"我们应该尽可能远离城市，在海上与它交战。"

怪兽各有不同，机甲也各有优势和自己擅长的武器。你永远猜不到怪兽会是什么样的，尤其是现在他们似乎在适应人类的战术和技术。五年前——甚至是一年前——起作用的东西，可能现在都已经失效了。作为工程师，明皓预计，若战争持续的时间过长，机甲猎人必然会进行相应的优化设计。但是，为了适应机甲，怪兽可能会再次进化，让优化后的机甲又一次过时，于是创新又一次显现出其重要性，正如它在生物进化中占有的重要地位一样。

"少林游侠"与其他机甲相比，构造特点更适合在水中战斗。它的氧气容量得到了大幅度扩大，并且能通过电解作用从海水中提炼氧气。它配备了背部涡轮机，能像潜水艇一样，在水下水平快速移动，若保持直立姿势，涡轮机能让其从水中快速上升至水面。它的武器流星链锤无论是在水下或水上都能良好运作。此外，它还配备了液压装载系统和气缸，能在深海中迅速保持稳定。在与怪兽"欲望之神"的交战中，"少林游侠"几乎全程在水下作战，证明了自己的水中作战能力。

但在那场战争中，"少林游侠"的驾驶员另有其人。

终于，明皓和苏尹到达了陆地边缘，在经过上海以及上海在杭州湾的巨大港口时，他们看到太阳从海平面上冉冉升起。"少林游侠"向着深海移动，看着钱塘江和长江里混浊的泥水逐渐变成海湾和入海口处的清澈的青蓝色海水，它越走越远，看见清浅的海水颜色越来越深，变成了深蓝色，直到海岸线和住在岸边的数百万民宅都变成了视野里遥远的一条线。

"好了，"天童说，"我们马上就要释放你们了。这里的海水深度大约两百英尺，若我们再走远些，深度会是它的两倍。怪兽'豁达'没有偏离它的行进路线。它将在十五分钟内抵达你们下方。若你们准备好了，我们现在就提前进行驾驶员间的连线。"

"我们准备好了。"苏尹说。

明皓和苏尹第一次同步的时候，他们已经相爱、结婚、生子了。

但那次同步仍然对他们产生了翻天覆地的变化。苏尹称它是"第二次婚礼"。明皓听说有的人进行大脑同步是非常暴力、残酷的，因为可能出现同步的其中一方排斥对方、双方相互排斥或是陷入痛苦的回忆中。但他和苏尹的同步总是很温和的——像她在另一间房间呼唤你，像清晨和她一起睁开眼睛一样。双方的连接一旦建立，就很难将彼此的思想分离了。但那也没关系，或者说根本不会困扰他。这就是他一直期待的。进入对方大脑后，明皓各方面的表现都更好了。他觉得自己的恐惧和惊慌都被一扫而空。他和苏尹就是"少林游侠"。他们会赢得这场战争。

他们一准备好，直升机就将他们释放至海面上。他们看到成群的海鱼纷纷逃离。远处，是跃出海面的海豚的灰色背影。

这场景让他们感到高兴，但同时，明皓的心也沉甸甸的。浅水生物除了受到怪兽的攻击外，还会因为机甲猎人杀死怪兽时，怪兽流出的有毒血液而遭到残害。多年来，海洋一直受到人类污染的破坏，但目前为止还没有受到死去的怪兽造成的过分严重的后果。

好景不长，这情形可能马上就会改变了，并且从某种程度上来说，他和苏尹会成为人们责怪的对象。但是他们也无计可施，除非他们能够不让怪兽流血就杀死它。

明皓不再想这件事了。他们会用尽一切办法杀死怪兽。上海的安危还寄托在他们的身上。

他们抵达海面后，只有头部和肩膀的上半部分露出了水面。

"启动声呐探测加强。"苏尹说，"找到它了。"

"豁达"朝着他们过来了，他们几乎横亘在它的必经之路上。事实上，怪兽似乎调整了方向，故意冲着他们加速前进。

他们蹲下，让控制舱没入水底。一瞬间，他们仿佛置身于另一个世界，在这个奇妙乐园里，橄榄绿的海草成片地挤在一起摇动着，反射出水面的点点银光。这景象很美，但它也将机甲的可视范围降到几乎为零。希望这样一来怪兽也看不到他们，那么机甲就能给怪兽一个惊喜了。声呐探测结果和控制中心的远程遥感数据显示，怪兽仍然在向他们靠近。

明皓似乎听到了什么，一声悠长、声调上扬的叫声，然后是一声低沉、声调下沉的叫声。

"鲸鸣，"苏尹喃喃自语，语气充满敬畏，"我从没想过能听到——"

突然，声呐雷达屏幕上怪物的光点变成了一大块阴影，显示了它完整的大小。

"它太巨大了。"苏尹说,"我没想到——"

"我们更大。"明皓提醒她。

然后,经过了漫长的等待,他们面前的海草被怪物分开了,魔鬼的化身就这样出现在他们面前。它的体型——正如苏尹描述的——太巨大了。即使像蠕虫一样水平运动,它的高度也达到了"少林游侠"的一半。映入明皓和苏尹眼帘的,是四只巨大、半圆形的眼睛以及好几只硕大、附有针刺、多关节的前足,可能有八条前足,甚至更多。其中两条腿格外长,明皓一开始以为是它的角或触须,但他看到这些长足是可以活动的,甚至已经像触足一样把他们包围了起来,可能是为了把他逼到眼睛下方的小型镰刀状的腿部之处。

"少林游侠"旋转着躲避在它们附近的怪兽的腿,"豁达"没有抓到他们,然后他们握拳朝怪兽的脑壳重重一击。现在,借着水光,他们可以看见怪兽的全貌了——正如天童预测的那样,"豁达"体形狭长,整体呈菱形,全身覆盖了层层叠叠的盘状的甲壳。他们还能看见——让他们胆战心惊的——它的尾巴,现在正穿过那片海草向他们甩来,就像蝎子的尾巴。

"少林游侠"的动作不够快,无法躲避它。怪兽的尾巴就像一根四十英尺长的大钉子,狠狠地打在了机甲中部,让整个机甲都颤抖起来。它虽然没有完全把机甲的盔甲切开,但它卡住了盔甲,让机甲动弹不得。此时,"豁达"的身体在四周蠕动着,试图再次用长长的、触手般的肢体抓住机甲。

"少林游侠"用双手抓住了它的尾巴,将它拔出盔甲,然后转身直面怪兽。

11

2035 年
蒙屿兰破碎穹顶
中国

森真子把维多利亚·玛丽科娃留到最后。这个年轻姑娘在回答前几个问题的时候都如实相告，但是对涉及其童年的问题总是相当谨慎。

在问到关于她父母的情况时，她说："我不认识我父母。我从小由外公、外婆抚养。"

在问到是什么让她决心加入猎人学院时，她思考的时间是最长的。

"'切尔诺阿尔法'，"她终于说了，"萨莎和阿列克西斯·凯伊丹诺夫斯基。"

"我知道了。"森真子说。

"您……认识他们，是吗？秘书长。"

"我认识。"她回答说，"我从未见过比他们更勇敢、更能干的驾驶员。"

"是的，"玛丽科娃说，"他们是我的英雄。"

面谈结束后，森真子对这个女孩儿感到不安。正如心理测评结果显示的那样，此次访谈也暴露出在玛丽科娃内心深处——最深处——存在着某种创伤。并且她还掩盖了一些事情，一些重要的事情。

维多利亚·玛丽科娃在很多方面都让森真子联想到自己。

这也许不是一件好事。

森真子在戈特利布博士的实验室里找到了他，如她所料，博士正忙着在黑板上进行各种演算。有的人觉得他用黑板这种老旧设备来工作很奇怪：就算你想手写点儿什么，现在也有很多触摸屏或全息显示屏可以让你写字。但是森真子能理解戈特利布。在同步中你能学到的一件事就是，记忆和个人的过去是如何影响一切的。她怀疑，若是与戈特利布进行同步，她会发现绝大多数记忆会把他思考的过程与他手中粉笔的触觉、捏着粉笔写字的动作以及粉笔灰的味道联系在一起——就像是一根线，把他从童年到现在的数学思考过程串在一起。

也可能这就是他个人的癖好。

他到现在还没有注意到森真子。

"戈特利布博士。"

他继续写着，仿佛没有听到森真子在喊他。但过了一会儿，像是她的声音终于传到他耳朵里了一样，他抬起头来，惊讶地看着她。

"秘书长，"他说，神情有点儿慌乱，"我们——我们不是约了十一点开会吗？"

"是的，"森真子说，"已经过了半个小时了。"

"天哪，"他局促地说，"我真是太抱歉了。我总是害怕时间不够用。"

森真子询问他黑板上的公式。

"这和'狂战士克罗诺斯'有什么关联吗？"

"没有。"戈特利布答道，"这是，呃——我投入了非常多的心血。我本打算在开会时提出来的。"

"很好，"她说，"跟我说说吧。"

"我的某个同事带来了一系列对海床进行扫描后得出的数据。"他说，"这些数据非常奇怪，但是它们呈现出一种明显的模式——并且该模式让人非常担忧。"

"继续。"

"具体细节我就不说了，我发现这种模式与虫洞裂缝打开前一个月时的模式很相似。而我们对此仍知之甚少。"

"你认为虫洞裂缝会再次打开？但是怪兽观察员一直对其进行着严密的监视。"

"对，之前位于马里亚纳海沟的虫洞裂缝当然要受到严密监视。但事实上，虫洞裂缝可能在所谓的'火山圈'附近的好几个地点形成。"他对着墙上的地图挥了挥手。地图上有一根红线，一端为澳大利亚东部，连接着菲律宾、中国、亚洲东部海岸，直至西伯利亚，再到阿拉斯加，最后沿着美国海岸线串起了整个环太平洋地区。

"更像是个马蹄，而不是一个环，对吧？"他沉思后说，"重点是，这条线囊括了地球上绝大多数火山和地震活动区。这些地区中聚集了大量能量，尤其是在深海区。马里亚纳海沟的海拔是最深的。但我认为虫洞裂缝在其他地方打开也是有可能的。比如说千岛海沟、爪哇海沟以及阿留申海沟。想想，若你是'先驱者'（Precursors，'Anteverse'星球的主宰），你会把虫洞裂缝开在崩塌过的地方吗？"

"我猜不会。"她说，"这是真的吗？你觉得新的虫洞裂缝即将来临？"

他沉思了一会儿，眼神有点儿不集中，然后他闭上了眼睛，又睁开，继续说。

"你要知道，"他说，"我——我曾和他们联系过。我和盖斯勒曾与怪兽大脑同步过。'先驱者'——它们与人类是无法共存的。它们对地球的渴望更……更像是它们生命存在的基本意义，而不是一种……一种动力。总而言之，我们打败过它们一次，但是我看得到——我感觉得到——它们认为现在是卷土重来的时机了。不是千万年后，也不是百万年后，就是现在。它们一定会回来的。等到它们真的回来了，恐怕整个世界的秩序要天翻地覆了。我们过去做的还远远不够。"

他不说话了，仿佛是在极力控制自己。

"但这不仅仅是我的——呃，感觉，"他说，"根据这些数据，是的，我认为我们有可能会在接下来的两到四个月内发现一个新的虫洞裂缝，但要确认这一点，我还需要更多信息。"

"什么样的信息？"

"若我们能说服怪兽观察员分配部分资源到几个重点区域，我应该能够检测该理论的准确性。"他说。

"应该不成问题。"森真子说，"尤其是考虑到若你的推测是正确的，我们将面临的风险有多么可怕。不能再打无准备之仗。"

"谢谢你，"戈特利布说，"我当然希望自己是错的。我宁愿是我搞错了。只是我犯错的概率微乎其微……"

"今天中午我会和指挥官商讨此事。另外，关于'狂战士克罗诺斯'的破坏事件，你有什么想告诉我的吗？"

"暂时没有，"他说，"这真的不是我的领域。我只将技术人员和法医鉴定的数据进行了比对。但我还扫描了那个存储器，里面是某个程序和一些他们没有的设备。有一件事值得注意。我发现了极其微量的怪兽血液残留，几乎无法检测出来。但它说明了一件事，那就是这个存储器一定来自某个提供怪兽相关产品的人。"

"怪兽黑市。"森真子说。

"也有可能是'战争恶魔之神'组织。"戈特利布说，"他们在某些宗教仪式上会使用怪兽血液。我知道这个发现没有为我们提供新信息，但它肯定了我们的猜测。"

森真子点了点头，说："谢谢你，博士。我一收到怪兽观测员的反馈就立即告知你。"

她回到办公室，拨通了指挥官的电话。在交谈中，她与指挥官发生了一点儿争执。尽管PPDC现在做的所有事情都是在为阻止怪兽某天重返人间做准备，但是没有人愿意真的去想这件事，并且在指挥部，太多高级官员已经适应了现在的社会和世界。

但她有威严，而戈特利布有信誉，所以她提出的要求得到了满足。虽然可能不及戈特利布要求的那么多，但是聊胜于无。

那之后的事情就不归森真子负责了，她把注意力重新放在了那场蓄意破坏上。她联系了兰伯特。兰伯特不是很乐意听她说那些话，但是她提出了自己的观点后，兰伯特也表示同意了。

两到四个月。若戈特利布是正确的，他们也许要加快训练的步伐了。

金海从噩梦中惊醒，极不情愿地从被窝里坐起来。他看见雷娜塔和苏雷什已经起床了。伊利亚还在伸着懒腰。

小维已经不在宿舍了。真可疑。

事实上，宿舍已经成了一个让人很不舒服的地方。似乎没有人想开口说话。

"小维去哪儿了？"他问道。

"她去跑步了。"雷娜塔说，"我也去。我想我们都应该去跑一跑。"

哦，金海明白了，原来他们想谈那件事，又要提防隔墙有耳。

"我也去，"金海说，"给我几分钟。"

太阳从东方照常升起。远远地，他听见夜鹰一阵又一阵地鸣叫。早起的鱼鹰在灰白色的天幕下翱翔。

小维在猎人海湾对面广阔的部署区和机场空地边热身边等他们，这样大家才能一起跑。

"我们必须谈一谈。"几分钟后，雷娜塔说。

"有什么好谈的？"苏雷什说，"他们认为搞破坏的人就在我们之中。我想他们可能是对的。"

"我不相信。"梅林说，"我没做过，我也不认为凶手在你们之中。"

"你的世界真是美好过头了。"小维说。

这一次，这个中国姑娘不甘示弱，她对小维说："为什么会有人做这种事？"

"人心隔肚皮。"小维回答，"每个人都有秘密。只要时机对了，什么事都有可能发生。"

"你好像很了解嘛。"金海说。

"不是我干的，如果你是在暗示这一点的话。"小维说，"但是你的确可以怀疑我。就像我也怀疑你一样。你过得很辛苦吧？作为英雄的孩子，一定要承受很大压力吧？也许你想用自己的方式证明自己，证明你也是自己的英雄。"

"算了吧，小维。"塔依玛说，"别惹金海了。"

"不，"金海说，"她说得对。凶手可能是我，也可能是我们中的某个人。"

"也许吧。"雷娜塔说，"也许坏人就在我们之中，也许真凶能轻而易举陷害我们。但是我们甚至都不知道为什么他们会怀疑到我们头上。我们目前只知道他们在盘问穹顶里的每一个人。"

"我们全员都进入了控制舱，一次两个人，"梅林说，"我们每个人都有作案时间。你们有没有看见别人有什么异样的举动？"

"那时候良一举了手，用不地道的德国口音说'我是一个猎人'，"苏雷什说，"而我好像放屁了。"

"你的确放屁了。"良一说。

"别拿这个开玩笑。"塔依玛说，"尊重逝者。"

"我们能在控制舱里干什么呢？"雷娜塔问道，"总之，我支持梅林。虽然我还不太了解你们，但我不认为有人会千辛万苦来到学院，就为了在猎人训练时安装一个漏洞程序。如果是我进行破坏，我一定会等到能掀起轩然大波时再行动。"

"的确。"小维说，"这样更合理。"

"大家……"良一开口了。所有人都惊讶地看着他，因为这个日本学员很少说话。

"凶手可能就在我们之中。"他说，"我们可能根本就察觉不到。我父亲在国际刑警组织工作，他说有的黑社会分子知道怎么利用庞斯科技来，比如说，把人们变成僵尸——不，不是僵尸，这个词不对。是将指令输入人们的大脑，之后那些人会忘记这件事。"

"你认真的？"雷娜塔问。

"父亲从不对此类事件开玩笑，"良一说，"或者说从不对任何事情开玩笑。总之，若你们有一些古怪的想法，或有记忆出现断片儿的情况……"他声音渐小。

"你可能就是一只僵尸。"苏雷什接上他的话。

"我还是更想听玩笑话。"塔依玛不高兴地说。

"你是说，像我每天晚上睡觉的时候？"金海嘲笑道，"拜托。"

他们继续跑步，但是金海越跑越对自己产生了怀疑。

"不，别想了，金海。"他心里说。这可能不是真的。就算良一这么说了，也不一定就是真的。

"不管怎么样，"雷娜塔开口，打破了这让人难以忍受的尴尬局面，"我们唯一能做的，就是保持眼观六路、耳听八方。但是不能因为这件事就内部分裂，你们也听到秘书长的话了——要成为驾驶员，就必须团结一致。"

12

2024 年
库页岛
俄罗斯
小维

2024 年是糟糕的一年。怪兽早在维多利亚出生前——即 2013 年以前——就开始登陆地球，但最初每年只出现一两只或三只。小维听说，她出生那年有三只怪兽登陆。但"鱼眼怪"是 2024 年的第二只怪兽，那之后还有怪兽源源不断地上岸——"暴徒"（Insurrector）登陆洛杉矶、"鱿骨"（Bonesquid）登陆巴布亚新几内亚（她很喜欢念"巴布亚"——觉得这个地名很滑稽），"鞭挞者"（Biantal）登陆中国台北——到十二月中旬，已经有十三只怪兽从马里亚纳海沟底部钻出来。这些怪兽都被消灭了，但是六架机甲猎人也遭到了损毁。

好在"切尔诺阿尔法"没有遭受灭顶之灾。但是幸存的机甲猎人寥寥无几。可是人们都在谈论修建"反怪兽墙"的事。

库页岛的大部分居民，和酒吧里的老人一样，都不太在意修墙的事。日本好几年前就开始修墙了，现在美国、澳大利亚和其他地方也开始修建围墙。但是没有人会为了鄂霍次克海的一个俄罗斯小岛修墙。就算要修建，最多就是围绕俄罗斯大陆的海岸修建，这无异于将库页岛与怪兽一起隔离开来。

她外公一直对此十分不满，直到——那是怪兽"害虫"（Vermin）在哥伦比亚被机甲猎人"火神幽灵"（Vulcan Specter）杀死的五天后——外公在一场伐木意外中去世了。外婆不愿意透露过多细节。但维多利亚也参加过几场葬礼，她知道逝者的遗体一般会先安置在家中，让亲朋好友前来道别，可外公的遗体却没有作如此安排。小维从此再也没有见过外公。对此，外婆不肯透露原因，但小维听某个邻居说，是因为外公的遗体太过惨不忍睹，才没有让大家见最后一面的。

她为此哭过一段时间。但她提醒自己，她是一个机甲猎人，她有盔甲，无论内心情绪如何跌宕起伏，人们只会看见她的盔甲，会认为她始终很强大，即便她并不坚强。

那一年确实厄运连连，事情发展每况愈下。外公辞世，外婆一人无力支付房租，于是在外公下葬一周后，小维和外婆不得不搭上前往首府南萨哈林斯克的火车，一个表哥在那儿给外婆找了工作。维多利亚一开始很兴奋，因为南萨哈林斯克是一座大城市，是岛上最大的城市，而且从地图上看，它离海边很近。更棒的是，怪兽"鱼眼怪"的尸体就陈列在那里，在城镇的边缘。虽然后来她知道了那座城市离大海还有好几公里，热情有点儿消退了，但那里还是有很多可看的风景的，理论上如果有钱的话，也有很多可做的事情，而那座城市的大部分居民看上去都很富裕。那座城市一年过两个圣诞节，这是一件挺有意思的事：一个在十二月——这个节日主要由来自世界各地的侨民和许多传统韩国家庭庆祝；另一个圣诞节的时间比较特别，在一月份。

小维和外婆搬进了一间小公寓，在一幢五层楼、人满为患的灰色建筑里。小维一开始觉得这公寓很有趣、摩登，小小的厨房里有各种电器，房里还有折叠床，但很快它就变得拥挤、肮脏、枯燥。

小维发现，这栋楼里的很多住客都是俄罗斯国民，这让她有了一丝熟悉感。外婆曾告诉她，库页岛有三宝——树木、石油和廉价劳动力。现在工厂数量增加，这座城市及其周边地区的工作岗位数量变多了。这些工厂一开始生产机甲猎人零部件，现在则主要生产用于修建"反怪兽墙"的东西。外婆在一家化工厂工作，该工厂主要生产让水泥加倍坚硬的化学物质。外婆主要负责为工人们清洁浴室厕所以及在他们工作结束后为他们清洗衣物。外婆每天很晚才到家，没有多余的精力做家务。因为学校还没开学，所以她每天给小维留一点儿钱，留下纸条告诉小维要买什么、怎么煮晚饭。

超市离家只有几个街区，很近。在距离十二月的圣诞节还有几天的某个午后，她自己走去了超市，身上带的钱比以往少，打算去买卷心菜、一罐腌番茄、一点儿米和牛肉粉——若有余钱，再买一点儿酸奶油。

白天的街道不太繁忙。小维注意到，在距离商店一个街区以外的地方，有个男人在看着她。她以前见过这个男人。她不喜欢他看她的方式，但她自己也不知道为什么。他的胡须是灰色的，却有一头黑发。他的裤子束在靴子里，身上的衬衫图案很新潮，是一个集棕色、红色、深黄色于一体的菱形。

"你外婆过得如何？"看到小维走过来，那个男人开口了。

小维一直往前走，他又问了一次。

"你外婆？伊莉娅纳？"

他知道外婆的名字，那他也许不是坏人。

"她过得还行，"小维说，"她在工作。"

"看来你是要去超市，"他说，"希望你有钱买肉吃。"

"我没钱。"她回道，"反正，外婆也不让我买肉。太贵了。"

"对。"他说，"但是如果你有多余的钱，也很不错吧？"

"你什么意思？"

男人伸出了手，手里攥着四十卢布。小维盯着那些钱。她从没拥有过那么多钱。

"拿着。"他说，"买点儿有营养的东西。如果你想知道怎么弄到钱，回来找我，知道吗？跟周围的人打听打听。我叫安德烈。"

那天下午，外婆咬了一口白菜卷儿，便扬起了眉。

"这里面有肉。"外婆说。

"这肉很便宜。"小维说，"反正肉贩子也是要丢掉的。只是一点点肉而已。"

外婆把眼睛眯成一条缝，盯着小维："是你偷的吗？"

"不，当然不是。"她说。

她为自己撒谎的行为感到很内疚。她没有偷肉，但是肉也不便宜，并且她兜里还有整整十卢布。她不认为自己应该把安德烈的事告诉外婆，虽然安德烈知道外婆的名字。

"那就好。"外婆说，看起来很高兴的样子。小维的内疚感消失了。她没有伤害任何人，还让外婆高兴了。

第二天，她没有看到安德烈，但是看到超市橱窗里有一个电视屏幕，一堆人正围着看。她努力挤到人群前面，想知道他们在看什么。她发现那是一段从"怪兽眼"传来的视频。又一只怪兽登陆了，这是今年的第十四只了。它叫"病毒"（Mutavore），用了不到一小时就突破了澳大利亚悉尼沿岸的反怪兽墙。她全神贯注地盯着屏幕，直到怪兽终于被为数不多的幸存的机甲猎人"尤里卡突袭者"（Striker Eureka）打倒了，人群爆发出一阵欢呼。

"我就知道那面巨墙毫无意义。"小维听到一个男人这么说，"要我说，他们应该多建造一点儿机甲猎人。这样我们才能消灭那些怪物。"

"我们做什么都无济于事。"又有人说，"今年有十四只怪兽。明年可能有二十只。甚至六十只。我们死定了，毋庸置疑。躲不掉的。修墙、建造机甲猎人——什么都无法阻止它们。"

"'切尔诺阿尔法'会阻止它们的！"有人大喊。她愣了几秒，才反应过来大喊的人就是她自己。

"这才像样！"一个女人对她说，"别听信什么末日来临的胡言乱语，只要'切尔诺阿尔法'还在，我们就很安全。"

"哦？"一个男人说，"这话留着跟托马里[1]说吧。"

听到这个名字，小维不禁打了个冷战。这个词，外婆从不让她和外公提起。不过她当然知道那是什么。托马里是一个岛，一个已经消失的地方。它在"切尔诺阿尔法"反击怪兽"雷神"之前，就被怪兽毁灭了。

但是把托马里岛的消失怪罪于"切尔诺阿尔法"也有失公允，尤其是在它拯救了许多其他岛屿的情况下。

翌日，她再次见到安德烈，就在他之前出现的地方。她觉得安德烈没有注意到她，于是躲在一幢房子后，思量着自己也许可以绕远路走。

---

[1] 位于库页岛西海岸。——译者注

但那样未免有点儿胆小、怯懦。毕竟，她身为机甲猎人，是不会感到害怕、畏缩的。

令她意想不到的是，在她经过的时候，安德烈什么话也没说——只是微笑着点了点头。

进了商店，小维走在一个女人后面，她带着一男一女两个小孩儿——男孩儿年纪稍长，女孩儿和小维年龄相仿。他们都打扮得光鲜亮丽。小维注意到，那个女孩儿脚上的鞋子做工优良——不是那种粗糙的、塑料鞋底的土褐色平底鞋，而是擦得锃亮的红色小高跟儿皮鞋。她努力无视他们，但是他们大吵大闹，一直让妈妈给他们买东西。小维若对外婆这样说话，肯定要付出代价。但是她没想到，那个母亲真的在面包货柜给他们买了点心。

小维找到了自己要买的东西：一个土豆、两根胡萝卜、两根白萝卜。

但在买单的路上，她不得不经过甜品架。第一次来商场时，她曾在此驻足，目不转睛地盯着这些卖相诱人的点心，对它们垂涎三尺，最后又因为它们太过昂贵，只得作罢。

今时不同往日了，现在她兜里有了余钱，可以买三块馅儿饼、四份糯米团、一块小蛋糕或一块杏仁和开心果仁蜜饼。

甜品柜的柜员问她想要什么。最后，不知怎的，小维走出商店时，手里多了一块棕色包装纸包着的蜜饼。

蜜饼香甜、美味，好吃得让她几欲落泪。

她正舔着手指，对蜜饼回味无穷时，忽然又看到了安德烈。而他也再一次对她点头微笑。

但这一次，小维停住了脚步。

"怎么才能弄到？"她问，"那些钱？"

安德烈笑了，说："我就知道你是个聪明人。现在先回家给外婆做晚饭吧。你应该没有上学吧？"

"今年冬天的名额满了，"小维回答道，"外婆还没有给我注册。他们说我可能要等几个月才有名额。"

"好的。明早等你外婆去工作了，你再过来，好吗？就在这里等我，我带你开开眼界。"

小维在原地等了一会儿，希望安德烈再给她钱，但是安德烈笑着摇了摇头。

"不行，"他说，"从现在开始，你要自己挣钱。"

那天晚上，她梦到外婆抓到她躲在被子里偷吃蜜饼。她想掩饰这件事，但是外婆用手指指着她。

"托马里！"她尖叫道，"托马里！"

一片阴影笼罩着这个城市，她听到人们失声尖叫。黑暗中，她似乎看到了一个女人的脸，但她不知道那是谁。

她从梦中惊醒，大口喘气、用力呼吸，不一会儿就冷静下来了。第二天一早，她去见安德烈。

安德烈带她走到街尾，那里停着一辆旧货车。这车破旧不堪，外表残缺零落，她怀疑这车根本没法儿开上路。安德烈用力拍了拍车门。过了一分钟，一个女孩儿将头探出车窗。她年纪比小维大，估计十一二岁。顶着一头乱糟糟的黑发，看起来很困倦。小维根据货车的晃动情况和里面传出的聊天儿声估计，货车里至少还有三四个小姑娘。

"什么事？"那个女孩儿问。

"这位是——你叫什么？"

"小维。"小维回答道。安德烈知道外婆的名字，却不知道她的，有点儿好笑。

"小维？"安德烈低声重复了一遍，"好的，小维。这是尤恩。尤恩，带小维过去。"

"收到，老板。"尤恩对安德烈说，又告诉小维，"你在这儿等一下。"

几分钟后，尤恩下车了，身上裹着一件破破烂烂的外套。她带着小维穿过城市的大街小巷，向城东走去。小维从没去过城东，那里的房屋建筑很少，树木要么凋零、枯萎，要么根本没机会生长。每走一步，小维内心的恐惧就愈发强烈，她渐渐明白她们要去哪儿了。

一开始，她以为是要翻过前面的小山坡，后来才意识到，她们的目的地就是那座山坡。

她于是停下脚步。尤恩继续往前走了一会儿，一回头才发现小维没有跟上来。

"怎么了？"尤恩问道，"你知道怪兽已经死了，对吧？"

"那可是一只怪兽。"小维说，"为什么我们要去怪兽那里？"

尤恩翻了个白眼，说："你知道怪兽里有什么吗？你知道它们是什么做的吗？"

"是什么？"小维问道。

"是钱。"尤恩回答道，"是卢布。我们从里面掏出来的所有东西，都有人买。就好像走进了一个矿洞，洞里全是钻石。而你，你个子小，可以爬进怪兽的骨头和内脏之类的成年人进不去的地方。"

"我才不要在怪兽体内爬来爬去。"小维说。

"也没那么糟，你待会儿就知道了。我们会穿上特制防护服，不会被感染的。安德烈和工头会保证我们的安全的。"

"我不要走进死掉的怪兽体内。"小维坚持。

"好吧，"尤恩说，"随便你。你自己走回去吧，我要去挣钱了，你在浪费我的时间。"

13

2018 年
鄂霍次克海
俄罗斯
"切尔诺阿尔法"

怪兽"雷神"再次让人感到沮丧不安，其行进路线不同于普通怪兽——它没有攻击北海道人口密集的城市，而是向北前进，到了人口稀少的库页岛。过去，库页岛主要是土著阿依努人和尼夫赫人的居住地；到二十世纪，俄罗斯和日本一直在争夺这片岛屿；第二次世界大战之后，它成了苏联的领土；苏联解体之后，库页岛就归属于俄罗斯了。"雷神"遗漏了或者说无视了库页岛南端的首府城市，而是在一个人口稀少的区域肆意破坏，甚至在直升机带"切尔诺"抵达之前就将这个小城镇彻底毁灭了。

"雷神"回到大海中，不断搅弄着位于库页岛和俄罗斯大陆之间的鞑靼海峡，破坏了连接两地的冰层，却没有对海岸沿线的村庄或城镇造成严重破坏。它头脑顽固，一心冲着北方去。

"它在寻找，"阿列克西斯说，"它在找什么？我之前就说了，北边什么都没有。"

过了一会儿，任务控制中心传来了最新消息。

"目标进入了鄂霍次克海，现正朝着东北方前进。"

"向着堪察加半岛？"阿列克西斯说，"我们就是从那儿来的。它这样兜圈子是为了什么？"

"也许它眼睛是瞎的呢？"萨莎说，"也许它依赖的是其他感官，不是视觉。也许它通过闻某物的味道来决定前进方向，它行进的方式让我想起了我侄子的猎狗。"

"听好了，"斯克里亚宾说，"我们认为它的目标是鄂霍次克油田。"

库页岛的现代工业经济并不发达。它曾是捕鲸业的重要中心，后岛上居民渐以捕鱼和伐木为主业。很早之前，地质学家就发现了鄂霍次克油田，但直到二十一世纪初的那十年，他们才拥有在深海严寒地带钻井的技术。目前，在库页岛北端有七个大型钻井平台。阿列克西斯在一年前参与 PPDC 宣传活动时，还去过其中的一个。

"给我们新地图。"萨莎说。

当然，他们的显示屏上早就有地图了，但现在深海的探油设备都漂在了水上，它们的支撑设施也被冲到了岸边。

"一定是了。"萨莎说，"但为什么要针对石油呢？"

地图上，大海中出现了一道巨大弧线，就在大海西部和钻井平台之间。

"那是你们的奇迹线，'切尔诺'。"一个新的声音——不是斯克里亚宾——在指示他们，萨莎听出了声音的主人是潘特考斯特将军，他最近刚晋升到香港破碎穹顶工作。萨莎信任潘特考斯特。不像之前负责管理的将军，潘特考斯特是与怪兽实际对战过，且战绩显赫的将军。

她——他们——都不想让将军失望。

"明白，将军。"她说，"我们会守住最后的防线。"

这一次，我们一定会守住。

奇迹线位于海滩上，是怪兽绝对不可跨越的界线。根据怪兽的出现地点、行进方向、洋流深度的变化，各地的奇迹线也不同。一般说来，奇迹线的存在是为了阻止怪兽登陆陆地。但这一次，情况更为特别。

目前，跨越了奇迹线的怪兽数量微乎其微。

今天这只一定不在其中。

直升机把"切尔诺阿尔法"带到奇迹线西边很远的地方，就在浮油不远处。他们在那静候。

大海上下起了雨夹雪，此时若仅依赖人类感官，可视度是零。好在"切尔诺阿尔法"的本领不止如此。它在空中也有眼睛，雷达、声呐以及其他相关的新科技都能感知到怪兽发出的奇异的、非人类的能量。各种数据显示，怪兽离他们越来越近，"切尔诺"调整了方向。

经过萨莎良好的情绪调整，阿列克西斯现在冷静了许多。他身材魁梧、勇猛强壮，时常会担心自己的体格不如从前。他从这样的担忧中汲取精神力量。此外，虽然没有说出口，但是他很有信心——有坚定的决心——"雷神"会畏惧他，畏惧"切尔诺阿尔法"。

在漫长的等待后，一场大战就在电光石火之间拉开了序幕。海平面突然急速上升，海水形成巨浪席卷而来，又迅速向后退去——"雷神"出现了。它一直在海底潜泳，就像其他一些怪兽一样。但现在，它用后腿支撑着自己，完全直立起来，身高到"切尔诺"的头部。

他们还是不知道它看起来像什么。尽管每一只怪兽都有部分特点与地球上的自然生物相同，但它们都是不一样的。在黑暗和雨雪中，"切尔诺"只知道这只怪兽体格巨大，颇具人形。

但"切尔诺"与怪兽对视了。怪兽的瞳孔发出幽幽蓝光，像透过冰层的火光。

毫无预兆地，怪兽的长臂在黑暗中朝机甲猎人挥来，但是"切尔诺"以雄壮的右臂承受住了这一击，再以左拳奋力还击。

若是没有触觉的反馈，一个人要走路都很难，更别提战斗了。机甲驾驶员也需要触觉反馈，才能知道他们的"身体"发生了什么——他们感觉到"雷神"的手臂在击打"切尔诺"的巨大桶状头部。这可能是怪兽无意的攻击，但是在对早期的怪兽战争进行分析后，人们发现它们——和地球上的许多生物一样——知道头部是敏感区域，是弱点所在。

"脑袋是致命弱点"的说法对"切尔诺"来说并不成立：她的"脑袋"是整个机甲猎人身上武装最坚硬的部位，也是最强大的能源中心。其力量是地球上其他任何机甲的两倍。并且，和其他机甲不同，"切尔诺"的头部不搭载驾驶员。萨莎和阿列克西斯的控制舱在"切尔诺"的胸膛，因此他们在机甲中部进行操控。

他们感觉到自己的拳头击中了怪兽，就像在击打一块由六米厚的橡胶保护起来的玄武岩悬崖一样。"雷神"发出了一声低沉的怒吼，让"切尔诺"及其驾驶员都感到骨头发麻，不禁战栗。怪兽伸出两只爪子试图抓住"切尔诺阿尔法"的头部，而萨莎和阿列克西斯则再一次向前冲刺，伸出重拳击打怪兽。

这是一个错误的决定。怪兽的后腿突然从水中伸出，狠狠打在他们眼前。若"切尔诺"有心腔，整个心脏都会被震出来。

紧接着，阿列克西斯收到机甲疼痛的反馈，痛苦地大喊；重达数吨的金属关节由于受到怪兽的重击而发出刺耳、难听的摩擦声。他们的视线开始模糊。现在，"雷神"的双手抵着"切尔诺"的胸口，爪子在能量源附近抓挠。

"它想把我们的头摘掉。"萨莎说。

阿列克西斯一言不发，但萨莎知道他想干什么。

他们抓住"雷神"的脑袋，发射强劲的水流冲击它，这才得见其真面目。它的眼距很宽，眼窝深陷在巨大的三瓣状头盖骨中，整个脑壳层层叠叠地密布着鳞片和钉状物，像乌龟脑袋一样外凸；它的脖子又粗又长，无数肉质触须正密密麻麻地蠕动着。这一瞬间，怪兽缩回了脑袋，逃离了他们的掌心。它把脖子缩回身体内，在重重甲壳和钉刺保护的肩膀之间，只露出一个大脑袋。

"切尔诺"马上伸长双臂，左右一挥，将自己的头部从怪兽手中解救出来；然后，他们抓住怪兽细长、强壮的手臂和一条腿，将它整个儿翻转过来，甩进了海里。

"切尔诺"后退了一步，海水涌流形成一个个漩涡。怪兽却不见了踪影。

直觉——主要是阿列克西斯的第一直觉——让他们在怪兽从背后突袭时及时转过身。怪兽的巨爪把"切尔诺"的头部打歪了，但"切尔诺"继续挺进，用铁拳反击。这一拳，打得"雷神"跟跄倒退了几步。它发出的低沉怒吼，以接近次音速的速度让他们的骨头都不由得颤抖。"切尔诺"可不打算让怪兽再站起来，它抬起巨型机械腿，重重地踏在仰卧着、半淹没在海里的怪兽身上，发出了震耳欲聋的"砰"的一声巨响。

"足钉！"阿列克西斯厉声说道。

在机甲猎人两只脚的脚底，足以穿透陆地的钉子突然弹射出来，机甲猎人不断颤动着。这些钉子能够将"切尔诺阿尔法"固定在某处，也能将其他东西变成这个雄伟机甲的固定目标。

现在它只起了一半的作用。"切尔诺"踩着海床的脚骤然收紧固定了。但是原应将怪兽的内脏刺穿，并将其固定在海床底部的足钉却没能刺破怪兽的皮。好在怪兽现在暂时动弹不得，"切尔诺"弯下腰，合抱双拳，准备给怪兽的躯体和肩膀来个致命一击。但是怪兽的头依然缩在肩膀中间，要准确出拳很困难；并且它的手臂还在空中胡乱挥舞着，企图再次抓住什么；与此同时，它还能像蛇一样蠕动——似乎它的所有关节都能朝多个方向转动。

突然，怪兽发起了攻击。它像蛇一样猛地把脖子往外一伸，用自己的头撞向机甲。它的脖子比他们最初看到的还要长。鹰钩形的头似一把飞矛朝机甲猎人射来，正好击中了"切尔诺"的胸膛和头部之间。机甲内响起了尖锐的警铃声。

"外壳破裂。"萨莎说。

"切尔诺"朝着怪兽的脖子向前猛刺过去，但是怪兽缩回脖子就跟它伸出脖子一样迅速。趁着"切尔诺"重心不稳、向前倾斜之际，怪兽将双腿向上伸直，踢了"切尔诺"一脚。

"切尔诺"来回摇晃，但由于一只脚被固定在海床上，他们开始原地打转，最后失去平衡，单膝跪地摔倒了。

在他们采取行动之前，"雷神"的手脚悄悄朝他们逼近，似乎伺机把他们撕成两半。伺服系统在嗡嗡作响，几乎半数系统指示灯都此起彼伏亮成一片，警告机甲正陷入危险中。

"不，"阿列克西斯爆发出一声怒吼，"不！"

他马上要失去冷静了，萨莎知道。若他失败了，"他们"就失败了，"切尔诺"就会变成一个无脑的暴徒。她尝试让阿列克西斯冷静下来，但是她能做的实在有限，尤其是在她自己也可能因此陷入恐慌时。怪兽就在他们背后！

他们松开扎入海床的足钉，收回了脚，用一只手抓住"雷神"，用力扭动它庞大的胯，将它从空中甩了出去。

"我记得你不喜欢柔道啊。"萨莎说。

"这招不是柔道，"阿列克西斯说，"是摔跤。"

"管用才是王道。"

他们重新集中注意力到战斗中,看看那一招的成果:"雷神"又不见了踪影。

"驾驶员。"斯克里亚宾说。他突然出声有点儿吓人——萨莎几乎忘了还有别人能听到他们的对话。身处控制舱内,世界仿佛只有他们两人,其他援助仿佛都在很遥远的地方。

"怎么了?"

"它跑了。朝着钻井平台去了。"

第二部分　秘密

////////////////////////////

CHERNO-ALPHA

ЧЕРНО АЛЬФА

14

2035 年
蒙屿兰破碎穹顶
中国

原来，接下来既不是格斗训练，也不是怪兽知识学习。他们跑完步后，就简单洗了个澡，换了衣服。

今天早上带他们的是伯克，不是兰伯特。

"早上好，各位年轻人。"伯克说，"今天为你们准备了新内容，你们一定喜欢。待会儿我们要进行庞斯训练。"

苏雷什举起了手，小维瞪大了眼睛，雷娜塔强忍住不发出傻笑声。

"什么事，库拉那？"

"驾驶员，我以为要到第二个训练学期才能开始庞斯训练呢。"

"那是一般进度，学员。"伯克说，"怪兽科学家们提出了一种新理论，认为提前接触庞斯技术能让你们后期的训练进行得更加顺利。你们猜猜，谁是他们的小白鼠？"

他看了学员们，偷偷笑了起来。"看看你们的表情。听着，若你担心会在第一学期就被刷下来，那就多余了——无论你现在表现得多出色或多不如人意，我们的选拔都在第二学期才进行。因为，的确，同步适配是一项无法习得的技能——有就是有，无就是无——但是有的学员即使成功匹配了，也会出现怯场或崩溃的情况。所以我们希望提前接触庞斯系统能够减少这种情况的发生。若在第一学期进行庞斯训练证实对这种情况有帮助，我们就会把它列为常规训练。"

一开始的三个小时全是在谈话。一个名为辛格的科学助理介绍了庞斯技术的方方面面——它是如何发展、如何运作的。金海觉得这个环节唯一有趣的就是，从某种程度上说，就连科学家自己也不清楚它到底为什么能成功，或为什么有的人能同步、有的人不能。他们只知道这种方法可行。

然后伯克告诉他们训练的目标是什么。

"在你们真正进入某人的脑子之前，你们无法想象出这到底是一种什么样的体验。"他告诉他们，"突然拥有了一些记忆，这些记忆好像是自身的，但实际上并不是，这种感觉并非总是让人愉悦的。事实上，它往往是不愉快的。最不愉快的记忆往往最先浮现，各种黑暗的秘密，所有你无法想象会发生在某人身上的事情。并且这个某人也在经历和你一样的事情。共享记忆可能是痛苦的。但也可能会带来非凡的体验。"

这样一说，金海就明白了。他们进行庞斯训练不是因为这样可能让后面的训练更顺利，而是因为这样，PPDC 就能看到他们的记忆，顺便看看是谁犯下那起严重、糟糕的破坏事件。

他想起良一说的植入指令和记忆的事。

他看着其他学员，不知道他们中有多少人真正领略到了部队的用意？有没有人看起来一脸担忧？

当然，所有人看起来都是一脸担忧，他知道自己的表情也是。这是人之常情。

他们离开了教室，穿过一条走廊，到达一间房间，门上贴着"同步训练室 -1 级学员"。

在入学第一天，他们就见过模拟训练。那是一场模拟战斗，学员练习与怪兽作战。但是他们没有见过这个房间。房间分为好几个小房间，每一个小房间都配备了一副有线耳机，与天花板垂下的电缆相连。

他们走过这间房，到了第二间，里面有一张大桌子。

"这是等候室。"伯克说，"即使没人看着，同步的整个过程可能也会让人尴尬，所以我们两两进入，房间里只有我和一个技术人员，仅此而已。机甲技术人员已经根据你们在格斗室中的表现以及兰伯特长官的观察对你们进行了配对，一起来看看吧。"他看着自己的表格。

"欧阳金海和玛丽科娃，"他说，"你们俩是一号装置的幸运玩家。"

不出意外。

到达小房间后，伯克发现原本应该在场的技术人员不见踪影，伯克告诉他们，等到他找到技术人员再开始。

"你选左边还是右边？"金海问。

"右边是支配力较强的一边。"小维说着，笑了起来，"我不是跟你说过吗？"

"说过什么？说我们是适配的？我对此表示怀疑。我知道适配是怎么样的，反正不是我们这样的。"

"你是说像你父母那样？"小维说。

她又一次让他大为吃惊。她为何总能领会得如此迅速呢？金海意识到了，小维不是不能理解别人。她能马上知道别人心里在想什么。她只是不同情任何人而已。

金海很不情愿地点了点头："对，他们太适合彼此了，甚至连我也占不了什么位置。"

话一出口，他就呆住了。他不记得自己曾向任何人提起过这一点。为什么偏偏是小维？

他已经准备好听到小维的反驳了。

可是，小维却露出了可以称之为同情的表情，这把他刚刚总结的结论又推翻了。

"我……啊——反正，我们也要进入到对方脑子里了，对。"

"的确，"小维说。"你知道吗？我父母……"

"什么？"

她摇摇头，说："没什么，别在意。你能知道自己父母是谁已经足够幸运了。我也想认识我的亲生父母。"

他语塞了一会儿。

"小维，"他说，"对不起，我不知道。"

"反正，再过几分钟你也会知道了。"她说。

"他们怎么了？"

小维耸耸肩："怪兽。"

"噢，我猜我已经够幸运的了。我还记得我的家人和怪兽战斗的时候。当时我只是个孩子，害怕他们再也不会回到我身边。他们虽然回来了，但是不一样了。那是……"

"他们回来了。"小维厉声说道，"你就应该感恩了。你真是一无所知。"

正当二人似乎终于能进行一次正常的对话时，她又对他发火了。

这就是伯克和一位女技术人员进来时看见的情况。

"说实话，我不知道扬去哪儿了。"她边说边检查机器，"不过他全部都设置好了，"她接着说，"至少……"她瞥了一眼连接到设施的小屏幕，又看了他们两人，"玛丽科娃和欧阳金海，对吧？那我就不用重新设置机器了。"

她把头盔戴到他们头上，在下巴处系紧带子，然后打开了完全控制开关。

"我好像在老电影里看过这些设施，"金海说，"你不会是要让我们互换身体吧？你知道结果是显而易见，甚至是让人哭笑不得的吧？"

"不，那个晚一点儿再进行，现在先把你和一只老母鸡交换。"伯克说，"这样的结果更可笑，也更显而易见。好了。闭上双眼，慢慢地深呼吸。你越冷静，同步就越容易成功。"

金海闭上了眼，尽力遵循伯克的引导，但是在心里，他感觉自己正在跳《春之祭》[1]的高潮部分——一个年轻女孩儿被迫跳舞至死，作为对地球的献祭——这个部分节奏沉重，音韵也不协调。

"开启神经元同步。"金海听到技术人员的话。

一瞬间，他觉得整个世界天翻地覆，然后：

坐在树枝上，想着父母一起舞蹈的那片大海，"切尔诺阿尔法"用冰山将怪兽杀死，身后有谁在追赶着，她腿上的肌肤摩擦出了水泡，和父母一起看火鸟，怪兽"豁达"，电视上有个男人说着"我的天哪，它有翅膀"，我们真的要把

---

[1] 芭蕾舞剧名。——译者注

外公的东西留在这儿吗？甜品的味道，某个又黑又坚硬的东西，某个他无法看清但他知道很糟糕的东西，一个眼睛有刺青的女人正高喊着"怪兽是天使"，天色骤然昏暗，薄雾弥漫整个天空，一张女人的脸，有人在死去的怪兽的心脏中呼唤着她的名字……

它来了，但是人们看不见，无法直视它。他们奔跑着，仿佛腿已经不受控制了。每个人都在失声尖叫。金海看到一个蓝眼睛的婴儿，被某个人抱在怀里，这个人的脸他看不见。有什么发出了震耳欲聋的叫喊声，整个大地都为之战栗。突然，有一个庞然大物渐渐把太阳遮挡起来了，这一瞬间，他发不出任何声音，他觉得自己的心脏都不是自己的，仿佛有什么东西正在拉扯他，把他拉出自己的躯体。

忽然，他又孤身一人。他的肺和喉咙又恢复正常了，他和小维心有灵犀般不约而同地大声叫喊起来。

他呼吸急促，开始咳嗽。伯克用手扶着他的肩膀。"放松，"他说，"放松，金海。这不是真的，全都不是真的。"

但是金海知道他的话不对。这是真的，至少曾经是真的。除了其中可怕的部分，还有什么东西——有什么东西他一定要知道，他快要知道了——但一切结束得太突然了。

"撑住，"技术人员说，"我要测量你的生命体征。"

可是她做的不止如此。她用某个仪器扫描了他们的眼睛，然后给他们重新戴上了庞斯头盔。

"你们不用再同步了，"她解释道，"这只是快速检测一下你的大脑机能。"

"我的大脑没什么好检查的。"金海慌张地拒绝了她。

在仔细检查了大约十五分钟后，技术人员终于转向伯克。

"他们没事，"她说，"至少身体上没事。"

伯克松了一口气。

"你们俩回宿舍去吧。"他说，"今天够你们受的了。"

然后他们一路沉默着走回去，各自回到自己的床铺。

"小维。"过了一会儿，金海先开口了。

"别。"小维回答。

但他觉得应该继续说。

"你到底经历过什么？那样的地方，那些洞穴什么的，那些令人作呕的味道……"

"别说了。"小维说着，抽泣了起来，"拜托你，别说了。"

虽然不情愿，但是金海点点头，又躺下了。

"这和我想象的不一样。"他喃喃自语，更像是在跟自己说话。

他闭上双眼，但是那些画面一直在脑海里浮现。那个老妇人关于怪兽的夸夸其谈，好像怪兽是什么美好的生物一样。小维内心这片巨大而黑暗之地，他其实从没进去过。

是她吗？是她破坏了"狂战士克罗诺斯"，还杀害了布拉加吗？

他就算进入了她的大脑，也仍然一筹莫展。

"这也是某种破坏吗？"森真子问。

"这和模拟训练不同，"伯克说，"场景是无法植入到基础的庞斯设备中的。"

"其他学员的同步表现如何？"

"以防万一，我们为剩下的小组更换了设备，"伯克说，"其他人的同步情况都在预料之中。有的人表现很好，有的人完全无法同步，有的人的同步连接很弱。但是没有哪个组的反应像金海和小维一样。"

"你的看法呢？"森真子问。

"要我说，"伯克回答，"我们可能想太多了。这可能只是一次失败的同步。这种情况不是第一次出现，也不会是最后一次。他们俩都有严重的个人问题，因此陷入了对方的记忆中。从同步记录中也可以看出来。这和'狂战士克罗诺斯'的情况很不一样。"

"同步记录里的东西，"森真子说，"很大一部分是混乱的。但无可否认，他们各自有心结——尤其玛丽科娃，她的生活从来没有轻松过。他们俩尽管是同步适配的搭档，但是也对对方抱有敌意，这可能会导致很危险的副作用。此外，尽管记录并不完整，我还是观察到一点——他们都在隐藏着什么。他们对对方保密，甚至连他们自己都不清楚那些隐藏的东西。当然也对我们保密。"

"你认为，凶手在他们之中？"伯克问道。

森真子耸了耸肩，说："很明显，他们嫌疑最大。并且，尽管这段记录很不完整，我还是注意到了一样东西。"

"什么？"兰伯特问道。

"怪兽之血的味道。"森真子回答。

兰伯特自从和伯克、森真子散会以后就深受一件事困扰，一直百思不得其解。直到一个小时后，他想起伯克的话——那个本应负责庞斯训练的技术人员一直没有现身。他查了工作人员名单，找到了他的名字——扬·索克。扬已经在蒙屿兰破碎穹顶工作了一年多——刚结束了几天的假期回归工作。兰伯特打了电话给他，但通话直接转接到留言信箱了，于是他找到了扬的上级，茱莉亚·雷耶斯。

他和茱莉亚一见面，就发现他以前就注意到她了。那时候，她负责管理维护"流浪者"，像钢索杂技演员一样在这架大机甲上行动自如——仿佛已经人工移除了正常人都有的恐高神经。她总是杏目圆睁，即使在远处也看得十分清楚，但一走近，她的双眼会瞪得他不敢出声。她身上有股薰衣草和润滑剂的味道。

"扬？"兰伯特终于提出疑问后，茱莉亚说道，"我今天没见过他，你看了名单吗？他是不是请病假了？"

"他没请假。"兰伯特说，"他今天大约凌晨三点时为庞斯训练员设置好了设备。他上早班——应该工作到中午 12 点的。"

"没错。也就是说他现在下班了。你去他房间找他了吗？"

"没有。"

"拜托，"她说，"我跟你一起过去。也许他室友曾见过他。"

"好的，"兰伯特说，"谢谢。"

"不客气，"她说，"记住你欠我一个人情——某一天我也许需要驾驶员的帮忙呢。"

她笑了，而兰伯特心中疑惑，不知她只是为人亲和，还是真的在调戏他。感觉有点儿像后者。

"我猜你不是出生在破碎穹顶。"兰伯特走了几步，说道。

"实际上，我是在穹顶出生的。"她说，"他们说我是单性生殖的产物，就在某个机甲猎人旁边出生了。"

"唔……好吧。"他说。

"如果你是在问我家乡在哪儿，我是波多黎各人，但我父母在我很小的时候就移居到阿卡普尔科[1]了，并且他们自愿到巴拿马穹顶去当技术人员。布玛·雷亚尔是我父亲的小宝贝。是另一个宝贝。我排行第四，有一个哥哥和两个姐姐。你是加州人，对吧？"

"我——你怎么知道？"

她耸耸肩，突然停下了脚步。

"怎么了？"他问道。

"我们到了，扬的宿舍。"

他这才意识到自己刚才已经走了五十码左右。现在他们正站在一扇房门前。

茱莉亚按门铃。

"谁呀？"房内的人问道。

"贝尼，是我，朱尔斯[2]。方便进去吗？"

"太方便了。快请进。"

房里有四张床，但只有一张有人睡，估计就是这个叫贝尼的小伙子。他很年轻，手臂上有一圈文身。看来朱尔斯刚才的敲门惊醒他了。

"你有见过扬吗？"朱尔斯问，"这位驾驶员正在找他。"

"没见过，"贝尼说，"他前段时间请假了，不是吗？会不会去福鼎了？"

"他没有申请外出。"兰伯特说。

---

[1] 墨西哥南部港市。——译者注
[2] 茱莉亚的昵称。——译者注

"那我就没什么能告诉你的了。"贝尼说,"他很古怪。不怎么说话。只专注自己的事。"

"我也发现了,"朱尔斯说,"希望他没事。"

"如果他回来了——如果有人见到他——能立即通知我吗?"兰伯特问道。

"没问题,"朱尔斯说,"有手机吗?"

"啊,有的。"

他掏出自己的手机递给了她,她点了点头。

"对了,"她说,"我有一些关于'流浪者'的想法,对它做了小改进,你可能会喜欢的。也许我们晚点儿可以聊一聊。"

"听起来——好,"他说,"但现在我要去……"

"去吧,"她说,"还有,若你有任何关于扬的消息,也告诉我好吗?"

他笑了,说:"你有手机号吗?"

"我已经把号码存到你手机里了。"她说完就转身,快步走到楼道。

"真不错,"贝尼说,"驾驶员,你很快就会忘了自己在追查的事了,你懂我的意思吧?"

"谢了。"兰伯特没接话茬儿,只简单地道谢。

那一天结束,官方给出了定论:扬·索克失踪了。他就像人间蒸发般突然消失了。

15

2033 年
香港
中国
金海

车停在一个街区外。达斯汀在取车的路上一言不发。一坐上车，他就递给金海几片药片，还有他的水杯。

金海接过药片。

"棒极了。"金海喝了一大口水，把药片灌下后说道，现在他全身发热，"你知道吗？我觉得真的有机会追到那个女孩儿的。让'亡命鸳侣'的故事继续下去。"

达斯汀目视前方，沉默依旧。

"拜托，"金海说，"我只是想找点儿乐子。"

"说英语。"达斯汀说，"我们说好的，你和我在一起的时候，要说英语。"

"行。"金海用英语说，"我刚才只是随便闹一闹。"

"不，"达斯汀语气平静，"你刚才是在找死。"

金海拍拍胸脯，发出结实的"砰砰"声音。"没人会死，"他说，"我们戴了面罩和身体护具。"

"你腿上没有穿护具，你股动脉受伤了，在一分钟之内就会因失血过多而死。"

金海知道达斯汀是认真的。

"好吧，"金海说，"我之前不知道。但我不是想自杀。我只是……你懂的，我想……"

达斯汀终于转过头来看着金海了。

"你想如何？"

"就是，"金海说，"我不知道。我大概只是想做自己。真实的自己。"

"听着，金海，我不是你的心理医生。我是你的保镖。你以前问过为什么你需要保镖。因为 PPDC 认为你可能会受那些崇拜怪兽的疯子的威胁——若你有危险，那么你的父母也会有危险。若你成为人质什么的，你的父母可能——"

"可能什么？抛弃他们的原则？背叛部队？为了我？你在我身边那么久，应该知道这是不可能的。那些崇拜怪兽的疯子可能把我绑起来，可能在录像带中威胁说要砍下我的头，但这对我父母不会产生丝毫影响。"

"所以你就打算用这些拙劣、愚蠢的伎俩来吸引他们的注意力？你应该知道爱和注意力不可相提并论吧？"

"你不是说你不是我的心理医生吗？"

"我是说过，"达斯汀说，"但是——你的行为让我执行工作愈发困难了。"他叹了口气，"当务之急是给你包扎、治疗，希望你的伤不会让驾驶员计划把你拒之门外。"

"若我不想成为驾驶员呢？"

"那就别当驾驶员。另寻出路。"

"我是欧阳金海。"他说，"我没有别的出路。"

"你用信号转换器耍的把戏，真是高招。为什么不考虑从事技术工作呢？"

"你不知道自己在说什么，"金海说，"我父母——你不懂他们。"

"不管怎么样，"达斯汀说，"不要再把追踪器丢掉。你一离开视线，我就没法保护你。"

"你刚才还说是高招呢。"金海提醒他。

"是呀，然后有人说我不知道自己在说什么。"

金海忽然打了个哈欠，说："那些止痛药似乎开始发挥药效了。"

"好。"达斯汀说，"也许我们俩都能睡一觉。"

他梦到了自己五岁的一天。他的大多数朋友都想不起来如此遥远的孩提时光了，也许他自己也遗忘了许多。但是那一天——那一天让他刻骨铭心。他记得金色的阳光在水面跳跃。父亲告诉他，就是在这里，在这个时候，他们决定给他起名为——金海，"金色海洋"。他们说，有一天，这片地方需要他来守护。不仅如此，他们还在森林里漫步、野餐；晚间在公园里吃冰激凌；在车里唱着歌踏上漫长旅行。他记得他们的爱意温暖得如同阳光一般，记得他们的心紧紧相连在一起。

刻骨铭心。在他的梦里，他不曾忘却。

他被一阵笑声吵醒，是从远处其他房间传来的笑。他坐起身子，牵动了身上的两处伤口，疼得面部抽动，这伤口似乎在提醒着他他还没有痊愈，即使过了——大概有，四天？他揉了揉眼睛，服用了达斯汀给他的抗生素。他有家庭医生，因此当然不会在医院留下就诊记录。他也不愿意让父母因此丢人。

说到父母，他很肯定刚才的笑声就是他们俩发出的。金海家远在郊区，若父母不在家，除了他自己的声音，四周总是鸦雀无声。

他穿上长袖衬衫来遮掩伤口，然后找了条裤子套上。

父母在厨房里，自然是在做饭。他站在门边，看着他们忙活。他们似乎不用看对方就知道对方的位置。一人切菜一人收拾。他们时不时会碰触对方，很轻柔地触碰对方的胳膊或肩膀，淘气地挡住对方的路，但不会把东西弄撒。一如既往地体贴、亲密。他的母亲，就算有一条腿是假肢，一举一动依旧优雅、迷人。她用手抓起一把东西放进锅里，传来一阵"滋滋"的声音，金海马上闻到了爆炒姜丝和洋葱的香味。

而现在他心如芒刺，其疼痛比身上被剑刺穿更为剧烈。

终于，他们注意到他了。

"孩子，"他父亲说，"早上好。或者说是中午好。"

"反正今天不用上学，所以，你懂的。"

他母亲唤他过去拥抱一下。一如往常地有点儿尴尬。

"所以？"她问道。

"所以什么？"他说。他们知道了什么？达斯汀告诉他们了吗？上新闻了吗？

"所以，最近过得怎么样？"母亲又问。

父亲拍了拍他的肩膀。要不是因为这一拍让他感到疼痛，他肯定又要觉得尴尬了。

"怎么了？"他母亲问道，然后她看到了他父亲拍在他肩膀上的手，又问，"下手太重了吗？"

他记得有一次，父亲把桌上的研磨石棒碰掉了，石棒砸在他的脚趾上。他不哭不闹——只发出了极微小的吸气声，再无其他。母亲立刻出现了，但是也一言不发，只是检查了脚趾有没有事。

"你肩膀受伤了吗？"他父亲问道。

"是的，"他答，"击剑受伤。只是一点儿擦伤而已。某个新手以为自己是海盗呢。真是没抓住关键。"

"真幽默，"他父亲说，"'关键'，我懂你的意思。好吧，没事就好。你还有一年时间精进自己。有没有想过练习某种武术？比如说拳击，或者综合武术？"

"我考虑一下。"他说。

"多一项技能总是有用的。"他母亲说。

"好啦，"他说，"我知道了。"这种话他已经听腻了。

可不能忘了炒菜，他们又开始忙活了。之后，一家人在沉默中进餐。不过，你要是仔细观察金海的父母，会以为他们正在向对方吟诵诗歌。他们心有灵犀地对视，嘴角的盈盈笑意只有彼此能体会。

金海无法忍受这种沉默的气氛了，虽然知道没用，他还是开口说话了。

"你们这次在家待多久？"他问道。

"三天，"父亲说，"之后……"，父亲咬了一口空心菜。

母亲接过话，说："……我们就要飞去安克雷奇了。我们要去三周。但会赶回来看你的独奏会。"

"听起来不错。"他说。

两天后，金海的父亲问他想不想去骑自行车，就他们父子俩，这让他大感意外。

因为这建议过于离奇，金海同意了。当然，并不是只有他们父子——达斯汀和几位部队特工也在场，不过他们小心隐蔽了起来，不见行踪。

他们在国家公园里来回穿梭。金海的肌肉很酸痛，但是父亲说暂停时，他正乐在其中。他们在溪边的岩石堆上坐下。

父亲的表情已经变换了好几轮。他似乎有话要说，却说不出口，让金海不由得开始担忧。莫非有什么大事不妙？难道妈妈患癌症了？

"父亲，"金海终于开口了，"怎么了？"

他父亲叹了口气，说："金海，你想成为驾驶员吗？你想驾驶机甲猎人吗？"

金海震惊得目瞪口呆，过了好一会儿才答复。

"你知道我想要的。"他终于回答了。

"不，"父亲说，"我不知道，所以才问的。"

"长官，我不知道我哪些行为让您怀疑我的诚心。"

"不是的。我知道我和你母亲不常在你身边。对此我感到很内疚，但这也意味着我们必须依赖其他人的报告——"

"达斯汀，那个告密的家伙……"

"达斯汀？不是的，达斯汀什么也没说过。他有什么该说的吗？我错过了什么？"

该死，他把自己出卖了。有时候他就是自己最大的敌人。

"没，没什么——他，他有一天抓到我偷喝啤酒了。"

父亲耸耸肩。"我不担心这个。但是你的好几个老师都说你最近行为出格。在课堂上调皮捣蛋，打架斗殴——"

"就打了一次架。而且是对方先动的手。"

"你也不必反击人家。"

"你也会反击怪兽，不是吗？"

"那，当然是，不一样的。"父亲说，"简女士认为你这样的表现是因为你不想去猎人学院，你想从事别的行业。可能是当舞蹈家，或是科学家。是这样吗？"

"我想成为驾驶员。"金海坚持道。

"我不在乎你是不是驾驶员，"父亲说，"你母亲也不在乎。我们在乎的是你无论做什么都竭尽全力、做到最好。懂吗？最好。只要做到这一点，我们都会为你感到骄傲——无论你从事什么工作。"

霎时间，他的话哽咽在喉，泪水几乎夺眶而出。

"那么，我会成为最优秀的驾驶员，长官。"他说，"我保证。"

"那就努力克服所有困难。下一次听报告时，我不想再听到这些负面的消息。"

"下不为例，长官，我保证。"

16

2024
黄海
中国
"少林游侠"

怪兽"豁达"朝"少林游侠"冲去，以迅雷不及掩耳之势伸出触须般的前臂，驾驶员无法避开。它的两只前臂围绕着机甲猎人，双臂合拢，将猎人封锁其中，渐渐缩小范围。同时，"豁达"像青蛙或蜥蜴捕食时吐出舌头一般，将整个下颚迅速射出，犹如一个血压表套袖，紧紧咬住机甲猎人的左臂，开始发力，用力挤压机甲的手臂，将其下拉至底部用于研磨肉的锯齿中。

他们不断来回挥舞着左臂，往怪兽脸上打去，一拳、两拳、三拳，但是怪兽始终不松口。

"两点方向，五百米外有一处暗礁。"苏尹说。更像是对天童说的，而不是对明皓，因为明皓已经知道她的计划了。

"涡轮机启动。"他说。

水下脉动式喷射发动机即将启动，他们弯下腰，发动机推动他们往前冲，怪兽因此不断后退。机甲猎人被怪兽的爪子紧紧地钳制着，同时受到它尾巴的攻击，但他们最终进入了海水深处，能够在海床上水平移动，摆脱怪兽的控制。怪兽不停扭动着身体，试图寻找一点儿平衡，但是其夹住猎人的手没有丝毫放松，并且其强劲的触手和下颚不断地把机甲猎人往自己头部送。

海水中显现出一面黑色巨墙，暗礁隐隐可见。他们用尽拔山超海之力，把

"豁达"甩到那面墙上，撞得怪兽身上脱落了一大块肉，此时，"少林游侠"自身承受的压力也已接近临界值。

"豁达"怪异的下颚终于缩回去了，现在他们可以用双拳将怪兽压在暗礁上捶打，他们回到最初站立的姿势，移动压舱物来调节重心。然后使出一记上勾拳打向怪兽的头部——

怪兽的头部连同整个身体都向上飞起，在空中弯曲起来，飞过了"少林游侠"的头顶。他们看见了它腹部密密麻麻的吸盘，紧接着，怪兽就翻转身体，下落，像一条水蛭一样紧紧附在机甲身上，用其身上的喷水器喷射水流，推动身体离开海床，还用头部下方锋利、短小的腿紧扣住控制舱和机甲脖子处的关节，企图将控制舱切除。

"怪兽开始切割了。"天童警告道。

绝望之中，他们尝试用腿缠住"豁达"身体中部，可惜作为一架机甲，他们做不到这么灵活。他们竭尽所能，也只能像剪刀一样将怪兽夹住。但那也为他们争取了足够的空间，让他们从怪兽的吸盘中脱离出来。他们把怪兽翻转过来，跨坐于其上，开始奋力毁打它。

但是"豁达"从本质说来就是一大块肌肉，它一直疯狂地扭动身体，抵挡他们的攻击。他们快速滚到一旁，重新站起，预备战斗。但怪兽"豁达"没有追加攻击，而是往后退，然后开始谨慎地绕着他们转圈儿。

"驾驶员，战况如何？"天童问道，"这边亮了几个红灯，没什么大碍，不过你似乎有点儿尿裤子了。"

"我们还在这儿，"苏尹回复道，"除此之外，一切都不好说。这只怪兽很凶猛。我甚至不确定伤到它没有。"

"二十分钟内会有救援赶到。"天童说，"'暴风赤红'已经出发了。若你们能撑到那时候，之后的战斗应该会轻松些。"

"它休想攻破我们的防守。"苏尹说。

它虽然还没攻破，但又发动了新一轮攻击，在喷射器的驱动下像飞镖一般朝他们疾速冲来，直击控制舱，仿佛它已经认清了敌人的真正所在。他们防守，将它击回，但它再次袭来。每一次交锋都把机甲往大陆推进，越来越靠近浅海区域。他们也有点儿疲劳了。过去在训练时，他们能够持续同步连接好几个小时。凯伊丹诺夫斯基夫妇仍然保持着最高同步时间记录，明皓和苏尹紧跟其后。

可是他们逐渐发现，训练和实战不同。"少林游侠"本身仍维持着良好状态。任务控制中心表示他们已经对几处压力性骨折进行了修复。"豁达"对机甲猎人的盔甲造成了几处损毁，但涌入的海水很快得到了控制，没有对他们的系统造成严重的破坏。

然而，他们还是要在"豁达"将他们推上大陆之前结束这场战斗。若是在上海开战，整个城市都会变得满目疮痍。

"我们用长矛吧。"苏尹说。

明皓想起了之前他让怪兽在黄海流血的失误，但他知道苏尹说得对。目前，他们的攻击都没有对怪兽造成伤害。

"值得一试。"明皓说，"下一次它再露出自己的身体内侧，我会攻击他头部下方。"

"开始压缩。"苏尹说。

不出所料，怪兽又开始攻击他们了，它向前猛冲，再一次瞄准了控制舱，试图伸展出手臂围困他们。

"看到了。"苏尹大喊一声。

在压缩气体十万磅每平方英寸的压力推动下，六十英尺长的碳钨合金长矛从机甲猎人左臂射出，固定在怪兽身上，像一把巨大的弹簧刀。发射长矛产生的作用力贯穿机甲全身，他们看到怪兽蓝色的血液和海水一起涌动着。发现长矛将"豁达"完全刺穿后，他们发出了胜利的欢呼。

然而他们的胜利是如此短暂。怪兽一个转身，用长矛的把手将他们拦腰打翻，然后怪兽开启喷射器拖行机甲猎人。他们尝试收回长矛，但其把手已经弯折，现在彻底卡住了。在怪兽的血液和浑浊的海水之间，他们的可视度几乎为零。驾驶员不断摆动双腿、挥舞双拳，希望找到一个立脚点，或者能结实地打怪兽一拳，但"豁达"正抓着他们来回用力摇晃，要集中攻击十分困难。

终于，长矛从机甲猎人手臂中被拖了出来，对手臂前端造成大规模损坏。疼痛反馈让他们如乱箭攒心，几近昏厥。

有段时间，明皓感觉到两人的同步连接变弱了，但很快苏尹又回来了，完整地进入了他的大脑，依旧冷静理智、勇敢无畏。明皓咬紧了牙关，不仅是因为疼痛难忍，更为了抵御这彻骨之痛。

"可能那不是最佳方案。"他说。

"嘿，"她回道，"怪兽身上现在有个洞了。"

"对。"他们试着操纵机甲猎人的左臂。它还能运行，但只有大约原本百分之三十的威力了。

"怪兽呢？"苏尹问道。他们慢慢地旋转移动着，尝试一次看清所有方位。

"怪兽已经离开你们了，驾驶员。"天童向他们报告。

"它去大陆了？"

"不，它向南方移动了。等等——那里还有东西。体积庞大，蛰伏在水底。"

"潜水艇吗？"

"不是金属的。"天童说。明皓从他的语气中察觉到了一丝不对劲儿。

"另一只怪兽？"他问道。这是一个骇人的想法。怪兽虽然出现得越来越频繁，但是从未出现过一次两只的情况。

"不确定。"天童回复道，"海里太多怪兽的血液了，我们无法获取准确信号。"

"我们赶过去。"苏尹说。

"那会耗费大量能源。"天童说，"若怪兽没有直接威胁到上海，最好还是原地待命，等候'暴风'。"

"这样不妥。"苏尹说，"怪兽定有预谋。我们要去。"

"同意。"明皓说。

"豁达"身上的洞似乎没有拖慢它的速度，但很快它也流不出蓝色血液了，至少看不见新的血液的踪迹了。但是他们一直在监视它。很快，天童发现的东西在声呐上显形了。和"豁达"一样，它体形修长，但是体积不到怪兽的一半。在他们持续观察，发动涡轮机不断靠近时，声呐显示器上的两个信号重叠了。

十分钟后，他们终于赶上了怪兽。发生了什么已经显而易见了。

海水的颜色因血液的侵染而变深——不是怪兽的蓝色血液，而是属于地球脊椎动物的含有铁元素的血液。

"豁达"正在吞食一头鲸鱼。

看着眼前的场景，明皓心中涌起一阵出离的愤怒和恶心。他们知道，因为距离太远，已经不可能拯救那头可怜的鲸鱼了。

"豁达"小心谨慎地盯着他们。

"用射击流星攻击它吧。"苏尹说。

"好主意。"

他们一开始没有使用射击流星，是因为和怪兽距离太近了，但现在怪兽已经成了远处的定点目标，可以一试。他们同时发射了两枚射击流星。在怪兽眼里，射击流星一定无足轻重，就像海里的两条小鱼。它甚至没有躲避炮弹，因此射击流星准确地击中了怪兽头部。覆盖了镁的炮弹头引发猛烈爆炸，霎时火光冲天，犹如流星燃烧，这也是射击流星的名字来源。爆炸火光耀眼、刺目，肉眼无法直视。

"两发炮弹直接攻击。"苏尹说。

现在他们什么也看不见，声呐系统也陷入混乱，由于鲸鱼和怪兽（希望如此）都被接连而至的炮弹炸开了花，"少林游侠"受到爆炸产生的气流推动，像一阵猛烈的海啸一样后移。

直到爆炸对他们产生作用的前一秒，他们才意识到"豁达"还在。怪兽把他们打倒在地，拎起来，又施以猛烈攻击。它似乎损失了一两只脚，但并没有造成多大影响。

"我们刚刚把它惹生气了。"明皓说。至少可怜的鲸鱼不会感到痛苦了。那么两枚射击流星就物有所值了。

"让它更加暴跳如雷吧。"苏尹说。

17

2035 年
蒙屿兰破碎穹顶
中国

森真子抬起头来看了她一眼，这是维多利亚·玛丽科娃第二次来她的办公室了。玛丽科娃脸上一如既往地挂着一点儿不耐烦的表情。

"玛丽科娃，"森真子说，"请坐。"

她坐下，双手置于双膝，坐姿僵硬。

"我听说你第一次同步情况不妙。"森真子说。

"算是吧，秘书长。"女孩儿说，"没有参照对象，无法比较。但是那一次经历实在算不上愉快。"

"别太在意，"森真子说，"你们是同步适配的——这才重要。都会好起来的。"

"谢谢你，秘书长。"她说，"借您吉言。"

森真子点头，"我在看你的档案。"她说，"你真能坚持。"

女孩儿脸上的表情多了点儿挑衅意味："您是在说我两次入学考试都失败的事？"

"我是说你失败了两次还继续坚持的事。"森真子纠正她道。

女孩儿换了个表情，说："这也是一个角度，大概。"

"你有决心，也有毅力。既然进来了，我希望能看到你更多地展现这些特质。"森真子朝她扬了一下下巴，问，"你知道自己为什么失败吗？"

"不知道，秘书长。"玛丽科娃说道，"我们看不到这些信息。"

"你通过了笔试，"她说，"输在了实战。因为缺乏控制力。"

玛丽科娃涨红了脸，但什么也没说。

"其实你第三次考试也没通过，"森真子说，"是我特批的。"

第一次，小维卸下了防备，流露出无比震惊的表情。

"我……我不知道，长官。我……我不明白。"

"你怎么可能知道呢？我找了个理由，重审所有申请了两次以上学员的档案。申请两次以上，有时候意味着该学员不适合，痴心妄想；有时候是出于他们父母的坚持，而不是学员本身；但还有可能，这体现了学员坚忍不拔的决心。在你身上，我看到了潜力。是我搞错了吗？"

"您没错。"女孩儿回答道。

"学员，你是否见过怪兽信徒？"森真子问道。

这个问题也让玛丽科娃措手不及。霎时间，她愣在原地，无言以对。

然后，她点了点头。

"是。"她说，"我见过。小时候，在南萨哈林斯克。那里有一只死掉的怪兽，所以有怪兽信徒在附近出没。我见过几个。"她的表情从不自在转为愤怒，"我不喜欢他们。"她说，"我厌恶怪兽。我绝不会成为怪兽信徒。"

"没事的，学员。我不是在暗示什么。只是在你的同步记录中有一件奇怪的事。一个女人，说着关于怪兽的话。"

"她就像传教士，"小维说，"她疯了，我已经尽力对其敬而远之了。"

"好，"森真子说，"你可以回宿舍了。"

玛丽科娃离开了办公室后，森真子靠着椅背，揉揉眼睛。她很疲倦，但却一直睡不好。

玛丽科娃仍然没有全盘交代。她还藏着什么，甚至连她自己都不知道。但森真子不打算步步紧逼，至少现在不打算。还是要对小维多加警惕。

金海失眠了——他脑海里不断回想着同步时出现的场景。他试图区分出哪些是他的记忆，哪些是小维的，但就连那些他曾确认无虞的记忆也发生了变化：它们在小维的大脑中扭曲了，角度不同了，受到不同的立场和观点所干扰。他不再是纯粹的自己了。他曾以为这会是他想要的，会像他父母那样，在同步过后就与对方心意相通，甚至不需要说话也能明白彼此。但在这次同步后，他觉得自己好像在早已身患重症的时候，又感染了某种疾病。小维脑海中的某些记忆简直是一场恐怖演出。

讽刺的是，"恐怖演出"竟是一个双关语：俄语中，Хорошо[1] 的意思是"好"。

金海真希望良一没有说那些话。万一小维不是她表面上的那样怎么办？万一他自己也不是该怎么办？在你开始排除其他人格植入自己身体的可能性时，你就已经有发疯的征兆了。

不，简直荒谬。他只是有点儿困惑、害怕，有点儿失望而已。

还有点儿担忧。这意味着他无法同步适配吗？他会被刷下去吗？

"嘿，驾驶员。"

兰伯特看向这个熟悉声音的主人。只见朱尔斯正站在办公室门外。他立刻把椅子往后一推，站得笔直。他忽然意识到自己反应过度了。这样会让他看起来急不可耐。

"现在不方便吗？"她问道。

"不，不，很方便。"他回道，"怎么了？"

"我有个东西，你可能会感兴趣。"她说。

他一时呆住了。

"唔……"他终于开口了。

"给，"她递给他一个存储器，"这是技术中心得出的追踪数据。我想我们已经找到那个人躲过侦查、进入'狂战士克罗诺斯'控制舱的方法了。"

"噢，"兰伯特说，"好，太棒了。"

"现在你可欠我两个人情了，"她说，"别忘了。"

朱尔斯一走，伯克就把头探出办公室。

---

[1] 与 horror show（恐怖演出）发音相近。——译者注

"你知道吧？"他说，"现在可不是拖延的时候。"

"我知道。"兰伯特说，"你可以闭嘴了。"

兰伯特把存储器同步到自己的电脑中，然后开始浏览里面的内容。理解了那些内容后，他露出了笑容。再过不到一个小时就要和森真子开会了，现在他可算有话可说了。

"有意思。"森真子听完兰伯特的解释后说，"这的确给嫌疑人制造了机会。"

"这样一来，学员就更不可能破坏'狂战士克罗诺斯'了。"他说。

"没错，"森真子说，"学员们的嫌疑大大减小了，至少不是主要嫌疑人了。但是，金海的存储器问题还没解决。"

"索克的问题又怎么说？"兰伯特说，"我想，他可是工作人员。"

"索克似乎也有嫌疑，但那不能排除小维或金海或两人一起涉案的可能，不管他们自己是否清楚。"

"他们怎么会不清楚自己是否参与破坏呢？"兰伯特问。

"几年前，我们在犯罪黑市发现有臭名昭彰的犯罪分子通过庞斯技术将指令植入人脑。手法有点儿像催眠，但更高效。他们曾控制一个遭到植入的人去刺杀贪污的警察官员。我们将那个人拘留了——但他对自己犯下的罪行毫无记忆。我们认为，把一个完整人格植入人脑也是有可能的，植入人格会在特定时间苏醒。"

"你认为这可能发生在小维或金海身上？"

"他们都有受植入的时机。小维比金海的可能性更大。事实上，小维的童年可能是我们破案的黑匣子。她在库页岛长大，那里的记录在怪兽战争后就变得残缺不全了。但我们掌握的那点儿信息的确可以说明她的童年很艰苦。你也从他们的同步记录中看到了，两人都有所隐瞒。我不知道在同步中，被压抑的人格是怎么样的，但很可能就是他们呈现的那样。"

"你会去质问他们吗？"兰伯特问道。

"不，"她说，"我觉得先观察一段时间比较好。让他们继续训练。让他们进行模拟训练。他们同步的次数越多，我们就越有可能看出是否有人不对劲儿，或者是两个人都有问题。"

18

2035
福鼎市
中国

兰伯特看着那些登上运输直升机的学员。他们都很兴奋，和其他组的学员第一次外出之前一样，但是似乎又有点儿压抑，这也可以理解，这种情绪不仅源于布拉加之死，更是由于他们一定已经知道——自己是嫌疑人。每个学员表现这种情绪的方式都不同。苏雷什和雷娜塔玩了好几种拍手的游戏；塔希玛、良一、梅林和伊利亚在讲冷笑话，他们笑得有点儿大声，还玩起了恶作剧；金海和小维在躲避对方。金海对其他人的恶作剧视若无睹，按往常来说，他应该会制止他们。作为第一学期的学生，他们已经经历了太多。

在可能有人蓄谋攻击PPDC的情况下，他不太确定外出是一个好主意。但是福鼎不像香港，它是一个小地方，只有30万人左右。这个港口城市逃离了怪兽的攻击，若不是有铁路连接到上海和其他城市，它周围什么城市都没有。福鼎位于高山上，但四周入海口环绕。它的地理位置让金海想起了西雅图，但二者气候不同。和所有城市一样，福鼎也有黑市及常见犯罪活动的地下犯罪市场，但由于破碎穹顶的存在以及穹顶的快速反应，福鼎算是一个比较安全的地方——并且自从出了蒙屿兰破坏事件后，福鼎的安保力度更大了。

学员们搭船也能到那儿，但会花费大量的时间，而第一学期学员又没有外出留宿权，因此他们选择飞过去。

他们在PPDC的直升机场降落，在进入福鼎市之前，每个人都要接受拍照、扫描，并且获取通行徽章。

过了一会儿，兰伯特让他们排好队。

"一组至少两个人。"他说，"随身携带通行徽章。我还要提醒你们，这座城市有的地方是你们不能去的。若进了禁区，外出即刻取消。还有问题吗？"

"有，长官。"雷娜塔说，"最近的好吃的比萨店在哪儿？"

"纽约。"兰伯特回答道。好几个人偷笑起来。

"但是，如果你的口味没那么挑剔的话，海口路有几家店的派还不错，就在那个大圆环南边。"他神情略带严肃地看着他们，"小心点儿，"他说，"别乱来。学员在这边一般是很受欢迎的，因为他们不会闯祸。记住你代表的是整个集体，要严守我们的标准。如果我听到不好的评价，可是会很不高兴的。总之，放尊重点儿，这是他们的城市，不是你们的。晚上九点整在这儿集合，乘直升机回去。记住了，早到就是准时，准时就是迟到，而迟到是不可饶恕的。明白吗？"

"明白，长官。"全员齐声答道。

"好，"他说，"玩儿去吧。"

说着，他就走开了，只留下那些学员们。

"我想吃比萨，"雷娜塔说，"有人一起吗？"

"塔希玛、良一和我要去美术馆，还要去看古寺，"梅林说，"不过我们可以晚点儿与你会合。"

"小维，你呢？"雷娜塔问道。从她的语气听来，她似乎并不想与这个俄罗斯姑娘同行，只是出于礼貌才问的。

"下次吧。"小维说，"我要去吃饺子。"

"要跟别人一起才行，"雷娜塔说，"你和谁呀？"

"饺子听起来不错，"金海说，"我跟她一起。"

"麻烦不要靠我太近。"小维说。

和小维一起走的时候，金海能感觉到其他学员投来的怀疑的目光，他也知道他和小维渴望了解彼此的程度可能比其他学员更甚——这让他们俩的嫌疑更重了。但他和小维必须谈一谈，而现在似乎是个良机。

一脱离集体，走在前面的小维就回头瞥了他一眼。

"你不用像个保姆一样跟着我。"她说，"我说吃饺子只是为了甩掉他们而已。"

"甩掉他们，去干吗？"他问。

"去和我的怪兽信徒小伙伴们见面哪，"她生气地说，"不然呢？"

"喂，"他说，"等一下，我不是这个意思——"

"你不是，"她说，"没有人是'这个意思'，也没有人暗示什么。你没有，森真子没有，兰伯特也没有。"

"他们也怀疑我。"他说，"有人偷了我的存储器。它可能与破坏案有关。"

小维盯着金海。

"那与你有关吗？"小维质问他。

"当然没有！"他说。

"我也没有。"她说，"现在各走各的。"

金海摸了摸他的徽章，说："这是追踪器。他们会知道我们分散了的。不如就像你提议的那样，我们去吃饺子吧？你一提起来，我就想吃了。而且我饿了。"

小维似乎对这个提议不是十分乐意，但还是点了点头，问道："你知道怎么去？"

"我会说中文。"金海说，"可以问人。"

一个帅小伙儿带他们去了市集，那儿有好几家摊贩已经开门做生意了。有一家店在吆喝着猪肉卷心菜饺子。他们买了一点儿，坐在长椅上大快朵颐。

"这些饺子真不错。"金海说，"跟我以前吃的不太一样。加了不同的配料。"

小维也点点头："我没吃过饺子。还不错。"

"你没吃过饺子？"他感到不可置信。

"没有，"她说，"我们家乡有一种和这个类似的，叫'韩国馒头'，但它更像夹心的包子。"

"哦，对。"他说，"我记得。我在同步里看到过。还有那个奇怪的老太太……"

小维皱起眉头，说："我不会谈这个的。"

"我只是想知道你经历了什么，小维。我觉得那些事特别糟糕。"

"就是一些我已经经历过的事情，"她说，"可以了吧？"

"但是——"

"是我的英语不好还是你英语差，"她说，"我已经非常明确地告诉过你我不想谈这些事。"

"好吧，"他说，"在这儿等我一下。"

金海回到刚才的小摊，买了两个麻辣炸春卷儿，用豆腐皮包裹着猪肉、鱼肉、荸荠，加了大量五香粉和芥末。他还买了两个粽子：像以竹叶为皮的糯米饺子。

"如果你想尝尝新东西。"他说，"饺子到处都有，但这些可是这里的特产。"

"谢了。"她说。

他们在沉默中大口吃着东西。

"你怎么知道徽章是追踪器？"小维问道。

"我的爱好。"金海说，"以前，大部分时候我都要带着一个微型信号传送芯片，这样照顾我的人，我的老师和保镖——或是警察——才能找到我。慢慢地我就对这些东西有了了解。"

"为什么要植入你体内？"小维问道。

"你真的想知道？这涉及我父母。"

"说吧。"

"你记得我说过我父母不是第一对驾驶'少林游侠'的驾驶员吧？"

"我早就知道了。"小维说，"第一对是洪和帕特尔——他们被谋杀了。这些我都记得。你说你父母也收到了死亡威胁。"

"对，"金海说，"但是我没告诉你，死亡威胁不仅针对我的父母——也针对我。部队开始实行保护计划，对驾驶员的家庭成员进行保护。但是我父母多做了一步，把我打上了记号。"

"我懂了。"小维说,"他们想保护你。你应该感到开心。"

"可能吧。"他说,"但是像个物品一样被打上记号不是什么有意思的事,尤其是在你有事情要办的时候。所以我找到了破解的办法。这可能是我受到怀疑的原因之一吧。"

"因为你可能让他们的安保系统失效。"

"也许。"

"你有这个能力吗?"

"我不知道,"他说,"小型安保系统,应该可以,但是不至于能够破坏机甲猎人。如果他们觉得我能做到,未免太高看我了。"

吃完了。

"现在做什么?"她问。

"既然我们接下来几个小时都会待在一起,不如在城里逛逛吧。我待会儿想去个地方,那里有一道菜叫'佛跳墙'。"

"那是一种食物?"她问。

"是的。"

"你想的都是这些东西吗?"

"是就好了。"他说。

19

2035
蒙屿兰破碎穹顶
中国

　　森真子早早来到格斗室，一个人，穿着毛衣。她检查了装备，过了一会儿，挑了一根棍棒作为武器。她深呼吸，然后开始移动，棍棒在手中旋转着，她变换站姿，热热身。她打出自己学的第一套动作，目的在于调整动作和节奏，这是一场和一个根本不存在的对手的正式对战。然后她又打了一套动作，这一次她闭上了眼。她早已熟悉得不需要看了。

　　然后，一如往常地，他出现了，罗利。她截住他的拳头，向他的脚打去。他腾身躲开她的棍棒，反手朝她送出一拳。

　　她现在看见他了。在双眼紧闭的黑暗中。不只是他，还有他褪了色的记忆片段——在格斗室和哥哥杨希练习的场景。怪兽"镰刀头"把杨希从机甲猎人"危险流浪者"的控制舱中拖了出去，留下一个残缺的罗利。罗利一直没有寻回完整的自己，直到他与森真子同步，两个人心意相通，共同驾驶"流浪者"。

　　但现在他走了，森真子就成了那个残缺的人。他是她的幽灵，是正在与她对战的对手，只有想象着他的存在，森真子才能继续活下去，才能在这个没有他的世界上生存下去。

　　但他又从未远去。他们的感觉依然同步着。每日每夜、每时每刻，不过有时候，像现在，同步的感觉尤其强烈。

　　她想到了小维和金海。她曾推测，若他们是凶手，那么在外出期间，他们可能会采取什么行动而露馅儿——从而暴露出自己和破碎穹顶中的歹毒阴谋的联系——但是徽章追踪器表明，他们没有任何不同寻常的行为。当然，这并不意味着他们一定没有做坏事——只是没有露出马脚而已。结合多方资料来看，金海尤其擅长欺瞒看管者，无论是人类还是电子设备。他很可能已经对徽章进行了改装，而这种行为本身就说明他有可能破坏"狂战士克罗诺斯"。伪造假的追踪数据、欺骗机甲驾驶员，让他们以为自己受到了攻击，两者无论是在理论上还是技术上的操作都大同小异。她在心里提醒自己要把他们的徽章拿去给专家检查。

至于小维——她一心想进猎人学院，这份坚定的意志即使是在新兵里也少见。痛苦、创伤、复仇是她的动力，而这些情绪，森真子实在体会得太深刻了。

金海的痛苦更难以名状，但它和小维的一样深沉，并且森真子不能确定那到底是什么。可是她也能从中看到一点儿自己的影子。有一对名人父母，且因为父母害怕失去孩子，孩子因而不得不压制自己的潜能，不能崭露自己的锋芒。就像森真子的养父曾经对自己的儿子和森真子做的那样。

若你曾直面怪兽，曾与行走的死亡巨兽四目相对，那么你不会希望自己的孩子也经历这些。现在，她明白养父为何如此谨慎了。

但那时候的她并不理解，不是吗？

也许兰伯特是对的。也许索克才是那个破坏者。他的消失显然让这种猜测更有说服力。但即使索克是破坏者，小维和金海也有可能参与其中。这三个人可能都是参与者。她希望这猜测不成立，原因众多。比较重要的一个是，她开始觉得，若她能帮助这两位学员克服心理创伤，或许她也能与自己和解。她不知道自己为何有这种想法，但这才是"想法"本身的神秘，不是吗？

她练习完毕，向罗利鞠了一躬，再看一看他的笑颜。然后睁开双眼。

他，当然，不在了。

兰伯特从基地入口静静地回到格斗室，打算为接下来的训练准备器具，没承想却遇见秘书长在这儿练习。他本想在格斗室静候，但看秘书长的动作和移动方式，她似乎正沉浸在自己的世界中，兰伯特不想打扰她。

他们虽然算不上朋友，但是她曾帮忙训练他，她还是他的密友兼首次同步拍档的姐姐。

应该说是前密友。前拍档。岁月流转，一切早已物是人非了。但是森真子的存在总让兰伯特想起他。兰伯特宁愿自己从未回忆起他。

他离开了格斗室，遇见伯克。

"都准备好了？"伯克说。

"没有。"兰伯特说，"有人在用格斗室。一个比我们高级很多的人。"

"哦，"伯克说，"她呀。我之前也见过她。动作很有意思。好像真的在和某人搏斗一样。有点儿诡异。"

"是呀，我认识她的时候，她就是这样。失去一个同步搭档是……很难受的。"

"对，尤其是他们还去世了。"伯克说。

"我想那感觉应该是心如刀割吧，"兰伯特说，"我太不懂。但是当某人离你远去——心里真是痛不堪忍。这种损失是无法弥补的。而且你会发现，即使和别人同步，进入别人的脑子，你也无法和别人拥有一样的价值观……"

"哥们儿，"伯克说，"你的价值观要求太高了。没有几个人能达到你的标准。"

"高标准有错吗？"兰伯特说，"带领我们渡过怪兽战争危机的就是那些用高标准要求自己的人，那些知道要为了更崇高的目标牺牲的人。"

"你说的崇高目标就是和怪兽战斗。"伯克说，"据我所知，现在好像没什么怪兽了。"

"十年对于它们而言就是一个间歇期。"兰伯特说，"一次短暂的休息。它们会卷土重来的——在它们真的来临时，我们要做到枕戈待旦。"

伯克拍了一下他的背，说："如果你说的是真的，我们最好将这批新兵训练起来。他们才是未来的主力，我们不是。"

"对，"兰伯特说，"因为我们都年老力衰了。"

"在机甲猎人驾驶员这一行，我们俩已经属于老年人了。"伯克说。

这说法让兰伯特觉得很不舒服。

　　兰伯特长官似乎决意让他们为外出疯玩而付出代价。他和指导员在格斗室一刻不停地训练学员们，金海觉得双腿发软，几乎无法支撑身体了。苏雷什和梅林请求暂停、休息，但是金海绝不会这么做，除非小维先喊累。

　　今天的训练重点是学习，而不是两个人的磨合，具体是学习上半身搏斗技巧。机甲猎人在及腰深的海水中与怪兽近战时可以运用这种搏斗技巧。纠缠扭打、推远猛攻、拉近牵制。移动胯部、用最少的动作重新找到平衡。学员们共训练了14个小时，最后三个小时作为额外福利，学习如何一次与两个对手交战。

　　怪兽在攻击人类的十二年里，都是逐只出现的。每一次它们都变得更庞大、更能应对它们从深海里冒出来时必然会遇到的巨型机甲，但总体说来，一只怪兽会与一至三架机甲猎人战斗。

　　但在2025年，"棱背龟"（Leatherback）和"尾立鼠"（Otachi）首次一起出现，颠覆了人类的认知。它们狼狈为奸，摧毁了"暴风赤红"和"切尔诺阿尔法"，三两下就让"尤里卡突袭者"暂时失去还击之力。不久，"突袭者"和"流浪者"就陷入了一次面对三只怪兽，其中一只是五级怪兽的绝境。若正面攻击，机甲猎人们毫无胜算。"尤里卡突袭者"只得引爆机甲内的核弹，为"流浪者"清理出道路来。

　　若现在怪兽卷土重来，它们可能和以前一样，一次一只。但，若它们一次两只、三只甚至四只一起出现，人类又该怎么办？

　　在训练快结束时，金海已是精疲力竭、腿肚子发软，他和小维将与塔希玛对战。

　　塔希玛的出击利落、干脆。他是一个全能型选手，近战能力尤其出色。

　　塔希玛主动出击，先跑到金海侧面，似乎想先快速解决金海，然后奔向小维。这个伎俩他早先对雷娜塔和苏雷什用过，颇有成效。

　　金海转身不及，没有及时出手，但这也是他的战术。塔希玛抓住他的手臂，把脚伸到金海脚踝后，准备将金海横扫在地。金海向前抬起脚，用力使出一个后空翻，看到小维迅速补上他的位置，他不由地笑了。小维先从塔希玛背后飞踢一脚，又跑到他身旁反手一击，将他击倒在地。于是金海刚站稳，塔希玛就双足离地，"砰"的一声重重摔在地上。金海微笑着看着小维，而小维似乎——很不明显地——也笑了。

但这个微笑击中了他——他知道该用什么战术，是因为他知道小维会怎么做。

塔希玛站了起来，动作缓慢，向他们俩伸出双手。

"真不错。"塔希玛说。所有人都安静了，苏雷什甚至不敢与他对视。

在金海和小维准备离开训练场地时，兰伯特叫住了他们。

"不知道你们俩有没有感觉到，"他说，"你们之间的联系。但是我看到了。我也不知道你们之间发生了什么，但你们要好好建立联系。牢记我们的任务——为保卫全人类做准备。如果你们有什么比那更迫切的个人问题，我乐意倾听。或者是其他任何想说的东西都可以。"

金海偷瞄了小维一眼。

"实话实说吧，长官，"金海说，"我的确有事。虽然有点儿难以启齿，但是，好吧——我喜欢七十年代的老派迪斯科舞曲。实在是太朗朗上口了，你不觉得吗？就连巴瑞·曼尼洛[1]都那么好听。"

接下来，自他们见面以来第一次，兰伯特流露出愤怒的神情。他往前站了一步，正对着金海的脸，金海此刻是多么想往后退，但他还是站在原地。

"拿这个开玩笑就是你的不对了，小子。"兰伯特说。

"那觉得我是犯人就是你的错了，驾驶员，长官……我的确是个闯祸精，还很自以为是，但我绝不是犯人。我父母——"

"我压根儿不在乎你父母是谁，"兰伯特反驳道，"你是什么人，或你不是什么人，又或是你将会成为什么人，这才是最重要的。先说明，我没有指控你什么。"

"没有，"金海说，"你的确没有。没有当着我的面指控我。但我知道你心里是这么想的。要么是我，要么是小维，对吧？或者我们俩沆瀣一气。我能明确地告诉你，不关小维的事。这样你能排除她的嫌疑了吧？"

---

[1] 70 年代美国情歌王子。——译者注

"你在说什么？"兰伯特质问道。

金海挺了挺腰板，说："请求去洗澡，驾驶员，长官。"

兰伯特盯着他看了似乎很久。

"批准。"兰伯特说。

他和小维在走回去的路上，大部分时间都保持着沉默。但就在他们到达浴室之前，小维问了他一个问题。

"你真的相信我是无辜的？"

"Да（对），"金海说，"Я думаю, что.（我认为。）"

她眨了眨眼，轻轻笑了。

"怎么了？"金海问。

"你的俄语不太对。"她说，"但还是谢谢了。"

20

2025 年
一月六日
平安夜（俄罗斯东正教）
库页岛
俄罗斯
小维

天寒地冻。屋外的积雪高达一米。家里也是冷的。她们公寓的保暖设施就是楼层的热水管道，这种方法便宜又有效，但不像她们以前的陶制加热暖炉那么精致。看到小维瑟瑟发抖，外婆决定提前送出圣诞礼物：一件黑色的毛绒外套，上面有许多口袋。小维一穿上就觉得暖和多了，再拉上拉链，她觉得自己仿佛披着六条毯子一样。这外套并不十分奢华，但一定花了外祖母半个月的工资。

平安夜这一天，她们一般等到第一颗星星出现在天幕时才开始吃东西。小维早已饥肠辘辘，加上今天乌云密布，她们等到天色足够暗了就开始吃晚饭。小维早就闻到燕麦粥的味道了，这是一种将大米和罂粟籽、蜂蜜、坚果一起熬的米糊。小维吃第一口时，觉得这真是美味佳肴，但是吃到第三口时，她开始觉得愧疚了。她想起了包裹了更多馅儿、更美味的蜜饼。她应该和外婆一起花剩下的钱的，至少应该给外婆买个礼物。现在她只能送她一幅画，但那是她用心准备了很久的礼物。外婆看到那幅画，激动地流下了眼泪。小维画了一幅外婆的画像，用鲜花作边框。

"太美了，小维。"外婆说，"我要把它挂在墙上，就在那面墙上。"

"它没有外套好。"小维说。

"不，它比外套更好。"外婆说，"外套可以温暖你的身体，但是这幅画温暖了我的心。"说着，又仔细欣赏起画来。

"我真想他。"外婆说，"我有告诉过你我们相遇的故事吗？"

外婆当然说过，但是小维还是想听外婆再说一遍，希望这一次外婆能说说她接受外公喝得半醉时的道歉和求婚之后的故事。外婆边说边喝柠檬苏打和伏特加酒混合起来的饮品，说完故事后自己也快醉了。

"妈妈呢？"小维问道，"你们结婚多久之后才生了妈妈？"

小维以前也问过这个问题，但是外婆从来没回答过。这一次，她似乎也不打算回答，但是又一杯伏特加下肚后，外婆笑了，笑容中流露出忧伤。

"很早熟，"她说，"跟你一样，总是想得很多，他一个不到五岁的孩子，表现得就像七岁一样。"

"他？"

外婆有点儿慌张。"我喝多了，"她说，"我是说'她'。你还想不想听？"

"想。"

外婆又喝了一杯。

"我跟不上她。我努力了，但就是跟不上。她就这么——慢慢离开我了。"

"什么意思呀？"

外婆神色镇定，眼神锐利。"她离开家的时候还那么小。"她说。

"然后她就进了监狱，"小维接上话，"在那里遇到了爸爸。"

外婆皱着眉头，生气地说："你别什么都听电视上说的。你妈妈是个好女孩儿。那些话都是别人编的，那些人。有的人……"她声音渐小，低沉地呢喃着，眼神飘乎不定，她有时候就这样。

"并非所有怪兽都是庞然大物，"她悄声说着，"有的怪兽还没有你大呢，它们可以变成任何事物，任何人。它们一来，就欺骗人类，扭曲事实。稍不留神，它们就会扭曲我们的灵魂。"

外婆突然伸出手抓住小维的手腕。小维吓了一跳，想挣脱开，但外婆抓得更紧了，都把她弄疼了。

"你跟它们说过话吗？"外婆问，"你见过它们吗？你还是我的小维吗？"

小维一直有点儿害怕外婆。加上现在夜幕已深，屋外呼啸的寒风就像鬼魂在哀鸣一样，而且她的手被外婆抓得很疼。她觉得自己好像被困住了——她第一次感到了，发自内心的恐惧。

"外婆，"她说，"是我。是我呀。"

外婆盯着她看了好久，小维从没见过外婆这样的表情。外婆好像不是一个真的人，而是一个有着玻璃眼珠子的塑料大玩偶。

忽然，外婆松手了，向后躺在椅背上，倒了一点儿伏特加——这一次没加苏打。

"你是我的小维，"她说，"你当然是了。你知道吗？我做过一些事，能保住我们这个公寓的平安。它们进不来。就算是化装成你、我，也进不来。"

外婆突然又笑了，恢复了往日的神态。

"差点儿忘了，"外婆说，"我还有东西要给你。"

她打开一个橱柜的门，拿出一个长长的包裹，就像是用来装伏特加酒的包裹，然后放在桌子上。

"这是外公给你的。"外婆说，"他正在做呢，当时——算了，快打开它。"

小维接过包裹，感觉里面的东西挺重的。她把手伸进包裹，把东西拿出来。

"'切尔诺阿尔法'。"她倒吸了一口气。

这是一个木制的模型，有的细节还没有完工，但看那巨大的圆柱形的头以及那雄壮的手臂，这显然就是她父母驾驶的机甲猎人。

"Матерь божья。（我的天哪。）"小维惊叹道。

"小姑娘注意语言。"外婆说。

"对不起，"小维说，"我太喜欢了。"

"真爱是永恒的。"外婆说，"记住这句话。"

"知道了，外婆。"

今晚她们提前熄了灯，早早上床睡觉。小维把模型也放在床上。她想到了晚餐时外婆的样子，忧虑涌上心头。以前，外婆状态不好的时候，外公总是在小维身边：外婆毫无征兆开始大喊大叫的时候，乱摔锅碗瓢盆的时候——还有外婆占用她的床好几天的时候，外公也会安慰小维。

可现在，外公走了。他当时知道自己马上就要去世了吗？他雕刻"切尔诺阿尔法"模型，是为了让机甲代替他保护小维吗？

她在这样的沉思中入眠，但一阵嘈杂声又把她吵醒了。一开始她怕是外婆醒了，但噪音是从屋外传来的——警笛在鸣叫着。小维看了一眼时钟，现在刚过凌晨三点。是圣诞节了。

"它们在这儿。"外婆说，"它们来了。"

她们走出公寓，发现整栋楼的人都醒了。他们走到楼下大厅里，那里有一个大电视。大厅里的人们摩肩接踵地围观着。

"怪兽在香港。"阿扎科夫不满地抱怨着，"干吗鸣这里的警铃？"阿扎科夫上了年纪，看起来像是一棵高大的，但受尽风霜摧残的树。

"因为有两只！"洪太太回击道，"这是前所未有的事。如果现在有两只，以后就可能有一打。它们可能捣毁整个世界。"

人们把这两只怪兽叫"尾立鼠"和"棱背龟"。它们出现在香港的时候正是深夜，就像现在一样。怪兽眼的图像模糊，无法追踪它们。"尾立鼠"看起来像一只长了角的青蛙，喉咙处有一个突出的发蓝色磷光的囊袋，而"棱背龟"则不见了踪影。

画面中出现了两架机甲猎人，人们发现"切尔诺阿尔法"也在其中时不禁欢呼雀跃。小维还认出了"暴风赤红"，这是一架有三只手臂的中国机甲，由魏氏三胞胎兄弟驾驶。

过去，世界各地都有破碎穹顶，机甲猎人守卫着人类的家园。但在小维三岁那年，海参崴破碎穹顶关闭了，"切尔诺阿尔法"因此移居香港。其他破碎穹顶也渐次关闭，如今香港破碎穹顶为全球仅剩的穹顶了。

而这两只怪兽正在攻击香港。

它们的目标是机甲猎人，是"切尔诺阿尔法"。

小维暗自想着，但是她也听到好几个人这么说了。

她看到"暴风赤红"在战斗开始后几分钟就被怪兽撕裂了，这真叫人不敢相信。但是"切尔诺阿尔法"来了，她相信事态一定会转变。

但是她所期待的转变没有发生。"尾立鼠"喉咙囊袋突然胀大，喷出的蓝色液体覆盖了"切尔诺"全身。霎时间，画面忽明忽暗，看不真切。然后，报道员说另一位机甲猎人，"尤里卡突袭者"正在赶来支援的路上。等画面恢复清晰时，小维看到怪兽在海浪中冲向"切尔诺"，"切尔诺"还在战斗着，尽管覆盖其表面的蓝色物质已经开始侵蚀机甲。一切都会好的。

这时，从水里突然钻出了什么，看起来像一只全身长满鳞片的大猩猩，场面十分混乱。她似乎看见"切尔诺阿尔法"的头被摘除了，机甲被分成了两半，但她知道那不是真的。天色太暗了，场面又那么混乱，她看到的不可能是真的。

她的父母不可能死。不可能。"切尔诺阿尔法"从未战败。他们应该在某天凯旋与她重聚的……

之前的欢欣雀跃，现在都成了死一般的寂静。小维突然不想看了。她回到自己的小床上躺下。相信早上醒来，一切都会没事的。一切都会好的。毕竟今天是圣诞节呀。

但是第二天的报纸说了，"危险流浪者"战胜了怪兽，"切尔诺阿尔法"和"暴风赤红"的驾驶员无一幸存。

小维接下来的几天，仿佛行尸走肉一般。外婆一如既往地去工作。小维去超市。听学校说她要等到明年春季才能上学，但她已经不在乎了。

她不是一个人。所有人都觉得世界不是马上就要完结，而是已经完结了。万事都不足虑了。

那天晚上，她在家里看到有人在公园里点燃篝火。"他们是怪兽信徒，"外婆说，"他们在祈祷世界末日。"小维听说过怪兽信徒，但从未亲眼见过，至少她记忆中没有见过。这一伙似乎人数众多。

但她也丝毫不关心他们。

那晚，外婆喝得烂醉，且脾气暴躁，对着空气大喊大叫。小维抱着她的"切尔诺阿尔法"雕塑，裹着小毯子下楼了。她不是一个人——楼下还有好几个人，一起看着录像带，虽然并没有什么有意思的内容。又有几个人裹着毯子坐在地上。她也这么做了。

外公走了，"切尔诺阿尔法"也毁了。没有人保护她了。

她被一阵喧哗吵醒，迷糊中忘了自己身在何处，过了一会儿才想起来。大厅里挤满了人，而且大家都在欢呼着。

她觉得双腿发软，站不起身。

置身于人群的狂欢中，她过了好一会儿才知道发生了什么。

机甲猎人胜利了。最后剩下的两架机甲猎人——"危险流浪者"和"尤里卡突袭者"——找到方法封闭了怪兽生存的海底"Anteverse"星球。虽然这两架机甲猎人都损毁了，人类世界还是保住了。

小维对此不置可否，一部分原因是她根本不相信。不管发生了什么，怪兽总会卷土重来。它们还会来的。但现在已经没有机甲猎人能够阻止它们了。

但还会有机甲猎人的。人类会建造更多机甲猎人。一旦建造出来了，她一定会驾驶其中一架，就像她和尤恩说的那样。

但这就意味着她必须接受训练，她要学习。这意味着她需要钱。

她的保护伞都离去了。没关系。她会成为自己的保护伞。

第二天，她找到尤恩居住的货车，敲敲车门。另一个女孩儿来应门，小维说自己找尤恩，女孩儿说尤恩出去了。

"我准备好工作了。"她说。

机甲猎人为战斗而生，它们要么迎接胜利，要么承受失败，非生即死。它们感受不到恐惧、痛苦、损失或是羞愧。它们为了胜利无所不用其极，无论是用冰山将怪兽杀死，还是爬进怪兽体内掏空它的内脏。

她也会做一切应做之事。

小维见过死物，也见过吃死物的东西。乌鸦、蛆、野狗。

但是没有什么东西会吃怪兽。没有吃腐肉的鸟在怪兽头顶上盘旋，怪兽体内也没有蛆——只有人类，穿着可笑的黄色防护服，连头也包裹起来，不过小维还是可以从透明塑料面罩里看到别人的脸。这里恶臭熏天，但味道不像腐烂的尸体，更像掺杂着鱼腥味儿的化学污水。怪兽体型太庞大了，她不知道自己看到的是它的肚子还是后背。而它蓝黑色鳞片上成百上千的被打穿的孔也一点儿都无助于辨认。她想，最好还是别去想这是什么部位了。就当是爬进山洞里找石头吧。

尤恩在穿着黄色防护服的人群中发现了小维。还没来得及开口，安德烈就到了。

"大多数好货在怪兽死后就立刻被收走了，"安德烈解释道，"就是怪兽的活组织、液态血液之类的利润极高的东西。有人带了各种高端设备，从香港过来收集。他们将怪兽灌满二氧化碳，进行各种操作。他们结束之后，就由我来承包剩下的东西。告诉你们，小子，那些从香港过来的家伙——他们可不好惹，而我在他们手下，所以我也不好惹。禁止中饱私囊。所有从怪兽体内获得的东西，都要放在背包里，交到我手中。认真工作，别偷东西，遵守规则，就万事大吉。明白吗？"

"我知道了。"小维说。

"好，过来，我向你们介绍各组组员。"

怪兽尸体的中部地区已经被清空了，地方宽阔得能容下一个村庄。光线从怪兽身上四面八方的穿透的孔中照射进来，但是在深入时，主要亮光还是来源于他们携带的 LED 灯。

小维的"组员"包括：大约十五岁的男孩儿阿勒克斯、和小维差不多大的女孩儿可拉和十岁左右的纪粟。纪粟脸上有一道长长的疤痕，小维总忍不住盯着看。

纪粟发现她了。

"怪兽血液。"她说，"在怪兽喷血之前，大多数血液流到了香港，剩下的血液凝结成晶状——这也是我们要找的东西。但是一与水接触，晶状血液又会融化。某个傻子说要在'鱼眼怪'头顶钻一个洞。当时还是隆冬时节。下过雪。到了春天，融化的雪流入怪兽体内，血液就融化，滴到我脸上了。"

"真不好意思。"小维说，"血液把你的面罩融化了吗？"

"我当时没戴面罩。"纪粟说，"有时候我们要钻进很狭窄的地方，面罩会卡住的。"

"什么样的地方？"

"别着急。你会知道的。"

之后不久，他们就离开了这个受损严重的中部地区，开始搜刮所有空血管。血管很大，他们可以在里面直立行走，但是也有分布规律的稍微小一点儿的分支血管。

"大部分血管都被仔细清理过了。"阿勒克斯说，"我们每次都要更深入一点儿。"

他不是在开玩笑。她不知道自己走了多久，现在唯一的光源就是他们面罩上的灯。周围的空气浑浊、沉重，像吸了一口黏稠的糖浆卡在喉咙里。防护服有空气过滤器，但是不配备额外空气供应设备。

最后，他们到了一个地方，怪兽的血管壁都被切开了，露出大量蜂巢状，或者说像海绵内部结构的物质。

"这里是骨髓舱，"阿勒克斯说，"舱室之间由短小的管道连接，大部分如此。眼前的这个已经被清空了。你要往里爬才能找到骨髓。"

小维一点儿都不想这么做。但她是机甲猎人，不是吗？

"骨髓长什么样子？"

"蓝灰色的，把骨髓舱完全填满了。因为怪兽的骨头坚硬无比，若采取暴力手段取出，会破坏骨髓，所以我们要先将骨髓取出。虽然骨髓比骨头软，但你还是要用各种工具才行。知道吗？"

"大概吧，"小维说，"我感觉应该懂了。"

"我不喜欢新手，"阿勒克斯说，"他们动作慢、抱怨多，而且总是无法完成任务。我们一定要完成任务。知道吗？"

"知道了。"小维说。

接着她就一言不发地钻进舱室最深处。

舱室连接管很结实，没问题，她爬过了大约十根连接管才遇到一个充满骨髓的舱室。为了压抑幽闭恐惧症，小维开始用手里的工具敲骨髓。骨髓虽然比骨头软一点儿，但还是很坚硬。过了一个半小时，她挖出来的骨髓体积只比她的头大一点儿。在狭小的空间挖东西，一开始只是手脚不好伸展，之后就变得痛苦万分了，等到她听见阿勒克斯喊休息的时候，她已经全身酸软了。

她把自己挖到的一点儿骨髓装进包里，后退着出去。她钻进来的这个舱室过于狭窄，无法转身，只能原样倒退出去。她看不见身后的情况，太令人恐惧了，她的幽闭恐惧症几乎让她陷入恐慌，但是她将其抑制住了，将其和生命中其他地狱般的磨难封锁在一起。

阿勒克斯看了她的包，居然没有生气。这让她感到意外。

"你要再努力一点儿。"他说。

"明天再来？"

"明天？"他用鼻子哼出一口气，不屑地说，"现在还是上午呢。"

他和另外三人拿出塑料饭盒准备吃午饭。

"我不知道要带饭。"小维说。

"那太遗憾了。"阿勒克斯说。但是在吃了一半多一点儿的米饭后，他还是把自己的饭盒递给了小维。

"拿去，"他说，"我需要你维持体力。明天记得带饭。"

"谢谢。"小维说。

她安静地吃了一会儿，发现自己早已饥肠辘辘。然后，她突然想到一件事。

"我们在怪兽的肚子里野餐呢。"她说。

可拉笑了，"对呀，"她说，"我也是第一次。"

刚开始的几周是最折磨人的，但到了第二个月，小维已经对此习以为常。她的肢体能适应各种刁钻的角度，大脑也感到自在了。她一有时间就工作，并且将工资存起来，这样学校有机会的时候她就能去上学了。渐渐地，她的储蓄多了起来，她开始考虑接受其他形式的训练。机甲猎人战斗。她要学习如何搏斗。空手道、搏击，可能还要学习某种剑术。在怪兽的躯体里钻洞、挖掘是一份恶心、糟糕的工作，但她不是盲目地在挖掘，不是为了生存而工作，她是为了自己的将来。

这是她唯一能为父母、为他们的回忆做的事了。

慢慢地，这份工作带来的痛苦和恐惧消散了，她开始做关于工作的梦。梦境里几乎总是一样的：一片阴影缓缓上升，笼罩了整片天空，天空中有一片长着人脸的云朵。而她孤身一人，在深不见底的舱室中。有人在呼喊她——喊的不是小维，而是她的全名，维多利亚。她很害怕。她记得外婆告诉过她，不能让怪兽知道自己的名字。可是现在有人在喊她的名字，一个她不认识的人。她追寻着声音，深入，再深入，距离光明越来越遥远，直到她看见前方传来一片虚幻缥缈的幽幽蓝光，吸引着她。她知道这光来自舱室壁，是怪兽早已干涸的组织发出的。她弯下腰，靠近了看。

蓝光之中突然睁开了一双眼睛，直勾勾地盯着她。出现了一张女人的脸。

每当这时，小维总会尖叫着醒来，泪水夺眶而出。

21

2035
蒙屿兰破碎穹顶
中国

金海对庞斯训练并不抱什么期待，尤其是在经历了第一次以后。那天晚上他辗转反侧，睡不踏实，即便如此，他还是告诉自己要咬紧牙关坚持下去。到了早上，他已经开始将庞斯训练视为一次良机了。他发自内心地认为，出现在他和小维的同步中的未解之谜极其重要——尽管不知为何，但他一定要求得答案。

但在到达场地、分配任务之后，他发现自己的搭档变成了良一，不是小维。

他知道——鉴于上一次同步——他应该对分配结果感到欣慰。可他却真实地感到失落。

这一次，技术人员启动同步装置之后，他完全感觉不到有什么变化。他看着计量表，发现指针刚刚划过红线。

"集中精神。"伯克说，"你们俩都是。"

过了一会儿，同步正式开始了，但这次的情况不像他和小维上次的那样。良一的记忆更克制，没那么混乱，但在金海脑海里转瞬即逝。小男孩儿良一因为口吃，受到年纪稍大的孩子的欺凌；他十岁时，外祖母去世了，他多么深爱他的外祖母，却连续一个月不跟她说一句话；在札幌难民营里，看着怪兽"毒液"（Tailspitter）肆意蹂躏这座城市；父亲深夜喝得烂醉如泥回家时，身上臭熏熏的酒气……

表盘上的指针在最低同步强度附近来回晃动，最后终于稳定在最低强度。

"现在，"金海听到伯克说，"尝试着，让记忆在你脑海中流过。"

金海深呼吸，任回忆如水般漫开来。

起作用了。他的记忆和良一的交织在一起——这过程并不激烈，甚至有一点儿淡漠和平静。计量器指针滑向中部，然后停留在那儿。

现在，金海很能理解良一了。但是他们之间有一个明显的阻碍。

良一并不信任金海。可金海不怪他，尤其是进入了他的脑子后。良一对人的不信任程度比金海还要严重得多。再加上由于最近发生的意外，所有其他学员达成了共识……在结束同步连接后，良一心怀愧疚地看着金海。

"没事，"金海说，"我懂的。"

"他们都觉得我们是犯人。"一天中午吃完饭后，小维告诉金海。他们在外面，在船坞上，看着漫天红霞如血，消散在海岸边的山坡上。

"对。"金海说，"进入雷娜塔的脑袋，感觉怎么样？"

"她的疯狂超乎你的想象，"她回答道，"各种离奇的事件。和父亲的关系有问题。"

金海笑了，说："良一也是，和父亲相处不好。"说完又沉默了一会儿，说："我们是不是不该讨论这些事？"

"你放心，他们肯定也在讨论我们，"小维说，"他们也隐藏了什么事。"

"什么意思？"

"你丢失的存储器。你的猜测是对的。他们在控制舱里发现了你的存储器，还发现它被用来上传指令，让'狂战士克罗诺斯'发狂。"

"太蠢了，"金海说，"那完全是新手才会犯的错误。我是说，我们都是新手，我猜……"

"但你不会犯这种错误的。对吧？"

"当然不会，"金海说，"我会在上传了致命病毒之后留下自己的专属存储器？怎么可能？"

"好，"她说，"我相信你。"

"相信什么？"

"相信你不是犯人。"

"你是说，你到现在才相信我？"

小维耸了耸肩："我怕你是出于某种目的，在诱导我。我在交朋友方面向来没什么运气。我猜测，其他人可能想利用你达到什么目的。而你有可能就是那个挖坑让我跳的人。有人一直想陷害我。"

"陷害我们。"金海纠正她。

"别蹬鼻子上脸，"她说，"我才刚刚表示我相信你了。这不是最重要的。我们离开控制舱后，技术人员马上就进去了，对吧？"

"对。"

"他们没有发现有什么不对劲儿？也没有看见放在那儿的存储器？"

"很明显没有。不过，很可能就是某个技术人员放在那儿的。"

"有可能。但若是技术人员做的，就肯定不止一个人——是他们所有人合谋，否则其他人一定会发现的。你觉得犯案的有多少人？一两个我还能想象出来——但整个小队？"

"也许有人后来又进去了。"

"谁都有可能再进去，"小维说，"但是他们怀疑我们，怀疑学员。这是为什么？你以前住在穹顶里，你知道原因吗？"

"不太确定，"他说，"穹顶的顶级机密区域是有监控的。当然可以入侵监控系统，但是很难，要做到不留痕迹更是难如登天，除非你是顶尖高手。我可没那水平。"

"我们要知道的，"她说，"不是他们怎么做不到，而是他们怎么做到的。"

金海突然有一个想法，一个有点儿疯狂的想法。

"你知道吗？"他说，"我好像知道应该怎么找出线索了。但这需要长期执行，而且我们可能会陷入大麻烦中。"

"好吧，"她说，"我们还有什么没遇到过？走吧。"

"不，没那么简单。我们要等下手的机会。"

他们当然不会在第二天就等到机会。机会直到他们开始进行模拟战斗训练时才出现。

"我们已经将你们分组了，"兰伯特说，"每组战斗场景不同，但这些场景都是基于历史上真实存在的战斗的。根据你的选择和应变能力，对你们进行加分或扣分。若你损失了自己的机甲猎人——即'死亡'——则大扣特扣。导致民众死亡也会扣分。剩下的你们自己看着办吧。现在，到自己的位置上去。"

金海在模拟控制舱门口停住了脚步。模拟控制舱的造型很像机甲猎人的头部，正面是一个巨大的曲面窗户。但真正吸引他的却是舱内。

"这就有意思了。"他说。

"老式的，"小维说，"匹诺曹操作系统。"语气中流露出兴奋。

"我知道这是什么。"金海说，"这或多或少有点儿像我父母驾驶的那种。但是为什么呢？难不成他们真认为我们会驾驶这种老式机甲上战场吗？"

小维耸肩："在虫洞裂缝关闭之后，他们又花了好几年建造了第五代机甲猎人。我想其中几架可能还在服役。你说的的确有可能。"

"好吧，"他说，"这也可能是在给我们上历史课呢。"

她皱了皱眉，但什么也没说。

几个技术人员进来帮他们做好驾驶准备，包括把驾驶服的鞋子扣到机械传动装置上和进行其他的一些设置。

"无论接下来发生什么，都不是真的，"金海告诉自己，"发生在乌和布拉加身上的悲剧，不会在我们身上重演。"

他对此深信不疑。模拟控制舱是用于模拟训练的。它不像真实的机甲猎人一样有敏锐的即时反馈。它很安全。没有人因模拟训练而死。并且他知道，在"狂战士克罗诺斯"破坏事件后，每一个设备的每一颗螺丝钉每天都要接受十次检查。但是他脑海中始终有一个担忧挥之不去。他能做的，只有抑制这种担忧，将注意力集中在确认列表上，他们马上就要开始同步了。

"启动驾驶员间连接。"一个声音传来。

话音刚落的一瞬，什么都没有改变。顷刻间，一切都变了。不属于金海的记忆汹涌奔腾地冲入他的脑海，他不由自主地倒吸一口气。但这一次，这些记忆似乎有几分熟悉了，几乎要成为他自己的记忆了。小维回忆中的那些艰难困苦、黑暗隐秘依然存在，但不知为何似乎变得轻松了一点儿。他不敢说是信任感使然，但感觉的确变好了。

接着他觉得自己变得魁梧、雄壮起来。这在同步训练中可没有发生过。他听见小维豪迈地放声大笑，这也难怪，硕大的体型带来一种强壮威猛、战无不胜的感觉。

而他们身边，在整个控制舱设备之外，整个世界都鲜活了。他们站在浅海区，面对着清晨明亮的天空，俯瞰着辽阔的城市，而就在他们的左边，两个庞然大物交战正酣。

其中一个的头部呈巨大的桶状，它马上就被认出来了。

"'切尔诺阿尔法'，"小维惊叹，"真的是'切尔诺'。"

那就是俄罗斯机甲猎人，它现在状况危急。它的能源舱有一道裂缝，蒸汽不断从里面翻腾着冒出来，一只手臂仿佛断了似的悬挂着。但它还在战斗，向着怪兽靠近，试图用还能运作的手臂抓住怪兽的脖子，但似乎无法完成这个动作。

"不！"小维大吼着。

"这不是真的，"金海说，"集中注意力。我们驾驶的是哪架机甲猎人？我们能发出什么攻击？"

他尝试保持冷静，但除了他说的话以外，一切都感觉那样真实，而且一切都发生得那样迅速。难道他们不应该先了解自己驾驶的是哪架机甲猎人吗？

小维已经开始行动了，缓慢而吃力地涉水赶赴战场。

"糟了。"金海绝望地扫视着那些陌生的操作按钮。

"怪兽是'复仇者'。"小维说，"这城市一定是香港。"

金海马上望向这座城市的天际线。

"对，"他说，"是香港。我们在香港岛的东南方。那边是鹤咀。"

"复仇者"是丑陋的爬行类巨兽。乍看之下，这只四足怪兽就像老鼠一样，两只长长的、带有蹼足的前肢长在布满褶皱的肩膀下，而后面是更短、更粗壮的、爬行动物特有的后肢。

但是他的头却与老鼠毫无关联，仿佛是将小龙虾、长嘴硬鳞鱼和鳄鱼以一种恶心、可怕的方式混合在一起了。下巴还长着两只长长的爪子。

金海努力不去看它，尽量将视线集中在设备上。他用手在空中划着，浏览他们的武器库。

"我们的肩膀上装载有低温加农炮。"金海意识到了，"我们是'地平线勇士'！"这是一架来自中国的机甲猎人，他在驾驶员去世之前还见过他们呢——这场战斗就是他们牺牲的那场？不，不是，那是在曼谷，不是香港。但这是模拟战斗，他们还是有可能被消灭的，兰伯特还说死亡会让他们的总分大幅度减少。

最好还是不要牺牲吧。

"切尔诺阿尔法"单膝跪下了，然而"地平线勇士"还没有到达战场。"复仇者"用惊人的速度发动攻势，用厚重的尾鳍鞭挞着那架俄罗斯机甲猎人。"切尔诺"摇摇欲坠，怪兽将其推开，直冲向城市，激起一阵浪花。

"太好了，你们来了。"一个女声传来，"我们已经尽力将它拦截在奇迹线外了……"

金海觉得有点儿毛骨悚然。声音来自萨莎·凯伊丹诺夫斯基，她十年前就在香港海域溺水身亡了。

"交给我们吧，'切尔诺'。"金海说。他觉得和模拟系统对话有点儿荒谬，但是他已经沉浸其中了。

另一边，小维似乎有点儿吃力。他感受到了她的愤怒、忧伤和一些他不太明了的情感。她嘟囔着说了几句俄语，金海很肯定自己听到了几句脏话。

"小维，"金海说，"冷静下来，一起把怪兽拿下。"

"好，"她说，"一起杀死怪兽。"

"地平线勇士"是第一代机甲，和"切尔诺阿尔法"一样，靠核能源驱动，而且武器种类没有后代机甲猎人那么多。阿尔法的设计意图就是与怪兽进行定点战斗，而"地平线勇士"的可移动性则较强。他们将机甲猎人提到最高速，与怪兽越来越近，但即便如此，他们也很清楚自己无法在怪兽登陆城市之前赶到。

"用低温加农炮。"小维急切地说道。

"我们距离似乎不够近,"金海说,"但是可以一试。"

加农炮发射准备,金海将视线聚焦到怪兽身上。发射。

两枚低温液体炮弹发射了出去,有一瞬间,金海觉得很兴奋。但正如他担心的那样,距离太远,炮弹没有击中目标。

更糟的是,他们的能源储量急剧下跌,"地平线勇士"也从原来的疾速奔跑变为慢跑前行。

小维又用俄语喃喃自语了。"真蠢。"她说。金海一开始还以为她在骂他,正准备回击说这是她的主意,然后他意识到了,小维是在责怪自己。

几分钟后,他们的能量逐渐恢复了,但此时"复仇者"也登陆了石澳海滩。它沿着北方前进,对沿途的海滨公寓和酒店进行大肆破坏。万幸的是,该地属于南部地区的东部,比怪兽目的地的居民少得多。他们一定要在它走得更远之前阻止它。若他们能将它赶上高处,赶上崎岖多石的山脊——龙脊山,他们也许能减少伤亡人数。

"复仇者"似乎知道他们在追赶它,金海认为他们也许能出其不意地逼近怪兽。问题是,怪兽整个脑袋都长满了眼睛,有的眼睛还能直接看到后面。他们一靠近它,怪兽就用尾巴鞭挞他们,路上还劈断了一栋二十层楼高的公寓。"勇士"尝试侧步躲开,但依然承受了巨大的伤害。他们挣扎着保持平衡时,机甲水压系统发出了"咻咻"的声音。他们朝怪兽后背打了一拳,但是打后背毫无作用,那只是一大团肌肉而已,金海甚至觉得怪兽根本感受不到这一拳。他们想抓住它的头,但是怪兽突然跃起到机甲猎人中部的高度,将一双疑似肉翅的翅膀伸展开来,然后重重劈在机甲猎人的肩膀上。一枚低温加农炮因此爆炸,朝怪兽发射出大量低温液体。怪兽半个身躯都结了冰,它发出一阵可怕的、不属于地球生物的颤音。

"抛弃加农炮。"小维喊道。金海照做了,但是他们已经失去了太多低温液体。与此同时,他们狠狠地揍了"复仇者"的脸,然后双手合抱握拳,朝其结了冰的右前肢砸去,希望能砸碎它。

　　大片冰块破碎、掉落，但是怪兽似乎仍不痛不痒，还急速旋转着尾巴攻击机甲猎人，他们不得不后退几步，又破坏了好几栋建筑。

　　"我们怎么除掉它？"小维问道。他们从碎石、瓦砾中再次抖擞精神。"'地平线勇士'是怎么杀死它的？"

　　"用电。"金海说，"记得吗？'切断生命的电源'，他们把它丢进了方氏发电厂。"

　　"那是在哪儿？"小维问道，"你以前住在这儿，对吧？"

　　"对，那里现在变成怪兽骸骨贫民窟了。就在这儿的北部和西部。"

　　"那就走吧。"

　　"但这次战斗发生在那次之前。而且那边是九龙区域，居民数量庞大。除非我们能把它赶进水里，或赶到山上，这样它才不会把沿途的海岸区域破坏殆尽。"

　　"我们总要放手一搏，"她说，"反正怪兽都朝着那边去了。"

　　"行吧。放手一搏。"

　　现在他们定下目标了。每一次交战，都要把怪兽赶向发电厂。

　　可是"复仇者"并不想配合他们。无论怎么打，他们始终无法将它赶上高地。他们抵达了码头和九龙湾的交界处，那里地方开阔，他们终于把它赶向了九龙方向。

　　这实在不易，且耗时很久，但是怪兽也没有多聪明。它似乎还不知道自己被人家赶着走，也没意识到"地平线勇士"其实无法对它造成任何伤害。他们出拳、与怪兽扭打，甚至摔了怪兽好几次。在近战时，金海任由小维控制机甲。他们用低温武器出其不意地攻击怪兽，但就像之前加农炮爆炸一样，冷冻对这只怪兽而言似乎不起作用。

　　好在，他们仍然保持着良好的同步连接。金海唯一担心的就是他和小维同步连接的时间。他们进行的测试从未超过几分钟，而现在已经同步了两个小时了。若他们失去了连接，一切都完了。

　　"看到了。"小维说。他们正把怪兽逼上山顶。

　　他们现在完全进入了九龙区——这个香港老区，并且也对沿途造成了无比严重的损毁。但他们达成目的了。方氏发电厂就在脚下。

该发电厂是中国沿海国防设施，不仅为城市供能，在必要情况下也为破碎穹顶提供后备能源。反应堆在山谷深处，但是发电厂周围布满了能源转换设备和高压电线，为了防止海浪侵袭，由八十英尺高的加固水泥墙围了起来。

"来吧。"金海说。

他们大步流星向前迈进五步，下蹲，撞向怪兽，同时双手抓起怪兽前肢，将其掀翻。它那张丑陋的脸占据了他们的全部视野。它下巴的爪子疯狂地挠着机甲猎人的头，但是已无回天之力。他们站直身体，将怪兽翻滚着扔进了发电厂。

怪兽后背着地，滑着撞向围墙。小维和金海两人大吼着，驾驶"地平线勇士"乘胜追击。他们跑下山，对怪兽使出强有力的一击：将它举起来砸向能源转换设备。登时火花四射，怪兽又一次发出惨绝人寰的哀号——但这一次是死亡的哭喊了。它被电得全身焦黑，身体出现裂口；蓝色血液喷涌而出；黑色浓烟滚滚升起。但是它还是挣扎着站起身，把仅存的围墙破坏殆尽，拖着躯体向高处的城市移动，它不知道自己已是行将就木了。

小维和金海在那儿站了一会儿，看着它苟延残喘。

过了一会儿，小维说："可真痛快。"

他点点头，感觉到两人的连接正在减弱。同步结束了：他们胜利了。

"怎么样？"金海走出模拟舱，向兰伯特问道。他感觉全身虚弱无力，准备先洗个澡，然后吃个饭，最后回去睡觉。他心情很愉悦。

"你失败了。"兰伯特说。

"什么？"

"怎么可能？"小维生气地说，"长官，我们杀死它了。"

"你的确杀死怪兽了。"兰伯特说，"出去，绕着部署平台跑二十圈。每人扣两份工资。明天告诉我自己哪里做错了，如果答案让我满意，你们就有再来一次的机会。走吧。"

"是，长官。"他们异口同声地说道，然后走向大门。金海怀疑他现在一圈都跑不了，别说二十圈了。

22

终于回到宿舍了，金海差一点儿就要爬着回来了。时间还早，可宿舍里只有他一个人——其他人肯定都去取他取不了的工资了。当然，小维的工资也被扣了。金海在闭上双眼前，想了一会儿小维现在会在哪儿。

他快睡着的时候，感觉到有人在推他。

是小维。

"嘿，"小维说，"你这是在干什么？"

"你在捉弄我吗？"金海含含糊糊地说，"一边玩儿去。"

"我们必须弄清楚错在哪儿了，"小维说，"否则我们俩都得完蛋。"

"可是我真的好困。"他说。

"我买了咖啡。"小维告诉他。

"你可真贴心。"他回复道。

金海并不喜欢喝咖啡，因为味道太苦了，但是如果加很多糖，还是可以勉强喝下去的，而且咖啡也的确能让他清醒，哪怕只有一点点。他看着小维，她双腿交叉坐在他旁边的塔希玛的床上，鼓捣着她的电脑。

"我回去下载了我们的数据，"小维说，"发现我们持续同步了两个多小时。而真实的战斗持续了将近三个小时——我们结束得快了。"

"当然啦，"金海说，"因为我们是抄袭人家的。以前的驾驶员一开始也许根本没计划好要怎么做。他们更可能是在战斗中看到了发电厂，才想到那个主意。我们只是原样照搬。显然这不是兰伯特想要的答案。我们导致的伤亡人数是多少？"

"大概有七千人死亡，受伤人数要乘以四。"她说。

"原始战斗的伤亡人数呢？"

"差不多，"她说，"至少一开始差不多。"

"你说'一开始'是什么意思？"

"很多伤者过了一周都死了。"

"我敢打赌肯定有一部分是死于电力不足，对吧？医院里什么都要用电。"

"对，"她说，"再明显不过了。"

"怎么说？"

"兰伯特可能知道我们会认出这个场景。你想，你以前住在香港，你知道发电厂在哪儿，也知道发生了什么事。显然他不想我们重复以前的战斗。我们应该做得更好，让伤亡人数更少，也不能破坏发电厂。"

"怎么做？"他说，"我们其他所有攻击对怪兽都不起作用。"

小维喝了一口咖啡。

"没事，"小维说，"我们有一个晚上去思考这个问题。"

金海同意地点点头。

兰伯特听他们解释自己在练习中的错误时，全程面无表情，金海还以为他们肯定又搞砸了。等他们说完后，兰伯特盯着他们看了好一会儿。

"好吧，"他说，"再来一次。别再让我失望了。"

"是，驾驶员。"金海答道，他觉得全身都放松了。

又一次，他们驾驶着"地平线勇士"，站在中国南海，面对着香港，看着"复仇者"击溃疲惫不堪的"切尔诺阿尔法"。金海昨晚重新细看了一遍这场战斗。他们现在看到的，是"切尔诺"即将结束其光荣战斗的时刻。"切尔诺阿尔法"孤军奋战，将怪兽困在海中近六小时。一开始它还能痛击怪兽，渐渐地，它的机甲系统开始失效，只能与怪兽缠斗，用足钉将自己固定在海床上，承受怪兽的攻击超过一个小时，直到怪兽终于将"切尔诺"的一只手臂彻底破坏，并脱离了它的控制。就在这时，"地平线勇士"赶到了，这就是这场模拟战斗的背景。

　　这一次，金海和小维不再犹豫。他们立刻朝着"复仇者"疾速冲去，移开胸口盔甲，露出了里面的枪管。有了前车之鉴，金海知道炮弹攻击不会伤到怪兽，只能转移它的注意力，但那也足够了。怪兽把目标从"切尔诺"转向了他们，不知是有心还是无意，它又用尾巴打了"切尔诺"一下。金海看见"切尔诺"无法再钉住海床，步履蹒跚，摇摇欲坠，他感到绝望。忽然他就看不见那架俄罗斯机甲了。"复仇者"巨大的身躯朝他们压来，占据了全部视野。

　　"就现在！"小维大吼着。

　　他们发射了两枚低温加农炮——不是射向"复仇者"，而是射向它附近的海面。

　　海水立刻结成了几米厚的冰层，将"复仇者"困于其中。他们不断发射着加农炮，直至消耗了大量低温液体。

　　这招起作用了，但效力不持久："复仇者"不断挣扎着，很快就把一只、又一只前肢从冰里拔出来。它剧烈地前后冲撞着，冰层开始破裂了。"勇士"也不甘示弱，挥舞着拳头将它打得连连后退。"勇士"用手臂箍住怪兽，然后将手臂固定住。

　　"'切尔诺阿尔法'，"小维说，"如果你们能听到，带上你们的闪电过来。"

　　"左臂开始失去水压动力，"金海说，"我开启了助压开关，应该可以争取到一两分钟。"

　　冰层几乎被它破坏殆尽，"复仇者"像公牛一样，用头猛烈冲撞他们。

　　"我们应该再好好想想，"金海说，"我们应该放开它，往后退，挡在它和城市之间。"

　　"如果它能突破'切尔诺阿尔法'，那么仅凭我们是无法阻止它登陆的，"小维说，"这不是这架机甲的设计目的。他们会来的，我知道。"

　　"这只是一次模拟，"金海说，"如果'切尔诺'只是一个道具怎么办？如果没有人工智能在引导它怎么办？"

　　机甲内部亮起了几处红灯，各项数据都显示系统已经在崩溃边缘。双臂压力越来越弱，而眼前已经没有其他动力能补足压力了。

"我们大概可以尝到在模拟战斗中光荣牺牲的滋味了。"金海说。

突然，"复仇者"奋力挣脱他们的束缚，他们被甩得很远，在浅海区翻滚着，整个世界天旋地转。

"我们还没死呢，"金海看着机甲的各项指数说，"起来，我们能赢。"

他们重新站起来时，眼前的景象让他们欣喜不已。"切尔诺"蹒跚着走到了怪兽身后，他们先使出一招威力强劲的特斯拉拳抓住了它，然后用体内小型核反应堆产生的电流攻击它。焦烟从怪兽的眼睛和嘴巴涌了出来，怪兽渐渐地瘫倒在海湾上。

"闪电带到，'地平线勇士'。"萨莎·凯伊丹诺夫斯基的声音重现了。

这一次，他们走出模拟控制舱时，兰伯特朝他们点点头表示赞赏。这是这段时间金海觉得最棒的时候。

怪兽观察台的指挥官是拉杰·洛克曼，他长着一张圆脸，没什么幽默感，对待工作极其认真。戈特利布很欣赏他——大多数情况下。但今天，拉杰有点儿碍事了。

"我已经针对这件事开展了两百个小时的测试，"洛克曼说，"还调遣了三台第二代'琥珀鱼'潜艇，又重新调整了一些设备部署。现在，我不认为有必要增加设备和人手去研究这个……假设了。"

"我告诉你，"戈特利布说，"如果我是对的——你也知道我一般都是对的——那么我们即将面临的怪兽入侵，将是十年前三只怪兽同时入侵以来到现在最严重的事件。提醒一下，十年前的事件我也预测到了。"

"戈特利布博士，我很清楚你的专业能力。你的理论已经是大学必读内容了……"

"那你还应该看看伊莎贝尔·莫拉莱斯博士前段时间的成果，"他生气地说道，"她就是为我的'假设'提供基础数据的人。所以，如果你能好好地完成自己的本职工作——"

"我就是在完成自己的本职工作，戈特利布博士，"洛克曼说道，"来，我给你看点儿东西。"

他走到控制台前，挥了挥手，环太平洋全景投射图就出现了。

"这些是今天的数据。这里，是库里尔海沟沿线，那边是菲律宾海沟附近，这些数据是根据你的要求派出的'琥珀鱼'潜艇收集的。"

戈特利布皱着眉，弯下腰去看。"这是什么？"他问道。那是地图上一个蓝色高光点，就在菲律宾海沟附近。

"那个？那是一个意外。"

"这是'Anteverse'星球辐射的标志。"

"我们猜那可能是之前附近的战斗遗留的垃圾。怪兽骨头之类的。很小。"

"它没有固定的位置，"戈特利布说，"好像有什么东西试图模糊这个标志。你不觉得这很奇怪吗？"

"不管它是什么，都是意外。"洛克曼说，"你的数据——不好意思，是莫拉莱斯博士的数据——丝毫没有涉及菲律宾海沟。"

"对，"戈特利布说，"你说得对。我想看看这个模式是不是与其他信息相吻合。"

"我想说的是，"洛克曼说，"这里的地质能源并不像你的模型中预测的那样变化。我们看过的其他地方也是如此。"

戈特利布仔细研究了那份地图，想看看那些模式能否组合起来，能否得出什么结论。

"这不太可能。"他说。

但他以前还觉得他和纽顿与怪兽大脑同步是不可能的呢，更别说企图从怪兽大脑里得出什么信息。

在他的领域，"不可能"是一个可供怀疑的概念，并且往往是厄运的前兆。

"你觉得这一次会和什么怪兽对战？"金海问。他和小维正在对驾驶服进行最后的检查。"我听说雷娜塔和苏雷什上次和'妖魂'（Taurax）战斗了。"

小维点点头。"其他人都没有分配到'复仇者'，"她说，"据我所知，大家分配到的都是真实发生过的战斗场景。当然了，不是所有人都愿意和我说话。"

"感同身受。"金海说，"人们把你当杀人犯的时候，对待你的态度真是差得叫人难以置信。"

"对，"她说，"真有意思。"

金海原想缓解一下气氛，但是小维的沉默似乎表明他的话起了反作用。

"总之，"他说，"我一直在练习和怪兽战斗。"

"上一次我们可没有讨到什么好彩头。"她说。

"大概是。但我们好歹也知道了什么不该做。"

在准备同步时，金海才发现小维说得有几分道理。也许不对下一场模拟战斗进行预测、独立判断眼前的形势才是最好的，就像他们未来面对真实、未知的怪兽时不可避免的那样。驾驶员间连接启动，金海尝试清空大脑，准备好迎接所有挑战。

这的确是一件好事。因为在灯光亮起时，他根本不知道自己身处何方。

首先，这里没有海。他们在四面环山的山谷里。城市中心已成废墟。这座城市他也毫不熟悉——远处能看见一些现代的摩天大厦，但是他们所在的区域都是一两层楼高的平房，覆盖着白色和锈棕色的瓦片屋顶。他没有听见或看见任何运输直升机，所以他们不是刚刚到达此地——一定是走过来的。他们正处于战斗之中。

此外，他们还受伤了，虽然不是非常严重。他们的能源电池容量仅为一半了。

"我们驾驶的是'尤里卡突袭者'。"小维说，"看，战场在那边。"

他看到了。战场大约在半英里开外。虽然时间是白天，但四周烟尘弥漫，他只能模糊辨认出有两只巨大的生物在缠斗。

"对，"金海说，"看来我们是在战争中，可能还被打败了。这个场景设置在'突袭者'重返战场之际。"

"走吧。"小维说。

"小心民众。"金海说。

这一点，他大可不必担心。从他们"诞生"之地到战场上，路上倾倒的建筑已经为他们清理了所有民众。

"能源储量在下降，任务中心。"一个声音传入他们的耳朵，"能源即将耗尽。"

"收到，'幽灵'，"控制中心回应道，"坚持住，'尤里卡突袭者'已经前往支援。"

"'火神幽灵'。"小维说。

"火神幽灵"是第三代机甲，和"尤里卡突袭者"一样，都产自澳大利亚。

"我们来了，'幽灵'。"金海大吼。

"噢，不。""幽灵"的一个驾驶员说，控制面板提示金海那是约书亚·格里芬，"慢慢来。我们正打得热火朝天呢。"

现在他们也能看到怪兽了。

从虫洞裂缝钻出来的怪兽向来丑陋无比，但从某些角度看，有的怪兽似乎自带威严、神圣之感。

眼前这只怪兽却只长了一副恶心难看相。最先映入眼帘的是它巨大、骨骼突出的骨架，长长的下颚，嘴里锋利的锯形牙齿，三只眼睛就像是脸上划开的三道狭长的口子。它看起来就像一只光秃秃的负鼠，只不过背上多了一些分布得乱七八糟的脊椎，从头盖骨一直延伸到后背、尾巴；头和身体之间是细长弯曲的脖子；身体立于一双长长的、覆满鳞片的鸟足般的腿上，在光影间看起来有点儿像鸸鹋[1]和鹤鸵[2]，但是另外两只前肢又把它和它们区别开来了。两只前肢末端的手掌都有细长、骨头状的手指，它把魔爪伸向"火神幽灵"，试图抓住其控制舱。形势对"突袭者"也不妙，他们离战场还有一段距离。这几乎就是与"切尔诺阿尔法"协同作战时的场景重现。

"我们有导弹，"小维说，"用导弹吧。"

"我们会击中'幽灵'的。"金海说。

---

[1] 类似鸵鸟，产自澳大利亚。——译者注
[2] 又称食火鸡，产自澳大利亚。——译者注

"不会，这些导弹会进入怪兽体内，在里面爆炸。"

"那好。"

电光石火之间，两枚导弹从机甲胸膛的发射器发射出去。一枚击中了怪兽一只用于行走的脚上方，另一枚击中了它的胸膛。几秒钟后，导弹爆炸了，他们看到怪兽的蓝色血液从两处伤口喷涌而出。怪兽愣住了，伸长了脖子看是什么攻击了它。

"火神幽灵"没有浪费这个空当，一拳击中怪兽，发出了震动山谷的响声。怪兽的头被这一拳打趴下了，"幽灵"迅速举起另一只手，伸出一个狭长的圆锥体钝器。

"尝尝我的原子锥吧，兄弟。"格里芬大吼道。

然后机甲把原子锥从怪兽头部顶端钻入，霎时间一片血肉模糊。

怪兽发出一声悲号，然后倒地了。

过了一会儿，金海说："这也不是很难嘛。"

"对，"小维表示赞同，"很轻松。太轻松了。"

他们放松了一点儿。"火神幽灵"自从杀了怪兽之后就没有移动过。

"'幽灵'？"金海说。

"别担心。""幽灵"的驾驶员说，"我们没有能量了，但是任务已经完成了。感谢你们的协助。"

"很高兴能帮上忙。"金海说。

"那是什么？"小维问道。

金海也看见了。怪兽"害虫"的尸体越来越扁，伤口也不再流血。但是怪兽的皮肤似乎在——移动，像是皮肤也拥有生命一般。

"'幽灵'，看到了吗？"

"该死！""幽灵"的驾驶员喊道，"我们看到了，'突袭者'。怪兽的皮肤下不断有小怪兽爬出来。我的天哪，有成百上千只。"

"放大。"金海说。他们的视野在怪兽身上放大。小东西不断从怪兽身上钻出来，把怪兽的皮肤咬出一个又一个的洞，爬得到处都是。

"我就知道没那么轻松。"小维说。

"这是某种寄生虫?"金海说,"还是怪兽幼崽?"

"寄生虫,"小维说,"我们现在一定在哥伦比亚。麦德林 [1]。寄生虫席卷了整座城市,沿途杀死了所有生物,污染了所有物质。"

"'尤里卡突袭者'当时是怎么阻止他们的?"

"我不知道,"她说,"我对这场战斗不是很感兴趣。可能是踩死它们的?"

等到他们抵达"幽灵"和死去的怪兽所在之地,小型怪兽早已泛滥成灾,大致呈圆形向城市侵袭。

怪兽有寄生虫——这是众所周知的。最常见的是皮肤虱,体型和小型犬差不多,伯克这学期给他们看过一只保存完好的标本。但眼前这玩意儿,绝不是皮肤虱。首先,它们体积更大,大约有一米长,像一条肥硕、圆润的大蛇,移动方式也和蛇相似,不过了滑行以外,它们还能把自己卷起来,在空中弹跳,能翻过高墙,跳到屋顶上。它们的头长得像手榴弹。"突袭者"捡起一个来仔细观察,他们看到的不是普通的嘴,而是一个与龟嘴相似的分成三瓣的嘴巴,里面螺旋分布着成百上千的小小的锯形牙齿。虽然长得像钻头,但它们的头却不能旋转,只能快速前后移动。它们四肢均附有爪子,能让它们在寄宿到宿主身上时更利落地钻进去。

踩踏可以杀死它们。它们就像饱餐过后的蜱虫 [2],爆裂时会喷溅大量怪兽血液。"突袭者"不能用导弹,因为寄生虫现在爬满了整座城市。小维终于想到了一个办法——用突刺刀锋。这个武器镶嵌在"突袭者"手掌中,像匕首一般,但是可以通过碳纳米管加热到超高温。在高温条件下,他们可以烧死大量小型怪兽。他们不需要与虫子发生肢体接触——只要能接近就足够了。尽管如此,要找到这些虫子也让人劳心费力,在找到时,大部分虫子已经残害了可怜的犬只,甚至是落单的人类。显然,麦德林市虽然有足够的时间疏散人群——海岸距该市有一段距离——但是总有人被遗忘或落下。

小维和金海尽最大努力——虽然不是非常成功——避免破坏更多建筑,正

---

[1] 哥伦比亚中部城市。——译者注

[2] 一种寄生虫,可使人、兽患病。

当他们在街上追着虫子跑时，任务控制中心为他们带来了分析报告。机甲猎人应该与巨兽战斗，而不是追逐小虫。在金海看来，它们造成的破坏可能和怪兽一样多。

"我们有一个好消息和一个坏消息。"任务中心说，"好消息是，这些虫子是瞎的——它们没有眼睛。坏消息是，我们认为它们的嗅觉或其他感官高度灵敏。卫星返回图像显示，它们正朝着庇护中心前进。"

"这其实也是好消息，"小维说，"我刚才看到几个街区外有汽油桶。"

"什——噢，"金海说，"那我们动作要加快了。若这个怪物连怪兽皮肤都能穿透，那水泥墙也无法阻止它们。"

他们捡起汽油桶，跟随任务中心规划的路线，穿过陡峭、蜿蜒的街道，最后站在地下庇护所上方的地面上。寄生虫也蜂拥而至，密密麻麻地聚在一起，上窜下跳着。他们打开汽油桶，把这一片都泼上汽油，然后用高温的突刺刀锋点燃了汽油。

这时他们才知道，原来这些小型怪兽是会尖叫的。

这并不是终点——还有很多虫子。但是有了卫星导航的协助，他们已经取得了重大进展。

在大约一个小时之后，模拟战斗却突然终止了。

"真想知道我们犯了什么错误？"小维叹了口气。

但这一次，伯克是用认可的表情迎接他们的。

"干得不错，"他说，"我终止了训练是怕你们要在里面待一天。大家都有奖励，现在休息一下吧。"

23

2034

香港

中国

金海

　　一个人在家的时候，金海偶尔会把音乐开得如雷鸣般震天响。他家周围方圆二十公顷都没人居住，自然没有邻居来投诉。管家出去了，达斯汀对此并不介意，有时候还会推荐一些歌手，什么类型的都有：罗伯特·约翰逊、"碰撞"乐队、"大脑喷泉"乐队、Quell、麦当娜——除了金海想跳舞的时候。

　　他想跳舞的时候，只放斯特拉文斯基的音乐，并且全心全意投入其中。音乐的旋律、节奏和他的血液、肌肉、大脑融为一体。他并非总是能完美地契合音乐，可是一旦契合了，舞蹈的效果可谓美轮美奂。有时候，在舞蹈过后，他会想这种契合是不是——哪怕能沾点儿边——和他父母每时每刻都在进行的心灵契合相同。

　　如果他足够幸运，也许有一天，会找到答案。如果不出什么差错的话。

　　他调小了音乐，喝了点儿水。

　　"又是斯特拉文斯基？"

　　他转过身，看见达斯汀坐在厨房一角，看着平板上的什么东西。

　　"他的音乐在他那个年代可是能掀起暴动的。"金海说。

　　"这算是优点？"达斯汀轻声问道。

　　"对，因为他能让你感受到某种东西，且往往不是甜蜜、有趣或愉快的东西。有的人就是不喜欢他的音乐的这个特点。还有人说这根本不是音乐。"

"人们对于摇滚也是这么说的。"达斯汀说，"还有饶舌音乐。还有爵士乐，大概。"

"傻子到处都有。"金海说。

达斯汀点点头，说："同意。在学校过得怎么样？"

"差劲儿。"金海说，"但是我还是挺过来了。你带我去射击怎么样？"

达斯汀眨了眨眼。

"射击？你是说用枪？我以为你讨厌枪。"

"原则上是，"金海说，"但是什么是原则呢？不过是冒充真善美的条条框框罢了。拜托了，我要学射击。"

射击比他想象中的有趣，虽然要遵守很多规则。达斯汀非常注重规则。

清洁枪支就没那么有趣了——但这也是达斯汀制定的一条规则。

"枪是一种装备，"他说，"和所有其他装备一样，需要维护。"

"我猜也是，"金海说，"不过，要是我当上机甲驾驶员，就会有专人负责维护这些设备了。"

"不一定，"达斯汀说，"我不会把自己的生命依托在某些我不懂的东西上。若我的枪卡子弹了，我不会把它带去修理店。如果你身处海洋之中，机甲的某个零件蹦出来了，难道你不想知道怎么修好它吗？"

"有道理，"金海说，"好吧。说得像以后还会有怪兽来攻击一样。"

达斯汀停下了清洁枪支的动作，把枪小心地放在桌上，移动枪口不对准他们俩。

"你就像一个悠悠球，"他说，"你知道什么是悠悠吗？"

"那个大提琴家？我太喜欢他了。他好像已经八十多岁了，仍然表现得像个疯子一样。"

"不，不是——悠悠是一种玩具——算了。我想说的是——一个月以前，就我看来，你还在竭尽所能地逃避猎人训练计划。现在却跃跃欲试——但你又不认为真的会有战争。为什么会这样？"

"我是很复杂的。"金海说。

门铃罕见地响了，金海一开始甚至没有反应过来那是什么声音。金海放下手中的数学题，抬起头，唤醒声控大门的来者显示功能。

出乎意料，门外是一个女孩儿。一个漂亮的女孩儿，穿着及膝的黑白短裙，上衣和袜子都是黄色的。

金海觉得她似曾相识，他花了一点儿时间才认出她不穿击剑服的样子。

"嘿！"他欢呼起来。他朝着大门走去，可是达斯汀比他速度快多了。

"不不不不不不不……"他边跑向楼梯边喃喃自语着。

金海赶到的时候，达斯汀正要关门。

"她人呢？去哪儿了？"

"金……"

金海拉开大门，看到女孩儿走了将近十米远。

"嘿！"他朝她喊着。

她转身。

"你保镖说你不在家。"她说。

"怎么可以这样？"金海悄声对达斯汀说。

"这是个错误的决定。"达斯汀也悄声回道，"确实。"

"你来干吗？"金海问女孩儿。

"我只是——来看看你怎么样了。"她回答道。

"你想……进来坐坐吗？"

"这样好吗——你保镖不会开枪打我吧？"

"不会。他双数日期才用枪。单数日期是用绞杀的。"

女孩儿双臂交叉抱在胸前，说："你看起来还挺精神的。所以我的任务也算完成了。"

"不，等一下——进来坐坐吧。我想和你聊聊天儿。"

女孩儿犹豫了。"我过来也走了很多路，"她说，"就进去喝杯水吧。"

"我就这么一说，"达斯汀把声音降到最低，不想让正在靠近的女孩儿听见，"她没有走很多路。一辆车把她送到路口的。"

"你快去擦擦枪什么的吧。"金海说。

达斯汀有点儿尴尬，转身去搜查女孩儿身上的武器，虽然任何人若想做坏事，在靠近房子前就会被察觉，但他还是要以防万一。

女孩儿的名字叫夏。她接过金海递来的一杯水。

"这就是大名鼎鼎的明皓和苏尹生活的地方，"她说，"真好看。"

"偶尔生活的地方，"金海说，"最近待得更少了。都是大忙人，你懂的。身为英雄什么的。"

"这就是你跑出去讨打的理由？"她问道，"因为很无聊？"

"差不多吧，"他说，"你想想看看自己干的好事吗？"

"你只是想找个借口把上衣脱了，"她说，"想秀一秀你的肌肉。"

"哇，"金海说，"你完全看穿我了。"

"当然。多亏了我刺的洞。"

"哎呀。"

女孩儿的微笑收敛了一点儿："说真的——我希望你没事。我——有时候玩儿得太疯了。"

"我自找的，"他说，"就是字面意思。"

"你的确是自找的，"她说，"我不觉得街头击剑是你会做的事。"

"你们肯定背后嘲笑我了吧？"金海说，"小富二代进城，以为自己是什么大人物……"

女孩儿瞪大了双眼，然后大笑起来。

"怎么了？"他问。

"那些跟我一起的男孩儿，"她说，"有一个是 Xelo 公司总裁的儿子。宣布打斗开始的那个男的，他妈妈是神经外科手术医生。怎么，你以为我们都是街头小混混？除了上层阶级的朋克，还有谁会想出穿护甲进行街头击剑这么好玩儿的主意？"

听起来有点儿道理，但是金海想了一会儿，才理清楚来龙去脉。他的确以为他们都是街头混混来着。

"我的确没想那么多，"他说，"对了，你刚才说你走了多久来着？"

女孩儿有点儿不好意思地笑了。"好吧，我认输。"她说，"一个朋友开车送我过来的。"

"那你还在继续吗？"他问，"街头击剑。"

"没有了，"她说，"至少没有那么频繁。我还是更喜欢击剑运动。也更喜欢用细剑。"

"用细剑我绝对能赢你。"金海说。

"我才不信，"她说，"不过你下周可以来我的练习室。可以带上你保镖。这一次他不用带着急救箱了。"

夏用细剑也比金海出色，但是金海很喜欢和她练习击剑，即使他经常输。每次和她击剑，都让他更加享受这项运动。

许多击剑者——也许是大多数人——都不与他们的对手互动。他们只是使出自己最强的剑术，希望可以得分。两位击剑选手各自完成各自的任务，就足以构成一项运动了。

但和夏击剑却不是那样的。那更像是在跳舞，跳一场即兴芭蕾，双方预测对方下一步的动作，然后配合得天衣无缝。获胜……变得次要了。

夏也感觉到了。这种感觉是如此强烈。很快他们就无法再压抑自己的心情了。

亲吻，原来可以让人如此亲密无间。金海以前吻过别的女孩儿，也接受过别人的吻，但是现在想想，他觉得自己似乎没有和别人"同时"接吻，没有体验过像解开一道难题般酣畅淋漓的亲吻，没有试过两个人的双唇和舌尖如此契合、如此缠绵的滋味。

就这样，击剑变成了接吻，接吻又变成漫长的散步和深夜电话两端的依依不舍，变成了忙里偷闲的相互依偎。

金海开始觉得……和谐。平衡。或者是两者之间的某个状态。

与此同时，他不可避免地想到未来。他能看见他们的未来：秋天到了，海面风平浪静，但远处开始冒起浪花，一开始只是一点儿波浪，然后变得来势汹汹，直到引发了一场海啸——最终——狠狠地拍在他们身上。

他申请参与 PPDC 的驾驶员培训计划，已经获批了。而夏即将前往北京，进行药物方面的学习。

他尝试不去想那个问题。夏也从来不提起。但是一年一年过去，海浪已经高得遮蔽了天空。

他们眼下的时光依旧是美好动人、完美无瑕的。但就是在这样美好的日子里，金海决定把那番话说出来。这件事已经困扰了他好一阵，他常常在独自一人、深夜无眠的时候练习这番对话。

在湖里游过泳之后，他们躺在柳树下的毯子上，目光穿过柳叶，看着澄净、明澈的天空，看着在风中自由穿梭的老鹰。

"你如果申请参加驾驶员训练，一定能通过的。"他说话的语气仿佛这是自己不经意间想到的。

但他骗不了她。她转过身，凝视着金海。

"你想这件事想了多久了？"她问道，"我猜有一段时间了吧。"

"我爱你。"他说，"我一直在想办法——"

"想办法让我们能在一起。我知道。但我不会去参加驾驶员训练的，金海。你为什么想让我去呢？说实话。"

"因为……"他尝试理清自己的思路，"因为我们很了解对方。我们的相处方式。我们击剑、接吻、跳舞、做饭……"

"你认为我们是同步适配的搭档。"她说。

金海突然觉得面似火烧。他点了点头。

"我见过你父母，"她说，"我知道那是什么样的。的确，我很了解你。我知道你想要什么。我也爱你。如果你想我们在一起——如果你可以忍受异地恋的艰辛，我也愿意尝试。我们先分开几年，之后就可以永远在一起了。但是我希望我们的爱能给你你想要的。普通的、正常的、人类的爱。我不想和你同步。我不希望我们的意识在机器作用下融为一体。它们应该是经过时间的考验，在彼此呵护、真诚沟通中自然融合的。我们会对彼此保持耐心，然后白头偕老。这是我想要的，金海。"

"好，"金海说，然后吻了她，"对不起，我居然想——"

夏笑了，"我就知道你会提这件事。"她说，"这就是我们不需要同步的原因。我们已经拥有其他人没有的东西了。你我都心知肚明。我们之间不是常人可比的，金海。我们是特别的。"

的确。之后很长一段时间他都对自己说，这样的爱就足够了。

但是不够。

24

2035
蒙屿兰破碎穹顶
中国

　　这一次模拟训练，金海和小维驾驶的机甲是传说中的"探戈狼"（Coyote Tango），他们和墨西哥产的"斗牛士之怒"（Matador Fury）以及他们之前驾驶过的"尤里卡突袭者"协同作战，与怪兽"破浪"（Ceramander）战斗。"破浪"是一只体形细长、有八条腿的蝾螈，全身骨架散发着燃烧的火光，嘴巴可以喷射激光。这一次，金海原以为自己不会再对什么感到惊喜了，但是在他试图发射"探戈狼"的弹道加农炮时，居然发射成功了。可是炮弹没有用。

　　"我们已经没有导弹了。""尤里卡突袭者"的一个驾驶员说道。声音听起来很熟悉，不是原本驾驶员的模拟声音。

　　"雷娜塔？"金海说，"是你吗？"

　　"金海？"

　　"对，我和小维驾驶'探戈狼'。"

　　"糟了。"怪兽"破浪"攻击"斗牛士之怒"时，苏雷什的声音从机甲里传了过来。

　　"联合作战。"小维说，"好极了。"

　　金海和她的感觉一样。这几天，其他学员已经不怎么和他们两个说话了。他们都认为他和小维就是凶手。不过，目前有其他的事情要担心。大家都报告了自己的状况，所有机甲猎人都运行良好——但他们的武器系统和特殊攻击都不起什么作用。

看来只能一决胜负了。

金海和小维准备前去帮助"斗牛士之怒",但是"尤里卡突袭者"抢先挡在他们前面。

"在后面等着吧,'探戈'。"雷娜塔说,"需要的时候会叫你的。"

金海突然感觉到胸中燃起熊熊怒火,然后他意识到,这不仅是他的愤怒,小维心中那股更强烈的怒气正汹涌地贯穿他全身。"破浪"和其他机甲猎人的身影渐渐褪去,取而代之的是一张男人的脸。他很生气地对着小维破口大骂,让小维做好自己的工作。他们在一片黑暗中奔跑,为相同的愤怒和恐惧所支配。忽然,他出现在小维的房间。小维正把"切尔诺阿尔法"的海报从墙上撕下来。房间里出现了一个女人,小维朝着她大喊,想知道自己的父母到底是不是凯伊丹诺夫斯基夫妇——

场景回到现在,他才发现他们正一拳把"尤里卡突袭者"搡到一旁。这感觉很好,但他知道这样不对。他们又打了"突袭者"一拳,狠狠地把它往前推了一把,另一架机甲猎人也被撞得踉跄。然后他们冲向正在撕咬"斗牛士之怒"的"破浪"。苏雷什急疯了,嘴里骂骂咧咧的。他的"斗牛士之怒"不仅断了一只巨大机械臂,整个机甲还跌进了海里。然后怪兽张开血盆大口朝金海和小维袭来。他们一个侧身躲开,左臂抱住怪兽的脖子,右臂卡在怪兽前肢下,将怪兽举起来,抛向地面突起的玄武岩。

忽然,"尤里卡突袭者"从背后猛地推了他们一把。他们撞到了刚才"破浪"撞到的玄武岩上,小维用俄语不断咒骂着。他们转过身,面向"突袭者"。

"你会后悔的。"小维的声音压得很低,让人感觉危险将至。

"你想怎么样,"雷娜塔说,"趁我睡着时杀了我?"

"小维,"金海说,"冷静。"

"破浪"突然跳了起来,用尾巴横扫他们的脚。警铃大作。

"反应器出现裂缝!"金海大喊,"我们必须——"

这时,小维与他断开了连接。"破浪"、其他机甲和夏威夷都消失了,然后他看到了怒发冲冠的兰伯特。

"所有人，滚出来！"兰伯特吼道。

他们照做了，出来时不约而同避开了对方的视线。

"这不是电子游戏，"兰伯特说，"这是一套极其昂贵、先进的战斗模拟设备。不是用来给小孩子玩的。你们还是小孩子吗，学员？"

"不是的，长官。"所有人异口同声地回答。

"好哇，那你们就是把我当傻子耍了。"他说，"因为你们在里面表现得就像小屁孩儿。你们不能和其他驾驶员争执。就在刚才，你们都死了，因为你们的争执，其他民众也死了。那些应当受到你们保护的民众。你们之间有问题，留到控制舱外解决，听明白没有？"

"明白，长官。"他们回答道。

苏雷什举手。

"什么问题？"兰伯特问。

"长官，我们的武器都不管用。"

"没错，是没用。你不记得'破浪'是怎么被击垮的吗，学员？"

"那些驾驶员，呃，不是把它丢到火山里吗？"

"对，没错，学员。因为他们的武器不起什么作用。但你知道他们有什么吗？"

"更丰富的经验，长官？"雷娜塔说。

"合作。"他回答，"就算没有武器，你们三架机甲也可以把怪兽赶到火山口，然后把它推下去。一架机甲做不到。两架机甲做不到。三架机甲可以做到。可是，你们选择把我的时间，把部队宝贵的资源浪费在幼稚的争执上。再有一次——再发生任何类似事件——所有参与者都会被淘汰。都会玩完。听明白没有？"

"听明白了。"他们回复道。

"这一轮全体失败。不得重来。去跑道上跑四十圈。下一次外出取消。"

"塔希玛和梅林怎么办？长官，"雷娜塔说，"他们没有参与。"

"他们也没有例外，"兰伯特说，"你们跑步的时候好好想想怎么跟他们解释吧。"

"这一次又是联合作战。"小维在第二天进入控制舱时喃喃自语道。

"对。"金海说,"我想兰伯特是想让我们再失败一次,那样他又可以骂我们了。那这一次我们就打怪兽,别打其他机甲猎人了,怎么样?"

小维点点头,但是看起来还是不太高兴。刚开始同步的时候她还很不乐意,但一连接成功,金海能感觉到她心情好多了。而他也清楚个中缘由。

和小维同步很顺利。他们是很好的搭档。

金海和小维的联系,和他父母之间的不一样,但他开始觉得,他和小维的联系,比其他大多数驾驶员间的联系都更深入,也更奇特。兰伯特和伯克有时候似乎不是很喜欢对方。其他学员则是根据他们在格斗和庞斯训练中的表现,在模拟战斗训练开始前进行了两两配对,但没有谁的联系能比得上他和小维之间的。

他对小维并没有爱情或类似的情感,他也看得出——虽然小维现在对他比最初相遇时多了点儿好感——她也没有爱上金海。但是他们作为驾驶员同步时的感觉就是不一样的。

他不得不接受这样一种可能性——自己一直追寻的东西可能永远不会出现在自己身上。

不管怎么说,他们还是一对好搭档,并且能让彼此变得更好。但在金海内心深处,他始终认为他们还能更进一步。她还没有释放自我。在她心里还有一个黑暗的角落,那是金海无法感知或得见的。

小维看着他,耸了耸肩。他才意识到小维知道他刚才在想什么。

"别想了,"她说,"这一次我们要做好。没错,我知道上一次是我害我们失手的。但这一次我会努力尝试的,好吗?"

"好。"他说。

这一次他们还有几分钟时间做准备。

又一次,出现了三架机甲,站在距海岸几英里的大海中。他和小维驾驶"美洲狮"(Puma Real),这是产自巴拿马的第二代机甲,是所有二代机甲中最轻盈、最敏捷的。它肩上共装载了八枚导弹,是"尤里卡突袭者"装载的反怪兽火箭的早期版本，手臂末端是可收缩的碳化物爪子。

雷娜塔和伊利亚驾驶的是"暗黑拦截者"（Diablo Intercept），也是二代机甲，产自智利——雷娜塔的家乡。它看起来孔武有力，搭载深红色的控制舱。金海没有驾驶过"拦截者"，不知道它有什么技能，不过他记得除了那大得能藏下众多武器、给怪兽意外"惊喜"的手臂，它还装备了远距离火焰喷射器。

三剑客的最后一员，是塔希玛和梅林驾驶的"忧蓝罗密欧"（Romeo Blue）。"罗密欧"是美国产的第一代机甲，和其他第一代机甲猎人一样，带了点儿试验性质——它是第一架也是唯一一架有三对踏板的机甲猎人。在三条巨足之上，是一个浑圆、有重甲装备的躯体；胸口突出的加特林机关枪发射出的、一轮又一轮密不透风的子弹极具毁灭性，能够穿透任何装甲，但它主要还是作为稳如泰山的防守者，而不是攻击者。

海里升起了什么东西。

"我们在厄瓜多尔，"雷娜塔说，"怪兽是'塞普提得'（Ceptid），我打包票。"

"这个'行走的污水管'，"梅林说，"这下可好玩儿了。"

"认真说来，他们没有把'塞普提得'打败，"雷娜塔说，"'暗黑拦截者'试图和怪兽单挑，但是怪兽爆炸了。它就是个活生生的酸性炸弹。"

"我们要怎么处理它？"伊利亚问道。

"我想——"小维开口了，但是雷娜塔打断了她。

"不能让它靠近我们，"雷娜塔说道，"我们保持在它可触碰的范围之外，然后发动所有远距离武器攻击。'忧蓝罗密欧'，你在岸边待命；'美洲狮'，守住南边；我们会防守北边。如果怪兽冲着某架机甲去了，尽力把它限制在海上，但是不要靠得太近。如果损失了机甲猎人，所有人都会被扣分的。"

"为什么由她来发号施令？"小维问道。她没有打开广播模式，所以没有人能听到她的话。

"他们不会听我们的，"金海说，"肯定不会。反正，她的计划也不差。像她说的，'塞普提得'就是个炸弹。我们要谨慎发动攻击，它一定会爆炸的。"

"她的计划太简单了，"小维说，"每次我们使用原战争的老战术都会失败。"

"我们在麦德林市那一次就没有失败。那时候我们或多或少是按照原本'尤里卡突袭者'对付寄生虫的方式在行动。"

"这个人就是想甩掉我们。"

"塞普提得"距离海岸还有原来的三分之二的距离,模样较其同类更为诡异、奇特。它依靠骨头状的双腿行走,身体像一个巨大的骨盆,行走时在身后的水面上留下一条散发着腐臭的蓝绿色黏液痕迹。

"用导弹攻击。"金海说。

他们发射了两枚导弹,看着它们在空中划过,径直击中怪兽,炸掉了它一对吓人的附肢,露出了里面的骨头。几乎同时,"暗黑拦截者"发射了地狱弩箭,箭头装载了燃烧弹,很快怪兽的全身都覆盖了火光。现在它就是一个行走的大火球。"塞普提得"还在前进着,燃烧的肉块从它身上断断续续地脱落,最后它开始左右摇晃起来……

"起作用了,"雷娜塔说,"它在抵达海岸之前就会死了。"

小维和金海又发射了两枚导弹,这一次瞄准了怪兽的膝关节。两枚都准确命中了,爆炸效果相当惊人,把怪兽的骨头炸出了大洞。几分钟后,怪兽进入了"忧蓝罗密欧"的攻击范围,而"罗密欧"也坚定地横亘在怪兽的前进路线上,胸前的加特林炮弹开始运作,搅动空气发出"呼呼"的风声,炮弹如疾风发射出去,在怪兽身上留下密密麻麻的炮弹伤痕。

现在,怪兽身上所有看起来像肉体组织的部分都脱落了,它慢慢接近着"忧蓝罗密欧",走到浅水区停了下来。

然后,它全身肌肤开始分裂,头骨裂开了,胸膛也打开了一道大口子……

然后,它跑了起来。迅疾如电。径直冲向"忧蓝罗密欧"。

"'罗密欧',"雷娜塔说,"快闪开,马上。"

塔希玛和梅林已经操纵"罗密欧"移动了,但是这架机甲猎人的速度是金海见过的最慢的。只要"塞普提得"稍微调整一下方向,"罗密欧"就在劫难逃了。

但是怪兽没有转向。它一直向前冲,越过狼狈逃窜的机甲猎人,直奔陆地。

"该死，"金海说，"把它拿下。"

他们在海上飞奔着，激起汹涌的浪花。又发射了两枚导弹，炸掉了怪兽的部分身躯。但是金海开始意识到了，怪兽表面的所有肌肤组织都是可以舍弃的。这会让他们产生一种攻击起了作用的错觉，就像蜥蜴断尾来迷惑捕食者一样。实际上，对于怪兽的内部——他们的攻击完全不起作用。

"'美洲狮'，"雷娜塔说，"只有你们能抓住它。"

"我们在行动。"金海说。

金海登陆了，瞄准"塞普提得"的腿，发射了剩余的导弹，希望可以绊倒它，阻止它登陆。但是怪兽一直在前进。不远处，城市的天际线已经显露出来了。

但他们距离怪兽也越来越近了。只是金海也不知道，他们赶上怪兽后又能做些什么。

突然，怪兽的背部张开了一道口子，一阵蓝绿色的雾气喷涌而出，将他们笼罩其中。

"我的天哪，"金海说，"它刚才是朝咱们放屁了吗？"

霎时间，他们的视窗变得一片昏暗。

"我们的外界传感器全部损坏了，"小维说，"那是一种酸。"

"外壳耐久度怎么样了？"

"变弱了，但整体还行。问题是我们什么也看不见。"

"该死。"金海叹了口气。

过了一会儿，模拟战斗结束了。"塞普提得"抵达了厄瓜多尔，并自爆，破坏了四分之一的中心城区，造成两万人当场死亡，一万五千人在几周内受尽病痛折磨而死，另外由于感染永久肺部疾病而留下疤痕、双目失明甚至残疾的大有人在。

他们已经准备好接受兰伯特的训斥，但在集合的时候，兰伯特长官没有对他们的表现发表任何言论——他只是让他们都去洗澡。第二天，他们又进行了同样的模拟战斗。他们试图采取不一样的策略，但都以失败告终，而且还造成了更多伤亡。同样地，兰伯特和伯克没有提出任何批评或是建议。

接下来的一周，他们进行了一系列模拟战斗，没有一次是联合作战模式。他们在战斗中对抗的是"真实存在"的怪兽，只是场景和历史上的真实战斗有所不同。一开始，他们驾驶的是第一代机甲猎人，后来升级为第二代，最终，在一周临近结束时，他们进入了由最尖端科技打造的第六代机甲控制舱。不再使用匹诺曹操作系统了。金海和小维驾驶着"十一月的艾杰克斯"。

"太赞了，"模拟战斗一开始，金海就发出了感叹，"这一次一定没问题。"

然后，他发现眼前的场景是何其熟悉。

"朋友们？我们都回来了吗？"

又是雷娜塔的声音。又是团队合作战斗。另外三架机甲猎人也都是第六代机甲——"复仇流浪者""泰坦救赎者"以及"军刀雅典娜"（Saber Athena）。

"又是厄瓜多尔！"苏雷什感慨道，"'塞普提得'！"

"没错，"雷娜塔说，"但我们驾驶的不再是那些老古董了。而且有四架机甲猎人。这一次我们一定要把它打得屁滚尿流。"

"这可不好说，"小维正说着，怪兽又一次从大海中钻出来，"感觉不太对。"

"它不可能再突破我们的防线了。"塔希玛说。

但它再一次突破了。这一次，死亡的虚拟民众数量为两万人。

这次集合，兰伯特审视了每一个人，然后摇了摇头。

"我很失望，"他说，"从下周开始，我们就要刷掉一些人了。你们还有一个周末的时间。不得外出——别想离开这座岛。但是你们可以稍作休息。我建议你们利用这个时间好好理一理自己的思路。"

"我们的机会来了。"一单独相处，而且确认了无隔墙之耳后，金海就对小维说，"我之前提过的，关于犯人怎么破坏'狂战士克罗诺斯'的事，你还想知道真相吗？"

"当然想，"小维说，"走吧。"

这周六早上，金海一个人去了海岸线。那里没有海滩，但是那里的岩石却很有意思，而且潮水拍打海岸时总会带来一些奇怪的小虾、小蜗牛，还有海胆。

他纯粹想把脑袋放空，暂时不去想今天下午计划要做的事。

到了中午，他起了兴致，想爬上这座岛的最高点看看风景，那一定无比壮丽。除了破碎穹顶以外，环绕在蒙屿兰四周的是郁郁葱葱的山林以及崎岖、蜿蜒的海岸线。往西边和海对岸远眺，可以看见福鼎市及其郊区的大部分地区都隐于山丘之中。他望向近处无人居住的宁静岛屿，想着自己能不能就这样——消失。隐居于森林中，以蘑菇或虫子什么的为食。

也许不行。他已经躲得够久了，知道这是不可能的——至少在中国不可能——人烟从未远去。并且就算他能躲进丛林腹地，也可能在一个月内就饿死了。

过了一会儿，他看到小维正在往上走，于是往下走去与她会合。他们想制造出一种巧遇的效果，以防有人注意到他们。他们装作若无其事。但是有一瞬间，他们过于刻意的表演反而将企图完全暴露了。其实这也没关系，真的。因为其他学员心中早就有自己的评判了。

"你好哇。"小维说。此时尚有旁人在场。

"嘿，"金海回复道，"你准备好了吗？"

小维面向东方坐下了。俯瞰整个海湾，面前是辽阔无际的海洋。

"等我一会儿。"她说，"我喜欢大海。"

"噢，"他说，"我也是。"

这一会儿，她沉浸在自己的世界里，缓慢地吸气、呼气，似乎是想细细地品味、铭记这感觉。

"你有没有看过'少林游侠'战斗？"她问，"有没有看到你父母战斗？"

"没有，"他说，"没有看到实时战况。那时候我在香港，住在穹顶里的部队亲属房里。印象中才六岁。总之，当时怪物'豁达'就朝着这边来，目标是上海。那时候有个女士在照看着我，可是——没有一个人告诉我外面正在打仗。如果他们再也回不来了，如果他们死了……"金海突然想起小维的父母已经过世了，停顿了一会儿，"总之，他们回来已经是很久之后的事了。两人受了很重的伤。那就是他们的第一次，也是最后一次战斗。之后他们就升职了，等到猎人计划正式重启的时候，他们已经是高官了。但是再也没有亲自驾驶机甲了。"

"我一直很想亲眼看一场战斗，"她说，"哪怕隔得远远的。我最想看'切尔诺阿尔法'和怪兽战斗。"

"有录像带。"金海说。

"有，"她回复道，"但是那不一样。"

她站起来，说："好了，走吧。"

他们经北边的斜坡走到驳船码头，那里有几个低级别技术人员在重新粉刷装载机。再往前走是一个机库，库门正开着。他们慢慢走近，技术人员瞥了他们一眼。一个年纪比金海大一倍的红发女士打量着他们。

"两个乱跑的学员，"红发女士说，"达尔格伦，玲，好好看看吧。他们可不常跑出自己的地盘儿。"说罢，又笑着对金海和小维说，"你们俩找什么呢？"

"我们迷路了。"金海说，"我原想，与其绕一大圈走到前面，不如穿过公共区域走回去。"

"瞧你说的，"女士说，"你了解机甲装备用地吗？你会在这儿迷路的。"

"我在香港穹顶长大，"他说，"到现在为止，我一半的人生都是在机甲装备用地度过的。"

"看不出来呀。还是个'穹顶的捣蛋鬼'呢？"

"没有捣蛋鬼的穹顶是不完整的。"他说。

女士耸耸肩，说："让你们走也无妨。门在那边，出门右转。"

"谢谢你，女士。"金海说。

"你驾驶着高大的机甲时能想起来我们这些底层的人就好了，"她说，"还有，小心点儿——我相信你不会轻易被打倒的。"

"我记住了，女士。"金海说，"我们会小心的。"

他们穿过一排排电力槽、运输工具的火车、护航的军队、飞机的升降梯、重型装甲车，还有其他各式各样的辅助设施和车辆，有的设备看起来还很新，有的则比较陈旧，放在传送带上接受维修护理。他们路过一个巨大的机甲头部束颈器，一群人在上面忙活着。

"这是什么地方？"小维问道。

"机甲装备用地，"他说，"这里负责存放和维修除了机甲猎人以外的所有东西。机甲猎人需要数以吨计的辅助设备。刚才那个头部束颈器可能就是'狂战士克罗诺斯'发疯的时候砸坏的。"

"这里的人一直在看着我们。"她说。

"自然点儿。"他说，"有人看着你，你就冲他点头。没事的。"

"好。"

他们走到机库后面，看见了红发女士说的那扇门。

顺利闯过一关。但是接下来的挑战更艰难。

门一下子就开了，门后是一条长长的走廊。

"来吧。"他说。

正如那位女士所言，长长的走廊尽头分出了好几个岔口，还有一条特别狭窄的通道，通向穹顶核心基础设施的不同区域。当然，不是能源中心之类的地方——但是这里负责穹顶各区域的空气流通和循环、进行废水处理以及控制各种冷却系统，让穹顶不会因为使用多种能源而遭受异常的高温。

金海的目标不是这些。蒙屿兰穹顶和香港穹顶的场地设计当然不完全一样，并且，现在他对香港穹顶的记忆也不是百分之百可靠，但是他们的目标是十分引人注目的，不太可能会遗漏。

"啊，"他终于找到了，他们走近另一扇门，"就是这儿了。"

"我们在哪儿？"小维问道。

"你很快就会知道的，我希望。"他说。

这扇门通向另一个机库，比刚才那个大得多，这是一个比他在香港穹顶看到的还要宏伟的洞穴。头上的灯光很昏暗，但是他们顺着通道往里走，灯光越来越亮，金海能辨认出一些形状了。

"机甲猎人的部件，"小维说，"替换品？模型机？"

"两者皆是。"金海说，"欢迎来到机甲备用区。"

"真棒，"她说，"哇！"

他们穿过一列列摆放整齐的巨型机甲零部件——这边放着一只巨大的组装

好的手臂，那边是一个巨型发动机，可以拉动在机甲内部充当肌腱的电缆。

沿着天花板吊着一圈起重机和头部束颈器，它们紧紧悬挂在一条轨道上，轨道和天花板一起通向更高处。

"不同零件通过这个传输系统到达海湾的各个区域，"他说，"如果'复仇流浪者'需要几根新的手指或其他零件，那些手指什么的就在这里重新组装，然后传输上去。"

"我们到底要找什么？"小维问道。

他们走到一间房间的后门，金海说："就在那儿。"

"Боже мой。（我的天哪。）"她喃喃道。

金海见过来自墨西哥古老的奥尔梅克文化手工制品。奥尔梅克人喜欢雕刻巨型雕像。但是他们不雕刻整个人像，只刻人的头部——巨大的石质人头。在这幽暗的地方，眼前的场景让他想起了这个故事，不过，他现在看到的头，比任何奥尔梅克人雕刻的头都更巨大。

"控制舱。"小维说。

"对，"他接上话，"我原本还不太确定。以前在香港的时候，部队很少有备用的控制舱，因为那时候条件比较艰苦，经费少得可怜，用得很节省。现在的部队可有钱多了，所以我大胆地猜测了一下。"他朝其中一个控制舱扬了扬下巴，说，"那就是我们要找的。"

"'狂战士克罗诺斯'。"她说。

"没错。"

"那……现在我们怎么做？"她问。

"进去。"

他们爬上头的一端，钻进了前舱。

里面黑蒙蒙一片。只有电池驱动的子系统还在运转，所以唯一的光就来自这个机甲猎人的"脸"，还有控制面板上的几盏发光二极管。

"我现在好像懂了。"小维说，"你觉得他们把头换了。"

"对。"金海肯定了她的猜测，"这个控制舱就是我们全员进入的那个，就是这儿。而另一个头之前就放在这里，一定是有人趁人不备，将怪兽攻击的场景上传到那个控制舱里。夜深人静时，他们就把机甲头部调换——把受到破坏的头传送上去，换下这个。"

"监控系统不会发现吗？毕竟这么巨大的两个头在穹顶内移动？"

"传送系统是独立系统，"他说，"这样移动部件肯定会在什么地方留下记录，不过如果你晚上进入穹顶，你会发现很多物体在移动。大部分是机械自动移动，而控制舱又在那么高的地方。也许的确有人下令将两个头部调换，但是没有人会对此起疑。他们怎么会怀疑呢？眼前就有现成的嫌疑人。咱们俩。"

"我们怎么证明？"

"像我刚才说的，只要想找，就一定能找到记录。"

"那我们怎么才能找到记录？"小维问。

"你知道我们可以求助于谁吗？"他问。

小维双手交叉抱在胸前。

"兰伯特长官，"他说，"权将军。只要是管理这个地方的人都行。"

"如果他们就是背后主谋呢？"小维问，"如果他们中有人想陷害我们呢？"

"我们不是侦探，小维。我们不应该再扮演侦探的角色了。"

小维的表情一开始像是想攻击金海，但随后她闭上了双眼。

"这样不能洗脱我们的嫌疑，"她说，"我们现在能站在这里，就说明了我们有完成这件事的能力——包括移动控制舱什么的。有人精心布了这个局想陷害我们。"

"但我们没做过。"他说，"清者自清。"

"你比我对人性更有信心。"小维说，"我很害怕，你知道吗？"

金海点头，说："你当然可以害怕。"

她静静地走到一旁，目视前方。他一开始并不理解，然后他发现她站的地方正是驾驶员会站的地方。

"我一直梦想着能进入控制舱，"她说，"我已经期盼了太久太久……"她叹了口气，"你说得对。我们应该去找森真子。如果她也参与了，那么我们横竖都逃不掉。"

　　有什么东西从驾驶舱上方掉了下来，敲击舱面发出清脆的金属声，撞到地面反弹了几次。那是一个大约一英尺长的银色毒气罐。金海疑惑地盯着这个罐子，但是小维一把抓住他，把他往梯子推，嘴里一边用俄语咒骂着。

　　金海闻到了某种奇特的味道，感觉似曾相识。他深呼吸了一下，尝试屏住呼吸。但他既然能闻出味道来，说明此时屏住呼吸为时已晚。控制舱突然变得越来越小，周围也越来越暗。控制舱缩到和他的头差不多大，又变得比他的头还小，这时，他的意识倏忽一下消失了，像有人用沾了水的手掐灭了烛光。

25

2029
库页岛
俄罗斯
小维

　　因为帕维尔比小维重至少四十磅，所以小维没有正面抵挡他朝头部踢来的一脚——小维后退半蹲，干脆利落地出腿横扫帕维尔另一条腿的膝盖。他倒地时痛苦地喊了一声，顺势后滚翻，又站了起来，朝着小维又发动攻击。

　　这一次，他双脚稳稳地站着，握紧双拳对小维发动了一连串攻击。小维连连后退，用手臂将他的拳头挡开。随着小维后退的步子越迈越大，帕维尔受到她的牵引不断追赶，最后重心不稳。这时，小维侧步一闪，给了他肚子一拳。他的"天"字还没有说完，就倒地了，蜷缩着大口喘气儿。

　　"停！"老师大吼一声。

　　小维退回防备状态，双脚分开，拳头握在胯前。

　　老师皱起眉头，走向她。老师个子比较矮，比小维高不了多少。

　　"你把他揍得喘不过气儿来了。"老师说。

　　"是的，老师。"

　　"我让你多控制自己。你要是听懂了就应该只用五成的力道打他。"

　　"老师，我已经控制自己了。"

　　"别顶嘴，"老师生气地说，"你知道我什么意思。"

　　"老师，如果他的回旋踢击中了我，我的牙齿都会被他打掉的。"

"所以他没有控制力，你也可以没有控制力了，是吗？你明明可以做得更好。"

小维的视线瞄向挣扎着站起来的帕维尔。

"对不起，帕维尔。"她心不甘情不愿地说道，她知道这是老师想听的话，"老师，不会再有下一次了。"

帕维尔露出了轻蔑的表情，但还是双腿一并，对小维鞠躬。小维也以鞠躬回之。

"没事的，"帕维尔说，"是我错了。我没控制好自己的脾气。"

老师却似乎不愿意放过小维。

"收拾一下，"他说，"换身衣服。待会儿来我办公室。"

道场很小。它以前是一家超市之类的地方，而且老师没怎么花心思布置。正如老师所说，这个地方以实用为主。他曾告诉小维，如果你想看到锦鲤池、引水的空心竹装饰，那你还是去植物园吧。

老师的办公室也没什么特别的，不过多了一点儿个人特色。办公桌后面的墙上挂着一张老师年轻时和他的老师的合照。桌子的一角放着一个装满鹅卵石的玻璃罐子，桌上还有一张他妻子和孩子的合照，不过，小维觉得照片里的孩子——两个小男孩儿——现在应该长大了很多。老师年近六十，胡子刮得干干净净，留着短短的平头，从墙上的照片看来，老师以前的发色是微红的金发。老师的名字叫亚历山大·卡玛洛夫，但是大家都只叫他"老师"。

小维关上办公室的门，老师坐在座位上。她准备走向椅子。

"站住。"老师说。

她站回原地。

"愤怒对你没有任何好处。"他说，"而且会伤到我的其他学生。如果我让你全力攻击别人，那你刚才的表现就是我想看到的；如果我让你展现控制力，那我希望你的攻击像羽毛般绵软，你懂不懂？在这里，我说了算，不是你的感觉说了算。我不会再说第二遍。再有下次，你就退学。"

小维深呼吸了一口："是的，老师，只是……"

"你说。"

"如果我在真实战斗中攻击力度不够怎么办？"

"在真实战斗中，你自然会使出全力，竭尽所能进行攻击。这就是控制的意义。你知道自己为什么能打倒帕维尔吗？"

"他太急切了，攻击太快。我每次都多退一点儿，引诱他攻击，让他失去平衡。"小维低下头，"应该说，他没有控制自己。"

"没错。"老师拍了一下手。

"你来这儿，大概有两年了吧？"他问道。

"快三年了，老师。"

"这么久了。"他笑了，"你觉得自己什么都会了？"

"不是的，老师。"

他点点头，说："你还在安德烈手下工作？"

小维面露难色。

"我就知道。"他说。

"我们需要钱，老师。"她说，"我外婆工资微薄，几乎不足以度日了。只有给安德烈打工，我才能来这儿上课。"

"如果我说我可以免费教你呢？"他说，"你还会给他打工吗？"

小维想了一下，只是一下而已。

"会的，老师。"她说，"我上学时间推迟了近两年，所以还要去补习。"

"你多大了？"他问。

"十一岁。"她说。

"你还在怪兽体内掏东西？"

小维昂起头，说："对。但我现在还负责监督其他四个人干活儿，可以从他们的工资里分成了。"

"你要知道，你每得一个卢布，他就能赚一百个卢布。"

她耸耸肩，说："这一行就是这样。"

"如果你接着干下去，很可能会生病的。"老师说，"你要知道他们给你们的防护服都烂得根本防不住任何东西。"

"无意冒犯，老师。"她说，"您说在这里，在道场里，是您说了算。那么我在道场外做的事情，是我自己说了算，对吗？"

"对，"他说，"我只是给你一点儿建议，不是要求。但是，如果你不再为安德烈打工，我就免费教你。"

"我还是可以好好利用上课的间隙的。"她说。

"我知道你可以，"他回复道，"但我不会支持你去打工，更不会支持安德烈这种人。"他说，"你要知道这一点。"

"谢谢您的建议，老师。"她说。

小维走在街上，内心的愤怒几乎压抑不住，喷薄欲出。这个老家伙算什么人？居然来评判她？如果他想免费教她，没问题，但是对她有诸多限制只会让他和安德烈变成同一类人。人人都对她的生活指手画脚，告诉她该做什么，却没人能意识到这根本不关他们的事。

所以，她听到每天在街头等她的安德烈因为她迟到而骂骂咧咧时，她一点儿也不想搭理他。

"你管那么多呢？"她说，"只要我能完成任务就好。就算我迟到了一个小时，我还是可以完成任务。"

话音刚落，她就知道自己说错话了。她实在是怒火攻心。

"哦？"安德烈说，"那你一直都在打我的劫呀，恭喜你，你的任务目标提高了。"

"你不能这么做，这是违反规定的。"她生气地说道。

小维看到了安德烈扬起的巴掌。她差点儿就能防住了，但他动作很快，而且两个人距离太近。他一巴掌扇在小维脸上。小维踉跄地后退了几步，不敢置信。

"你想来一招空手道吗？"他说，"让我看看你学了些什么没用的烂招数？"

她伸手摸摸脸。脸颊已经发烫，她觉得自己的眼睛肯定被打得乌青了。

"没事。"她对自己说，"没什么是我忍不了的。"

"还是算了吧，"他大笑，"我不知道你学来干吗。"

"一周只上几个小时而已。"她说。

"对，还有上学的时间，"他说，"好像上学对你真有什么用处似的。你还是老老实实跟着我干吧。"

"我还是在给你打工，安德烈。"她说，"我没有给其他人打工。"

"哦，你说得太有道理了，你没有帮其他人。"他说，"如果你真敢给别人打工，那我刚才那一下都算轻的。"

他脸色一变，小维想他肯定又要打她了。但是他只是用手背向小维招手。

"走吧，开工了。"他说，"他们在脊柱开了一块新区域。你的组员是米娜和卢博米尔。"

"海恩呢？"她问道。海恩个子很小，他可以钻进她和其他年龄稍大的孩子进不去的地方。

"今天海恩跟卢瑟一组，"他说，"祝你成功完成目标吧。吹得天花乱坠，希望你说到做到。"

当然，小维完成目标了，虽然只是刚好过线。安德烈对她的薪酬克扣力度更大了。但是她对此无可奈何。

小维打算跟外婆编个故事，但是她进家门时，外婆只瞥了她一眼，就再也没有注意过她。外婆甚至没有注意到汤里有一只蜜蜂。外婆的情况越来越糟了。她工作上还出了一点儿意外。外婆的上司叫卓，是一个善良的人，一周前曾亲自把外婆送回家。

"我也想留用她的。"他告诉小维，"但是如果她的情况再恶化，我的工作也难保了。跟她说说吧。"

安德烈的话不断在小维脑海中盘旋，虽然小维无比想忘记这些话。

"不知道你学来干吗。"

有时候，她自己也不知道学来干吗。尤其是补课，她的学习成绩不好，尤其是数学。她就是不适合。应该说，她不喜欢上学。她和其他孩子不太一样——他们似乎觉得什么事情都像在做游戏，只要穿对了鞋子、知道哪些狗屁句子的拼写是正确的、能说出 *K-prog* 是不是比《惊声尖叫》[1] 糟糕，就能得分。

---

[1] 一部恐怖电影。——译者注

老师们也很无趣，但他们至少还有点儿知识。

眼前更严重的事情是，她可能错了。人们已经四年没有见过怪兽了。PPDC又开始建造新的机甲猎人，焕然一新的巨大机甲，但是它们又有什么用呢？维护民众秩序？在她听都没听过的地方战胜军阀？这不是她想做的。这也不是她父母做过的事。她的父母曾与硕大无比的怪兽搏斗，并且生前成功消灭了六只怪兽。她已经学习了进入 PPDC 驾驶员培训计划所必需的课程，花了四年时间学习，希望能领先别人一步。为了什么？她已经长大了，知道自己的机会多么渺茫。一个七岁小女孩儿对未来的许诺还没有强大到能抵抗现实。七岁的她知道什么呢？什么都不知道。既然她现在对世界现状有了更好的——更现实的——理解，也许她应该告诉那个七岁的小女孩儿，未来的路该怎么走下去。她如果一直把工资都存起来，现在就可以把外婆送到某个不会受伤、也不会伤到别人的地方了。也许她还能找到更好的工作，搬出这个噩梦般的地方。这样看来，她过去做的一切似乎是竹篮打水一场空。

但她不能这么想。她必须进入 PPDC。她必须再忍耐几年，度过这一切。

可是这一次，这种阴郁的情绪没有得到纾解。那天晚上，她又做了那个梦。梦境如此熟悉，却只让她更加害怕。而且这一次，梦境里还出现了新内容——小维和外公站在一起，看着两座墓碑。从来没有流过泪的外公，哭了。然后就是怪兽体内的声音、女人的脸……

像往常一样，她又一次惊醒了。她看着时钟，发现自己只睡了一个小时。打开灯，她紧紧抱住"切尔诺阿尔法"，看看墙上的旧海报。

然后她起床，走到客厅，看到外婆依然醒着。

"我是谁？"她问道。

"什么？"外婆说。

"我到底是谁？"这一次，小维吼出了这句话。外婆瞪大了眼睛。小维看到外婆又在喝酒了，但是她不在乎。

"你别那么大声跟我说话。"外婆说。

"我是凯伊丹诺夫斯基家的人吗？"她说，"真的是吗？"

外婆愣住了，往后退了两步，仿佛这句话对她造成了身体上的伤害。

"你怎么这么问？"外婆小声说，"你听谁说什么了？"

"没谁。"小维说，"太不合理了。从来就没合理过。为什么你要骗我？"

小维大哭起来，绝望的感觉代替了愤怒。

"小维，"外婆说，"我希望你成为一个出色的人。像你的父母一样。成就一番事业。你外公也是这么想的。所以我们告诉你——"

"所以你们骗我，"小维说，"这么多年了。你觉得我有多蠢？"

"你不蠢。"外婆说，"你很特别。但是你一定要发自内心地相信这一点。"

"闭嘴，"小维说，"我恨你。"

"小维，你父亲，你母亲——"

"闭嘴！"她尖叫着，"别再撒谎了。别说了。"

她冲回自己房间，把"切尔诺阿尔法"的海报从墙上撕下来，把外祖父的木雕扔到角落里。

她其实很早以前就猜到真相了，只是一直不愿意面对罢了。她想成为凯伊丹诺夫斯基家的一员，她想成为一个重要的人。他们死后，这样说服自己就更容易了。没有人能说她是错的。

除了外婆。

小维躺在地上，脑海里浮现出一种新的想法，至今为止的所有误解都变得清晰明了。

她天生就不是当机甲驾驶员的料。从来不是。她只是一个外婆疯疯癫癫，并且自己也没什么前途的人。安德烈是在利用她，但他说的没错。学校、训练什么的都是在浪费时间。现实点儿才是最好的，活在当下，不要活在小女孩儿幻想的世界里。

第二天一早，她发现外婆在沙发上昏过去了，一旁的伏特加酒瓶已经空了。闻着烤炉里粥加热时散发的味道，外婆醒了，双眼满是血丝，看着小维。

"小维。"她说。

"昨晚朝您吼了，对不起。"小维说，"我不讨厌您。"

"我们昨晚吵架了吗？"外婆说，"我不记得了。吵什么呢？"

　　小维试探了一下外婆，看她是不是在开玩笑，但是她发现外婆满脸的疑惑。这也不是第一次了。外婆每次喝多了都会不记得前一晚发生的事情。

　　"没什么。"她说，"不用在意。"

　　那天，她没有去学校，而是去怪兽体内挖东西了。除了平时的班时，她还上了早班。下班了还有点儿时间。如果她全职为安德烈工作，再设立一些实际的目标，她的生活可能还稍微有一点儿转机，虽然依旧没什么价值。

　　在她十二岁生日的前一周，她到工作地点时，发现安德烈在等着她。

　　"听着，"安德烈说，"上个月的事情，对不起。你正好惹到我了。我脾气又不好，打了你很抱歉。还有我说的那些话，别放心上。其实，我很崇拜你。你为了提升自己去做的那些事——真棒。某天你一定会成为一个大人物，到那时，我就会跟别人炫耀说'嘿，我认识那个女孩儿，她以前跟着我工作过'。"

　　"我……谢谢。"小维说。安德烈这番话实在是出乎小维的意料之外，她一时之间不知道该如何回应。

　　"所以，我可以帮你。你工作一直很认真，可是工资——你拿到的那些，实在不算多。尤其是你还要照顾外婆、负担家用什么的。我想说的是——我想给你升职。"

　　他笑了，小维感到毛骨悚然。升职不一定是件好事。

　　但她还有什么可损失的呢？

第三部分　爆炸

/////////////////////////////

CHERNO-ALPHA
ЧЕРНО АЛЬФА

26

2035
蒙屿兰破碎穹顶
中国

兰伯特看到尸体，皱了眉头。

"这是索克。"他说。他已经看了足够的照片了。

"这是索克的尸体。"法医生物学家奥布里说道，她正在对尸体进行检验，她有非常重的法国口音，"他已经死了好几天了。"

"死因呢？"森真子问道。

"尸体没有伤口迹象，"她说，"但是他的眼睛边缘和指尖部分均有出血现象。初步怀疑是中毒致死。鉴于尸体仍然保存完好，我推测他中的毒能够杀死身体中大部分细菌。"

尸体是几个小时前发现的，它被塞进用于处理有毒废弃物的滤毒罐里。若负责处理废弃物的技术人员不那么细心，尸体很可能已经进入位于福鼎附近的垃圾焚烧炉了。

"他身上的粉尘……"

"可能是怪兽骨粉。"

"对，"兰伯特说，"骨粉不是会让尸体保存完好吗？"

"骨粉可以阻止外部微生物进入尸体，这可能正是撒骨粉的原因。但是，驾驶员，你应该知道人体内大部分细胞不是由人类细胞构成，而是由细菌细胞构成吧？"

"我还真不知道呢。"兰伯特说，"这种知识应该不会让我的生命变得美好吧？"

"对尸体来说就会。"她说着，站起身。

"如果尸体保存完好，你怎么知道他真实的死亡时间呢？"

"有其他判断方法。"她说，"尸体已经出现过尸僵现象，因此他的死亡时间至少是两天前。但是尸体呈现出严重的脱水现象——你能看出来，对吗？他马上就要成为一具干尸了。"

"所以他有可能已经死了一个月了？"

"对，"奥布里说，她摘下了手套，"把他运到实验室，我还能有更多发现。真让人兴奋。我以前实习的时候，只看过少数几例和怪兽有关的中毒致死案例。"

"你觉得此案的毒来源于怪兽？"

"很有可能。"奥布里边说边往外走，忽然她又折向兰伯特。

"还有，驾驶员？"她说。

"在？"

"你跟朱尔斯——最好快点儿解决你们之间的事。别拖拖拉拉。"

他目送她离开验尸房。

该死。穹顶里每个人都知道这件事？

他一边叹气，一边转向尸体。

"为什么要杀索克？"他喃喃自语道，"你还想做什么？"

不知怎的，这一切似乎——还没有结束。

一个半小时之后，金海和小维被宣告失踪。

任何有可能的地方都找不到他们的踪迹。雷娜塔和伊利亚表示，上午看见金海爬上了穹顶所处山坡的最高处。这之后就再也没人遇见他们俩了。

权将军下令封锁全岛，对进出岛屿者进行全面排查。然而这些行动没有帮助他们得出任何与金海和小维有关的线索。不过在排查的过程中，他们发现有一艘巡逻船遗失了。他们并没有立即发现这一点，因为安保系统再一次被入侵了。

几小时后，人们在福鼎附近发现了这艘巡逻船。

权将军犹如困兽般来回踱步。森真子耐心地等待他冷静下来。

"玛丽科娃没有亲属在世了。"他说，"她外祖母去年过世了。但是欧阳金海……"

"若他的父母知悉此事，会有大麻烦的。"森真子说，"因此，我建议不要透露学员姓名。我们应尽快悄悄地处理这件事。"

"他们凭空消失了。"权说，"纸包不住火。人们迟早会知道我们招募了两个破坏者、至少两个杀人犯。然后他们会指责我们试图掩盖真相，最后所有人都会这样认为的。这件事还会危害整个驾驶员计划。"

这不太可能吧，森真子暗自想着，但此事无疑会威胁到权的将军地位和他的公信力，而这些东西，在森真子看来一点儿都不重要。重要的是当下学员和案件的问题。

"我不认为他们两个是凶手。"森真子说。

"很多证据都指向他们。"权说，"在索克的衣物上还检测出了他们的DNA。"

"这有可能是别人故意陷害的。"她说，"我就能轻而易举地办到。无论他们是逃走还是被绑架，我们都应该把握开展调查的最初几个小时或最初几天，那是调查的黄金时间。我希望至少能争取到那一点儿时间，在不受媒体或家长的干涉下进行调查。若产生了什么后果由我全权负责。"

权双唇紧闭，然后微微点了点头。

"我尊重你的判断，秘书长。"他说，"目前，我们会继续以最隐秘的方式进行调查。但若拖得太久，恐怕我也瞒不住了。人总是会泄密的——即便是我的手下。"

森真子目送权离开办公室。她用手揉了揉前额，然后重新投入到当下最紧急的调查中。她担心若接下来几天找不到小维和金海，他们就会永远失踪了。

戈特利布教授一般不会焦虑。但是，兰伯特和森真子一起来到他的实验室时，却看到他焦虑异常。他来回踱步、喃喃自语、在黑板上快速地写着什么，然后又用衣袖全部擦掉。事实上，他过了好一会儿才意识到他们来了。

"出什么事了？"他一看到他们就问道。

"是你找我的，戈特利布博士，"森真子说，"你说你有更多关于索克尸检的分析要告诉我。"

他呆呆地看了他们一会儿。

"哦，对，"他说，"差点儿忘了。正如奥布里预测的那样，索克吸收了某种从怪兽血液中提取出来的致命剂量的毒素。"

"是主动吸收的吗？"兰伯特问道。

"目前没有证据证明他被强行注入毒素，但毒素也有可能是经食物或饮品进入他体内的。这种毒素几乎没有味道。它味道很淡，可以轻易掩盖过去。"

"这种毒素，"森真子问道，"见效快吗？"

"不算快，"戈特利布说，"这要看剂量了，可能在几小时内，甚至几天内，都发现不了异常。可是等你发现的时候，一定为时已晚了。这种毒素会引发心肺衰竭，紧接着就是伴随着内出血的肝、肾重度衰竭。"

"这种自杀方式，未免有点儿奇怪。"兰伯特说。

"它的确是用于自杀的，"戈特利布说，"但这种自杀过程往往会伴随着一系列仪式，而且会有其他怪兽信徒一起赴死。这些人相信，他们在临死前会成为海底'Anteverse'星球的一员，并且会拥有和他们的神灵沟通的能力。可是，索克死时穿着工作服。而且他的尸体也被移动过，对吗？所以，我对自杀表示怀疑。"

"这样一来，就要考虑谋杀的可能性了。"森真子说，"但是凶手会是谁呢？金海还是小维？还是其他某个学员？他们的毒药从哪儿来？不，我觉得真凶另有他人。有没有办法能找出毒素的来源？"

"我知道它的化学特征，"戈特利布说，"如果你能找到其他拥有相同特征的样品，就几乎可以确定它们和本案毒素来源相同。虽然我不知道这样对案件有什么帮助。"

"还有其他信息吗？"森真子问道。

"虽然与案件毫无关联，"戈特利布说，"但我手头上的确有一个棘手的问题，不过我似乎不应该麻烦你们。"

"跟深海海沟有关系吗？"森真子问，"算出了产生新虫洞裂缝的可能性？"

"是的，跟我从莫拉莱斯博士处获得的数据有关。"他说。

"我记得你对那些数据甚为担忧。"

"没错，"他说，"非常忧虑。我越分析那些数据，越觉得新虫洞裂缝即将产生，前提是没有其他更重大的事件发生。但是怪兽眼收集到的数据不仅与我的数据集不符，在很多方面甚至还呈现相反的趋势。而且两者的分析结果有天壤之别，就好像量子力学和爱因斯坦的广义相对论一样，但是比那更糟。"

"也许数据收集出现了某种错误，可能是装置问题，或者是第一组数据有问题。"兰伯特说。

"这可能性很小，"戈特利布说，"这是莫拉莱斯博士提供的数据。我想她在交给我之前一定对数据收集方法进行了审查，否则她就太不专业了。我不认为她会做出这种事来。你还不如说她……"戈特利布一溜烟跑到他的黑板前。

"怎么了，博士？"森真子问道。

"我——太荒谬了——不如说她伪造了数据。但是为什么呢？"

"你是说她让你白白忙活了那么久？"兰伯特说。

"不，"森真子缓缓地说，"不是白忙活。这是燻製ニシンの虚偽。英语的说法就是'烟熏鲱鱼谬论'。"

"你是说'红鲱鱼谬论'？"兰伯特问道。

"红鲱鱼。"森真子说，"对，就是转移注意力。莫拉莱斯——你什么时候见到她的？"

"就在她来这儿之后的一两天内，"戈特利布说，"她发短信说想过来看看，所以我在安保系统中将她列为可信任人员。事实上，那和'狂战士克罗诺斯'发生意外是同一天。"

"同一天？"兰伯特问道，"你确定？"

"确定，"他说，"我们就在这里谈话，然后我听到海湾里好像有一阵骚动。当然，接下来我就去看看怎么回事。"

"她跟你一起去了吗？"兰伯特问道。

兰伯特从戈特利布的表情中看出来，他好像知道了什么。

"我不知道，"他说，"好像没有。"

他马上行动起来，从一张工作台走到另一张，始终皱着眉，显然在找什么东西。

"不，"他自言自语道，"不是这个，也不是这个……"他一直在找，脸上的神情越来越放松。然后，像是忽然想起什么似的，他径直穿过实验室，经过黑板和图表模型，走过保存区、怪兽扫描仪和解剖室，走过他们以前用来保存和分析怪兽组织和器官的设备——大部分设备都空空如也，似乎没有用过。

他弯下腰查看一部终端设备，脸色马上变得十分难看。

"怎么了？"森真子问道。

"是纽顿的——盖斯勒博士的——数据，"他说，"有人登录进去了，"他抬起头来，"这不可能是远程操作。这台设备和外界没有任何联系——这是他的个人硬件储存设备。"

"你认为莫拉莱斯入侵了这台设备？"

"时间节点很符合，"戈特利布说，"同一天，就在那个时间。我离开实验室的时候，她一定留下来了。"

"她知道这时候没有人会注意到她。"森真子说。

"因为是她分散了人们的注意力。或者说是利用索克来这么做。"兰伯特接上她的话。

"然后用那些该死的假数据来分散我注意力，这样我就不会想起来要检查设备。"

"莫拉莱斯博士，"森真子说，"她现在在哪儿？"

"她昨天就完成了合同规定的任务，"戈特利布说，"已经走了。"

27

2029
库页岛
俄罗斯
小维

小维一边嘟囔着，一边摆弄着手中的钻头，在这狭小空间里要把钻头位置摆对可没那么容易，不过她也不需要做到百分百精准。她按下按钮，启动引擎，用菱形钻头沾上溶剂，加热到高温，开始切割怪兽骨头。她花了将近十分钟才钻出一个二十五厘米宽的洞。

"搞定。"钻完洞时，她说。

"东西已经挂在绳子上了。"米娜的声音从下方传来。

米娜今年十五岁，已经无法爬进哪怕比较大的舱室了。小维也差不多，她已经无法爬进填充满了物质的、幽深的地方了。她们一行人正往上挖，爬向一个靠近怪兽胯关节的、类似大腿骨的地方。她带着另外两个小孩，遇到物质填充更密集、结合更紧密的地方，他们还要钻洞。

小维把绳子拉起来，只见绳子另一端系着一个聚能炸弹。她把炸弹小心地放进刚挖出的洞里。虽然知道无论多粗暴，炸弹都不会爆炸——它要通电才能爆炸——但是小维知道炸药的威力，所以总是保持谨慎。

"安娜，你在上面怎么样？"小维问道。

"没问题，"安娜从上面跳下来，"我安装了三个。"

"好，拉电引爆。"

他们在任务结束时间前一小时完成了工作，然后艰难地跋涉回到怪兽的肚子里。走到一半时，小维觉得他们脚下的炸弹似乎因为受到路面的微小震动影响而爆炸了。她皱了皱眉，但什么也没说。集合是为了在引爆前确保所有人的安全，但是安德烈似乎越来越不在意集合了。去年一年，他们因受伤、死亡而损失的挖掘者数量，比小维以前工作三年的总和还要多。安德烈似乎心急如焚，打算尽可能多、尽可能快地在怪兽体内进行挖掘。

小维一行人抵达外面时，安德烈已经到了，他正和他的一个科学家手下钱德拉聊得热火朝天。安德烈一反常态地显露出因欢欣雀跃而激动的神态，而不是以往的愤怒和失望导致的激动。他们俩正盯着一个扫描器屏幕。

过了一会儿，安德烈注意到了他们。

"干得漂亮。"他说，"今天给你们涨一点儿工资，但是你们明天要提前一个小时进去，知道吗？"

他们穿着防护服，进入化学淋浴池。再次出来的时候，安德烈已经走了。

小维跑向钱德拉，他是一个挺优雅的男人。但他是新来的，所以这优雅可能持续不了多久。

"你们刚才为什么那么兴奋？"她问道。

他微笑着点开一张图像。

"这个。"他说，"先前的数据只是让我产生了怀疑，但是你们刚才设置的最后一轮爆炸，让我们得以收集到怪兽胯部的最佳共振图像。看到了吗？"

小维仔细看着图像。她看到他们刚才一直在挖掘的大腿骨，然后就是一大片阴影，无疑这是骨盆部位。但是在骨盆内，还有一块面积稍大的异常亮光。

"这个骨盆是空心的？"她猜。

"我认为那是一颗辅助心脏。"他说，"大多数怪兽都有辅助心脏——它们的身躯过于庞大，若只有一颗心脏，无论这颗心多么巨大，都无法支撑血液流动两百英尺远。针对这个问题，怪兽们也有自己的解决办法。在一些怪兽体内，主血管可以收缩、放松，让血液流得更远；另一些怪兽有一簇稍微小一点儿的、类似心脏的肌肉，它们起着二次抽送的作用。而这只怪兽——它的骨盆比其他怪兽的都大，超出其所需的规模，并且也没有其他肌肉附着其上，暗示其大规模的合理性。所以我推测，这个骨盆可能有双重作用——既组成胯部，又是一个贮藏室，保护着什么东西。在这里，我相信它保护的是一颗心脏。当然，这颗心脏已经死亡很久了，但是还是有人相信，怪兽心脏能延年益寿，还能……呃……壮阳。一盎司怪兽心脏的利润比一百磅怪兽骨粉的利润都高。想想你能拿多少分红。"

小维认真想了想。安德烈如果按往常的比例发工资，这笔数目的确不小。但他很可能不会这么善良。他每次都是竭尽所能地压榨她的工资，而她不认为一笔意外之财就能让安德烈转性子。

她脱下防护服，和其他人的挂在一起，准备回家。安娜和前几天一样在等着她。安娜今年九岁，一头红发乱蓬蓬的，还有一双黑色的大眼睛。她住在安德烈提供的"宿舍"里，那是一栋摇摇欲坠的废弃宾馆，住在那儿几乎和行走在怪兽体内一样危险。

小维不知道为什么她总是黏着自己。说实在的，小维并没有对她很友好，或者说对任何人友好。

她们就这么走着，小维听到安娜肚子饿得咕咕叫。安娜面露尴尬之色。

"你好像没怎么吃午饭。"小维说。

"没有，"安娜说，"这星期要交房租，所以安德烈直接从我的工资里扣了。"

这是安德烈对他众多员工下的圈套。他给他们发工资，但是最终又全部回到他手里。他要确保他们赚的钱少得存不下来，因为有储蓄的员工可能会辞职去别的地方工作。但若你赚的钱只够填饱肚子，就不会出现这种问题。

至少小维没有中他的计。目前还没有。她和外婆还有自己的房子，这房子不是安德烈的。但若外婆丢了工作，她们可能就会沦落到安娜的下场。

又走过几个街区。小维看到街角有个女人开着餐车卖韩国馒头。

"等一下。"她对安娜说，然后去买了两个韩国馒头，分给安娜一个。

"下次可别抱什么期待。"小维说。

安娜一开始有点儿疑惑，接着她接过那个馒头，小口吃了起来。她闭上双眼，细细品尝馒头里的猪肉和卷心菜。

“真是太美味了。”安娜说。

小维表示同意。她一般不从街上的小贩那儿买东西，太贵了，但是偶尔也会想小小地奢侈一把。

第二天她去工作的时候，发现怪兽信徒也在那儿，他们将进入怪兽体内的路堵死了。这种事并不是第一次发生。怪兽信徒们时不时就会在此集会，有时人数寥寥无几，有时则聚集了一大批人，像今天这般。安德烈当然不会允许他们在这里逗留，但他们本身是一群疯子。小维低头凝视地面，尽量不与任何人有眼神交流。有的怪兽信徒正在用一种小维听不懂的语言唱着歌。很多人身上都纹了怪兽文身，并且他们不顾五月的余寒，纷纷脱了上衣来炫耀文身。还有人在烧着什么东西，闻起来就像是在烧怪兽，也有可能就是在烧怪兽。

小维用肩膀挤开人群，走到人堆中。突然，有人抓住了她的肩膀，往背后一用力，迫使她转过身来。小维和那个女人面对面了。有一瞬间，小维以为她有四只眼睛，后来才发现，有两只眼睛是深蓝色的文身，而且没有瞳孔。那个女人满脸都是文身，这时小维意识到，这个病态的女人试图用这些图案和诡异的头部饰品来模仿怪兽，可能是怪兽“卡洛夫”（Karloff）。

“你进入过‘海洋天使’（Sea Angel）的身体。”那个女人说。

“对，”小维说，“放开我。”

“它们为我们而来。它们是为了将地球从不平等中解救出来。是为了拯救我们，为了让我们团结起来。可是你看看那些人都干了些什么！他们杀了这些美丽、崇高的神灵，让你们像蛆一样在里面爬来爬去。但是你们的日子很快就结束了，你这个小虫子。正义的审判会降临到你们头上的！”

“放开我！”小维说，上下甩着手，希望摆脱这个女人的控制。小维心中升起了巨大的恐惧。怪兽信徒把她围得密不透风，唱着歌，有的人几乎是在她耳边吼着。

“你会死的，就像尘埃一样消失，永远无法领受它们的恩典！”那个女人尖叫起来。

小维无法忍受了。她撞开人群，冲向怪兽尸体。

这些信徒都是蠢货，她知道。都是失败者。疯子。她知道自己不应该因为那个老妇女的话而感到恐惧。

可是不知为何，那些话语始终在她脑海中挥之不去。那个女人在谈到怪兽时那可怕而又充满了崇拜的语气不断在脑中盘旋着。

但目前还有工作要做。虽然感觉不太妙，她还是到达了工作地点，爬进了巨大的怪兽体内，在里面设置了更多的炸药。夜班工作人员已经清理出先前爆炸遗留的碎片。钱德拉发现，要想到达心室，还要再进行两轮爆破。

穿上防护服后，小维看到了安德烈，于是径直走向他。

"昨天有人提前引爆了炸弹。"她告诉安德烈，"在我们确认安全之前。"

"你没有被炸飞，不是吗？"他说，"很明显，你很安全。"

"但是，炸弹不应该在我们没有完全撤离之前就爆炸，不是吗？那是规定。"

"你以为制定规定的人是谁？"他生气地说，"别担心，你会安全的。去完成你的工作，别对我的工作指指点点。"

她知道自己不应该再追问。至少他已经听到了她的抱怨。

又一次，他们放置了炸弹，然后开始撤离。电喇叭里传出了警铃，很快，他们那个区域其他部分的挖掘者都蜂拥来到他们身后的大通道中。

他们走到一半，小维注意到安娜的防护服上有一抹蓝色的痕迹。

"这是什么？"她问道。

安娜瞥了那痕迹一眼，然后看向自己的双手。手套的手指部分也是蓝色的。

"我不晓得。"她说，"上面有点儿湿湿的。"

"湿？"小维说，"但是——啊，糟了。安娜，跑。"小维转身向里面的工人大声喊着，有好几个人已经落后队伍相当远了，"所有人！"她放开嗓子大吼，"跑！"

安娜听了小维的话，已经领先二十码了。小维紧随其后。

安德烈，你千万别提前引爆。小维心想。就这一次，听她的，为了里面的所有人，别那么自私。

她赶上了安娜，马上就要超过她了。如果她能及时找到安德烈，警告他可能会发生什么事，她也许就能阻止事情的发生。

她永远无法预料自己的决定是否正确，因为就在那个瞬间，炸弹被引爆了。

"快点儿，"她跟安娜说，"再快一点儿。"

安娜努力了。从她脸上的表情就可以看出她有多专注。她已经竭尽全力了。

也许小维错了。可能吧。这些事情她又懂多少呢？

但是她听到了身后传来的尖叫，她从不知道原来人类还能发出这样的声音。这时，小维没有一丝犹豫，抓住安娜的手拖着她一起跑。身后的尖叫还在继续。她听到一阵涌流的声音，像是暴雨天时的水哗啦啦流进管道的声音，但是比那声音更大。她回头看了一眼，发现一道蓝光正沿着管壁向她们靠近。

她们跑到了一个大舱室，在跑过了半个舱室的时候，那股蓝绿色的液体追上了她们。液体的气味无比浓烈，充满了整个空间，小维觉得自己快要喘不过气来了。她的双眼有灼烧感，液体喷到了她的腿。她知道她们快完蛋了，但还是坚持跑下去，她紧紧攥着尖叫着的安娜的手，只等着疲惫到崩溃的那一刻。

然后，她意识到自己现在所处的空间很大，液体分散开了，不像在刚才的舱室里那样深了。然而她开始感受到腿上的刺痛感，但她依旧奔向出口。

外面也并不太平。所有工作人员都在穿防护服，好几年没用过的真空管也拿出来了。小维艰难地把歇斯底里的安娜推进化学淋浴池时，看到安德烈与钱德拉和几个工头起了争执。

小维一把脱掉自己的防护服，看到手臂上不断冒出水泡，安娜的手臂也是如此。

"你救了我一命。"安娜说，"否则我会死的。"

"没什么。"小维说。

"我们现在去哪儿？"

"离开这里。"

"但是我的工资……"

那场爆炸后的逃生让她遭受了此生无法磨灭的惊恐。但还有另一种情绪。

愤怒。毋庸置疑。

她对安德烈而言什么都不是，若一直为他打工——或为其他任何像他的人打工——她永远都会像这般一文不值。即使她不断升职，最后达到安德烈这样的地位，她也依然一文不值。因为从整个物质世界的角度来看，安德烈就是一个轻如鸿毛的人。他是一个使用者。一个开发者。他对世界毫无贡献，如果一直这样下去，她也必然如此。

只要她确认自己不是凯伊丹诺夫斯基家的一员，要放弃是很容易的。承认自己一无是处也不难。但现在她又想起了和外婆的谈话，想起她差点儿冻死的那个夜晚，想起那晚她爬进了被"切尔诺阿尔法"杀死的怪兽体内。想起了她说自己父母是凯伊丹诺夫斯基夫妇时，外公的反应。外公似乎很想告诉她一切都是假的。但是他没说，因为——和外婆一样——外公也认为，如果小维相信了，她也许会努力成为一个出色的人。

但她不需要依靠凯伊丹诺夫斯基来激励自己。她的外公就是一个了不起的人。她只要知道这一点就够了。

她想驾驶机甲猎人。她想成为重要的人。

她站在原地，沉思着，仿佛置身于暴风眼中。安德烈让手下不要寻找幸存者，而是抓紧在血液失去活性之前进行收集。在那颗心脏里、受到骨头舱室保护的东西，真的是怪兽血液吗？还是说那只是积雪化成的水，并且产生了毒性呢？

她不知道，也不在乎。但她注意到了安德烈办公室的门是半开着的。

她甚至没有想过要偷溜进去，现在没有人注意到她，她大摇大摆走进去，经过他的桌子，两只手各抓了满满的卢布，再走出来。她把安娜带回她母亲处，给了她一百卢布，让她尽可能离开城里。

老师开了门，看起来疲倦不堪，很难受的样子。小维已经"砰砰"地敲了好几分钟门了。老师一看见她，便扬起了眉毛。他打量了她一会儿。

"这是我家。"他说。

"我不知道还能怎么办。"她说。

"下楼，"他说，"去道场。"

她走下楼梯，等老师打开道场的门。里面并不暖和，好在也不是很冷。

他静静地听她说完了整个故事，然后叹了口气。

"你想我怎么做？"他问道。

"我没有回那里去，安德烈肯定会知道是我偷的，"小维说，"就算他不知道，如果有别人看见我了，我也是死路一条，毫无疑问。我必须离开城里，还要带上外婆。但是我不知道去哪儿，或——或者怎么去。我这辈子只坐过一次火车。"

他点了点头，眼神放空了一两分钟。

"你拿了多少钱？"他问。

她把钱悉数递给他。

他的眼神变得锐利，"好，这够了。"他说

"由我去找你外婆，"他说，"以防安德烈找上门来。我应该怎么说？她怎么样才会跟我走？"

"告诉她怪兽知道了她的名字，知道她住的地方，还有它们来找她了。告诉她是小维让你帮忙的。"

小维心想，某种角度上看，这也不是撒谎。也许她外婆没有她表面上看起来的那么疯癫。

28

2024
黄海
中国
"少林游侠"

怪兽抓住他们受伤的胳膊，用力扭了起来。金属因扭转发出了震耳欲聋的响声。明皓的肩膀感受到一阵刀剜般的疼痛。"少林游侠"内部的电线电缆都扭结在一起，然后纷纷断裂。与此同时，怪兽还不断用尾巴攻击控制舱，视窗表面的裂痕越来越多，像一张巨大的蜘蛛网。

他们努力控制机甲，但是怪兽凶猛的攻击让他们精疲力竭。

就在这时，水中突然钻出了什么东西——然后怪兽就放开了他们，走了。

"希望你们不介意我们这些不速之客。"一个新的声音传来。明皓知道是魏氏三兄弟，但不知道具体是谁的声音。

"完全不介意，"苏尹说，"快坐下，喝杯茶吧。"

"暴风赤红"赶到了。

时机正好。"少林游侠"重新站稳，他们能清晰地看到上海的高楼大厦。他们还没有意识到，刚才的战斗把他们向海岸方向推进了多远。

"暴风赤红"是第四代机甲，属于现存机甲中装备、技术最先进的机甲猎人之一。它是唯一一架有三位驾驶员的机甲猎人——由三胞胎兄弟魏昌、魏金、魏虎驾驶。他们对陌生人总是比较戒备、冷漠，三人间也存在激烈的竞争。

但他们是出色的机甲猎人驾驶员。

"暴风赤红"是为魏氏三兄弟量身打造的，以便他们更好地发挥出他们的能力。它有三只手臂，现在都在空中挥舞着。他们使出一招回旋刀刃——就是巨大的旋转锯片——摆出了雷云阵。怪兽"豁达"潜入大海，好像是为了躲避攻击。又突然从水中冒出来，所有爪子都在朝机甲猎人挥舞着。"暴风"的回旋刀刃劈在怪兽背部的硬甲上，刀刃处产生刺眼的火光，然后被弹开了。

　　这是明皓第一次清晰地看到浮出水面的怪兽——它比想象中的更浑圆、厚重，更接近立体的圆柱形，而不是一个平面。

　　"不对，"苏尹知道明皓在想什么，"它在变化，像个气球一样膨胀着。"

　　怪兽伸出两只触手般的长臂，试图抓住"暴风"。但是就在电光石火之间，"暴风"的三个手掌已经旋转起来，它的回旋刀刃切开了怪兽的硬甲和骨头，然后它的一只手臂翻滚着坠入了海中。

　　"为什么它会膨胀？"明皓感到困惑，"是为了更好地在海上战斗？如果是这样，这办法一点儿用都没有。"

　　任何猜测都只能让时间来证实了。此时，"暴风"用膝盖撞击"豁达"的下方，随后怪兽向下猛撞机甲，用巨大的身躯将机甲撞倒。

　　"少林游侠"的左臂虽然没断，却已经动弹不得了。但是他们的右臂还是可以用的。

　　"流星链锤！"明皓对着右手臂下令。只见右手掌心缓缓伸出一个巨大钢球，连着一根钛合金铸成的长达一百五十英尺的重链。就在怪兽缓缓后退，准备冲刺再次撞击"暴风赤红"时，"游侠"高举右手，将钢球转了三圈后径直甩向"豁达"。正如明皓计划的那样，钢球越过了怪兽的头，又受到牵引回旋的力，带着锁链将怪兽的头紧紧绕了几圈。"游侠"先让自己站稳，然后把手抬了起来。

　　钛锁链上锋利的刀片越收越紧，和怪兽肌肤摩擦发出了微小的声音。"豁达"挣扎着，身体开始收缩，直到其硬甲上出现了一道道蓝色的条纹。它像鱼钩上的鱼一样前后扑腾着，试图把"游侠"拉近一点儿，然而"游侠"一边靠近它，一边收缩锁链，不让锁链松脱。

　　"暴风赤红"也从海里重新站了起来，再次摆出雷云阵，开始充电。

　　"豁达"突然跳到空中，把"少林游侠"也连带拉了起来。怪兽朝锁链的反方向旋转，在空中解除了束缚，然后落回水中，掀起的海浪让两架机甲猎人都往后退了几步。

　　流星链锤没有了阻碍，开始收缩。

　　"暴风赤红"左右搜寻着怪兽的身影。

　　"在那儿。"苏尹指向海岸，"豁达"在水中只露出了后背。在两架机甲猎人的夹击下，它似乎想逃跑了。

　　"暴风"大步流星地追上去，陆地越来越浅，它也渐渐露出自己的身体。"游侠"的速度虽然比不上"暴风"，也努力紧随其后。水只比机甲猎人的膝盖高一点儿了，这时，"暴风"从水中一跃而出，双腿的火箭推动器发射出火光。它的姿态如此优雅，不禁让明皓联想到舞者。它在怪兽身后着陆了，用右侧两只经过特殊设计、专门用于捕捉怪兽的手紧紧抓住怪兽，然后用第三只更巨大、更重的拳头给了怪兽一记痛击。

　　"少林游侠"还在追赶，但是似乎在他们到达之前，战斗就可以结束了。海床上升形成了一个浅滩。海水现在只有膝盖高了。

　　"豁达"的状况看起来很不好。它身上多处流血，长长的身躯有点儿臃肿和走形，身体内部似乎也在大出血。它的腹部被"暴风赤红"猛烈的拳头击裂，已经移位了。"暴风"从水里抓起怪兽，将它举过头顶，猛力投掷出去，抛到"少林游侠"前方的海岸上。浅浅的水并没有为怪兽起到缓冲作用。怪兽摔倒在地，躯体与地面碰撞发出巨大的嘎扎声，然后它又挣扎着站了起来。

　　"游侠"再次使出流星链锤，在怪兽爬起之际，用重锤直接砸向它的头。怪兽又重重倒地了。明皓和苏尹发出了欣喜的欢呼声，开始走向它。

　　海水太浅了，"豁达"无法完全潜入水中。它的水力推动器也多少失去了作用，所以它选择用剩下的前肢爬行。明皓一开始就很好奇，该怪兽是完全的水生怪兽，它怎么会攻击上海呢？从总体上看，怪兽们越来越强，也越来越适应机甲猎人和其他人类科技。

　　可是这一头更像是一个失败之作。

　　它躺在地上，痛苦地翻滚着，也许是死期将至了。"暴风"走上前，准备了结它的性命。

在"暴风"靠近之前，"豁达"的身体裂开了，蓝色的血液从伤口处漫了出来。

"这就对了，"某个魏氏兄弟说，"就这样死掉吧。否则你会更痛苦的。"

明皓放松了下来，他侧过头看着苏尹，感觉到她也放松了。他缓缓地吸气、呼气。

但是有什么东西从怪兽体内出现，随着怪兽的血液和胆汁一起滑了出来，在空气中现出了原形，就像蝉脱去壳、蝶挣开茧一样——但是它的速度快得多。

在两架机甲猎人做出反应之前，三对翅膀在空中展开了。若在其他场合，明皓可能会觉得这些翅膀还挺好看的。它们是透明的，有着淡蓝色条纹，看起来很像蜻蛉目昆虫[1]的翅膀。八只长长的、带有爪子的腿支撑着它从褪去的皮肤中站起来。最后一双腿尤其巨大，就像蚱蜢用来跳跃的腿一样。而现在，凭借这双腿，它往前大幅度跳跃，正面击中"暴风赤红"。

"少林游侠"还在收缩它的流星链锤，但是它也向前跑着，前去援助"暴风"。"豁达"看见了他们的行动，遂飞到空中，翅膀扇起的风在水面上掀起波浪，然后它向机甲猎人俯冲而去。"游侠"举起手臂抵御攻击。即便如此，明皓还是看见了机甲的手臂被怪兽那六爪的脚抓住了，其中的两个爪子是相对的。

史上第一只会飞行的怪兽。他们何其有幸。

"豁达"抓住了"游侠"那只运行良好的手臂。他们试图挣脱开，但那双翅膀的力量超乎寻常。"少林游侠"觉得自己要被拉起来了。一开始，他们庞大身躯的重量还能勉强让他们留在原地，不一会儿，机甲的一只脚离开了海床，很快另一只脚也悬空了。

然后，让人无法置信的事情发生了，他们飞起来了。他们看见"暴风赤红"极速朝他们赶来，但为时已晚。很快，他们就飞得很远了。

"把它射下来，"苏尹大喊，"'暴风'，用你们的等离子加农炮！"

---

[1] 包括蜻蜓和豆娘。——译者注

"这样可能会击中你们的！""暴风赤红"回应道，"你们攻击它，给我们腾个地方。"

"豁达"抓住了"游侠"唯一一只功能完好的手臂，所以"游侠"要攻击或抓住怪兽是不可能的，所以他们尝试把自己往上甩然后踢它，但是他们的腰部没有那么灵活。

"我们可以舍弃手臂，"明皓说，"用爆炸螺栓。"

"'少林游侠'，"这是天童的声音，"要是摔下来了你们会有生命危险的。"

"如果像现在这样，也许能活。"苏尹说，"大海可以起缓冲作用。"

"你们所在的位置，海水只有五十英尺深。"

"我们必须让'暴风'进行准确射击。"苏尹说。

明皓和苏尹对视了。他们之间不需要言语。没有异议。

"正在启动螺栓。"苏尹说。

爆炸产生的震动很小，但是他们马上就开始自由落体了。

"我爱你。"他对妻子说。

"我也爱你。"她说。

他记得他们第一次见面的时候。两人都是二十岁。那是开学的第一天——她是转学生。每个人都觉得她说话的口音很好笑，因为她是云南人。他却只想把她抱在怀中，保护她不受其他人的欺负，但是他太害怕流言蜚语了。其他男孩儿说她的鼻子很大、四肢粗壮，说她不怎么好看。

但是在他眼里，她是最美的。

四天后，他终于鼓起勇气，在午餐时坐到她的旁边。她看着他，然后靠向他。

"是时候了。"她小声说。

明皓闭上了双眼。

29

2035
菲律宾海
菲律宾

金海在一个小盒子里醒来，也许是梦到自己在小盒子里醒来。他的意识似乎在身体内外飘忽着，仿佛在半梦半醒之间。他知道自己此刻应该崩溃、害怕，但是他觉得自己的情绪仿佛被一张巨大的、毛茸茸的毯子包裹着。周围不黑：盒子的四面墙散发着柔和的光。

他已经没有了时间的概念。他睡着了。再次醒来时，盒子是开着的，有人把他拉出了盒子。他发现自己的视野非常模糊，什么也看不清。他看见的眼前的那张脸只是一个模糊的椭圆，眼睛和嘴巴的部分是三团黑色。他时不时能听见有人说话，但那既不是英语，也不是普通话。

终于，他的视野变得清晰了。逐渐能看清周围的事物，他看见有人稍稍背对着他坐着。在她——他看见那个坐着的人是个女人——面前，是一个全景显示屏。他看到她在移动一些图像。

然后他开始关心起自己的状况来。他坐在椅子上——好吧，不仅是坐着，而且是被人用细细的塑料绳捆在了椅子上。他似乎也不在蒙屿兰破碎穹顶内，至少这个地方他没有来过。这个房间的形状很奇怪，有一面墙是弯曲的，而且被涂成了让人看着不舒服的浅绿色。

他转过头，看见了小维，她也被绳子绑着。金海感到肋骨一阵刺痛。

"啊，"他说，"这是什么鬼——"

那个女人听到他的声音，转过身来。

"啊，"她说，"你醒了，"她指着他说，"我希望你不会觉得太痛，你也知道我们必须要移除你的追踪器。我都不懂你怎么会有这样的东西。很奇特。"

"救命！"金海大吼。

"别喊了，"那个女人说，"如果叫喊有用，你觉得我还会让你说话吗？"

"你是谁？"小维问道。

"不重要。"她说，"你们俩。你们才重要。"

"你认识我们？"

"最近才认识的，"她说，"用你们来转移注意力实在是太方便了。"

"是你陷害我们？是你杀了布拉加？"

她的脸色有点儿阴沉，"我当然没想让布拉加死，"她说，"你要知道，那只是一个意外。不过他死了，他们就更加关注这件事了，所以还是对我有利，虽然这并不是我的目的。但是这种事情时不时就会发生，我们也只好向前看。"

"分散什么注意力？"金海问道，"为什么陷害我们？把我们带到这儿有什么目的？发生了什么？"

"当然是发生了必须发生的事情。"她说。

"等等，"小维说，"如果你的目的是把那场破坏栽赃到我们头上，为什么还要绑架我们？"

"现在，你们的嫌疑才是最大的。"她说，"你们又犯了一起谋杀案，还坐船逃离了破碎穹顶。等到发现真相的时候，没有人会在意是谁改写了机甲猎人的程序，是谁杀了一个无关紧要的技术人员。人们只会关心你们两个。"

"怎么，你也想杀我们？"金海问道。他挣扎着，发现那只是徒劳。

"在我做的所有事情中，我最想杀掉你们。"

"你有病。"金海说。

"我们都有病。"那个女人说，"我们一出生就是残缺的，就要走向死亡，如果这就是我们的终点，也没什么。但是，我们身边充斥着各种各样的谎言、胡言乱语和虚假的希望，最终我们只能用残缺的感官来与世界相处。我们看到美存在于各种错误的事情中，存在于转瞬即逝的事物中：阳光下的肥皂泡、风中摇曳的花朵，还有空中划过的流星。都是错觉。但是错觉之下也隐藏着真实。你可以在数字中找到真实。你觉得进行量子场研究和你相不相信自己拥有灵魂有关系吗？你什么都不是，金海。我也什么都不是。我们什么都不是。我们只是某种附加产物。但我们能成为真实的存在。通过它们。和它们战斗是我们最大的错误。和它们战斗让我失去了爱人，也失去了生命。我早就想死了——但是我醒悟了，我发现除了死，我还能做更多事情。我能把自己献给它们。把所有人都献给它们。把世界交给它们。我会修正我们的错误。"

金海觉得自己快吐了。她的话听起来那么诚恳，她自己对此深信不疑。他曾经在一列火车上，见过一个男人说自己的手指正在和自己说话。那个男人说话的态度如此坚定。他甚至为不同的手指配了音，让所有人都能听见。他为小拇指配的是男中音，真令人意外。他还把班卓琴圆形部分当成帽子戴在头上，他穿着拳击短裤，没穿长裤，穿着肥大的黄色靴子，还有一件老旧的印着 Quell 乐队的衣服。有这样的一整套搭配，金海能理解他的疯癫。

但是这个女人看起来不是疯子。她看起来很正常，只是一个穿着工作服的女人。

但那也许是因为他没有认真观察她。达斯汀曾告诉他，人们在看人的时候，一般只会看脸，这样下一次就能认出别人。你的神经元记忆会记住那张脸的突出特点，帮助你下一次认出某人。而他的神经元刚才一直在告诉他有什么事情非常不对劲儿。

现在，金海认真地观察着她。他凝视她的脸，不只是看她的表情——她的脸上流露着真诚和平静，她的双眼，就像两个石头里的洞，空空如也、深不见底。

金海努力克服恐慌，思考着。

"他们会找到我们的。"他绝望地说，"兰伯特和其他人。"

"他们可能会，"女人表示认同，"一切皆有可能，但是你的旅途就快到站了。"

"旅途？"金海说。

"当然了，"女人说，"我们离开蒙屿兰不止一天了，搭直升机走的，而你

195

就躺在货物舱里。这次飞行本就在我的行程中，没有人会注意到的。我只是一个受人尊敬的科学家，完成了自己的工作，飞回家而已。然后，没错，我们现在就在一艘船上。"

"我们去哪儿？"他问道。

女人微笑了，说："未来。"

然后她转身接着工作。

那个女人不跟他说话时，金海想安慰小维，告诉她会没事的，但是小维已经沉浸在自己的世界里了，有那么一瞬间，金海觉得自己仿佛孤身一人。过了一会儿，那个女人走了。随后，一个光头男人带着枪代替那个女人看守他们。他穿着一件无袖的上衣，也许是为了展示胳膊上花样繁多的怪兽刺青。

"你叫什么名字？"金海问那个男人。男人轻轻笑了。

"别想了。"男人说，"无论你说什么、做什么，我们的计划都已经定好了。如果你知道前方等待你们的是怎样的殊荣，你们会很高兴的。"

"那你怎么不跟我说说呢？"金海说，"我想现在就高兴高兴。"

但是他只是摇了摇头，给了金海一个同情的表情，继续站在角落。

"对不起，金海。"过了几分钟，小维说。

"嘿，"他说，"你终于神游回来了，真好。"

"不会维持太久的，我想。"她小声说道。

时间一分一秒过去，金海也不知道到底过了多久。又进来了几个男人，把他和小维的绳子解开了。小维一重获自由就立马活动筋骨，往一个男人的下巴揍了一拳。金海也想这么做，但是他没能打到别人——对方人太多了，而且他们很明显知道他们俩要做什么。很快，他们把小维也制伏了。然后金海和小维就被半拖着走到船里的过道中。

转了几个弯，走过几个竖直的阶梯后，金海来到了甲板上。

金海不太熟悉船。他想这可能是某种货船，长度也许有几百英尺。船像是二十世纪生产的，感觉受过攻击，看起来残败、破旧。

而他们周围——什么都没有。目力可及之处皆是苍茫的大海。天空万里无云，空气闷热。几只海鸟跟随着他们的船，时不时停靠在栏杆上。他想这也许意味着他们离陆地并不十分遥远。但是，他的自然地理知识也很有限。那个女人说他们搭乘直升机离开破碎穹顶，但没说他们飞了多远。船一天可以航行多远？

他回过神儿来，发现自己现在应该专注的，应该是在这甲板上即将发生什么，但他真的不想思考这个问题。

无论即将发生什么，似乎都与宗教有关。几个高高的香炉里冒着烟，一个类似圣坛的东西设立在船首。这个圣坛有点儿奇怪——金海花了几分钟才认出来那是一节脊椎骨，长约六七英尺，远大于正常人类的脊椎骨。

这些设施附近聚集了许多人，很多人都披着各种各样的袍子，他们身上的怪兽刺青似乎成了标志性特征。两个女人和一个男人站在圣坛后吟唱。人群时不时会加入进行和声。他们尖叫着唱歌，声音刺耳，让人毛骨悚然。

"这居然是《春之祭》。"金海大声地自言自语。

"什么？"那个女人说。

"《春之祭》。"他说，"这是一首芭蕾舞曲，由俄罗斯作曲家——"

"我知道斯特拉文斯基，"她说，"我只是不确定自己是不是听错了。很多人已经不喜欢这类音乐了。但是，没错，这里发生的事就像那首音乐里的故事一样，只是你不会被强迫跳舞至死。那实在太残忍了。"

30

2034
香港
中国
金海

在分手这件事上，金海总是显得比较懦弱。他不知道该如何开口告诉夏，说他想分手了。于是他开始不断找理由逃避和她见面。这轻而易举就能做到——他本来就很忙碌。他想，夏最后会主动提出分手的。这是最好的结局，因为这样一来，他就不必对此感到愧疚。

可是夏一直没提。但她对此也很不满。他们之间的联系渐少，相处得也越来越不愉快。

"我知道你想做什么，"一天晚上，夏说，"但我不会同意的。"

她开始亲吻他，有那么几个小时，金海在说服自己，说一切都会好的。他对夏说他爱她，还为自己的冷漠道歉。

但金海了解自己，他知道终有一天，他会说出"分手"两个字，无论这过程有多艰难、多令人肝肠寸断。

在前往蒙屿兰破碎穹顶的前几周，金海终于鼓起勇气和夏分手，但是夏并没有感到意外。

她只是很生气。

"我还在想你到底有没有这个胆子，"她说，"我猜你可能会悄悄地走，就这样和我断了联系。"

"对不起。"他说。

"你并没有真正感到抱歉，"她说，"至少现在还没有。但你以后会的。等你意识到和你同步的所谓的完美恋人不过如此时；等你意识到你现在推开的人本可以和你更亲近……"她哭了，但内心还是愤怒的。

"夏——"

"别说了，"她说，"我受够了。"

31

2035
菲律宾海
菲律宾

"说实话，我觉得这些形式都没什么意义，而且让人很疲累。"那个女人说。此刻，在他们脚下，信徒们正在为最终献祭准备着。"这些有点儿画蛇添足了。但是每个群体都需要自己的标志，而祭典就是我们标志的一部分。"

在她说话的时候，金海伸长了脖子想与小维对视。小维的表情更多的是愤怒，而不是害怕，这也许是件好事。他希望自己也能说出类似的话，但是他很害怕。

他想威胁一下这个女人，稍微反抗一下，但是他的内心充满了绝望。这一切都太疯狂了，一点儿都不真实。

"你为什么要这么做？"他问道，"至少要告诉我这个吧？我是说，如果我马上就要没命了——"

"你的确马上就要死了，"她有点儿愤怒地说，这是金海第一次从她身上感受到真实的情绪，"我们都会死——今天，或是明天，或是再过几十年——什么时候死都一样，不是吗？怎么会有区别呢？但是你，你将得到升华。你的人生将会变得更有意义。"她停了下来，向下方唱着歌的人群挥挥手，"从某种意义上说。"

他叹了口气："你就是个疯子，对吧？"

"我以前是，"她纠正道，"在你这个年纪的时候，还有之后的好些年都是。在那之后的很长一段时间里，我都活在一个幽深、黑暗的洞里，我甚至想不起来自己那些年是怎么过的。但之后我醒悟过来，知道自己该干什么了。很快，我存在的意义就会变得完整。我，也会完整了。"

"杀了小维和我就是你人生的意义？"

这不是她说的最疯狂的话，但是金海想知道这在她的列表里能排第几。

"哦，"她说，"那也太傻了。不是的。你知道西式婚礼是怎么样的吗？"

"我参加过几次婚礼。"他说。

"一场婚礼往往会有两个小朋友，一男一女，女孩儿是花童，负责撒花瓣；男孩儿负责把戒指交给新婚夫妇。这场面非常可爱，大家都喜欢看。我是说，孩子对于一场婚礼来说并非不可或缺，甚至都不是必需品——婚姻本身才是最重要的。没有花童或递戒指的男童，婚姻也可以存在。"她笑了，拍了拍金海的肩膀，又拍了拍小维的肩膀。

"但是有这样一对小朋友在，还是挺好的。"

金海正准备说，他记不起来他参加过的婚礼了——那两个小孩儿会被杀害。

此时，一件奇怪的事情发生了，他也被吸引过去。

船前，波涛翻滚。但那海浪没有打翻他们的船，而是越升越高，里面似乎还透着闪闪金光。

怪兽，这是他唯一可以想到的东西。她居然做到了。她召唤了一只怪兽。

下面的那群人也知道了，都疯了一般。

然后海浪褪去，露出了里面的真面目。那可真是一个庞然大物。但那不是怪兽。

那些人开始大喊大叫起来，除了金海。

因为那是"复仇流浪者"。

机甲猎人朝他们走来，越来越近、越来越高，仿佛踏着水里的阶梯。

"你知道吗？"金海对那个女人说，"我看这场婚礼该叫停了。"

他们意识到莫拉莱斯是杀害索克的凶手，也是破坏"狂战士克罗诺斯"的犯人后，后续的进展就很顺利了。他们发现，来接她——还有她的设备的——是她的雇主吉尔诺西斯派出的公司直升机。他们核对了直升机的飞行路线，发现那架直升机并没有按计划路线抵达目的地，他们于是找到卫星数据，发现直升机开往东南方向，最终与菲律宾附近的一艘杂货船相会。

二十分钟后，兰伯特和伯克进入"复仇流浪者"的控制舱，由运输直升机拖着，跟随莫拉莱斯的轨迹前进。运输直升机在船附近绕了很大一圈儿，将机甲猎人放在了莫拉莱斯必经之路上的深海区域，然后机甲猎人就静静地等待船只进入攻击范围。之后，只要走上大陆架的斜坡，就能打他们个措手不及。

一切都进行得非常顺利，除了一件事：自从两位驾驶员建立了驾驶员间的联系后，就有什么事情不对劲儿。不是"流浪者"的问题，而是它的驾驶员。

是伯克。

要让两位驾驶员形同一人，他们的思想必须保持绝对一致，因此此时无法区分两人各自在想什么。这种情况无法保持绝对稳定——这也是驾驶员在连接断开之前只能驾驶机甲猎人一段时间的原因。但这一次——情况很棘手。不知为何，伯克很抗拒兰伯特。伯克没有完全投入，甚至没有一点儿想投入的意思。

他在隐瞒着什么。伯克知道兰伯特发现了他在隐瞒事情，这样一来，他们的同步程度就会很低，这种情况很危险——可能会导致故障。事出反常。他们爬上斜坡时机甲已经无法稳步前行了。

是多么糟糕的事情，让伯克要隐瞒起来呢？除非他和莫拉莱斯其实是狼狈为奸……

别往这方面想。

因为如果他这么想，而他又是对的，那么伯克就会知道他起了疑心

"伯克，"在船前亮相时，他说道，"专心连接。"

"是啦，是啦，队长。"伯克说道。

兰伯特不去理会他的调侃。他用一种愉悦的心情看着那艘船甲板上的那些人，他们舍弃了原本要进行的各种怪兽崇拜祭典，慌不择路地作鸟兽散。然后，那些人不得不用手枪来试图阻止机甲猎人，但是这样成功的概率就像蚊子攻击大象一样。

不是不可能——只是概率微乎其微。

"流浪者"身体前倾。

"有重型武器的痕迹吗？"兰伯特问。

"那里可能有一枚火箭发射器。"伯克说，"就在那儿。"

全景显示屏马上集中并放大了一台大型装置，船上的人刚把装置上的防水布掀开。

"没错，那就是一台火箭发射器，"兰伯特说，"开启引力吊索。"

"引力吊索启动。"伯克说。

"复仇流浪者"不仅是"危险流浪者"的升级版，它的很多设备是第三、第四代机甲做梦都无法拥有的。其中最先进的一项武器就是"流浪者"的右手在听到命令后马上变形形成的引力吊索。"流浪者"刚完成变形，第一枚导弹就发射了。

引力光束发射的一瞬，"流浪者"的引力吊索和火箭发射器之间的空气泛起了涟漪般的颤动，仿佛一阵汹涌的热浪。"流浪者"把飞行的导弹、发射器都抓在手心里，然后——"流浪者"挥动手臂，正如该武器的名字"吊索"一样，手臂在空中划出一道弧线——将手中的东西抛入大海。就在它们即将飞出视野之外时，火箭爆炸了，炸成一团眩目、灼眼的蓝绿色火光，冲击波甚至影响到了机甲猎人的系统。

"那是什么鬼东西？"伯克大喊着。

"好在它没有击中我们。"兰伯特回道。

没时间和他们胡闹了。还不知道这些疯子想干什么呢。

看到火箭发射器被抛到空中，金海大声欢呼起来。然后一阵巨大爆炸的火光遮蔽了整片天空。他看着火箭发射器被炸得四分五裂，惊呆了，然后才意识到，这是他逃跑的最佳时机。然而他已经错过了。这些怪兽崇拜者现在又牢牢地盯着他看。

那个女人看向负责看守金海和小维的男人，把其中一个叫了过去。

"你，"她说，"让船长摧毁导航和其他船用电脑。所有设备。不只是抹除数据，是完全摧毁它们。用炸弹。我们不能泄露目的地。还有，让他们不要向外界发送消息。我们的兄弟姐妹们接收不到消息就会知道怎么应对了。明白吗？"

"是，姐妹。"那个人说。

"剩下的人，把他们俩拖到前面去。"她说，"一定要让机甲猎人看见他们。有他们俩在船上，他们不会毁了这艘船的。"

那个男人开始推金海。

"流浪者"抓住了船头。

船突然停了下来，所有人都脚底抹油地跑了。

金海也想跟其他人一样跑，不过现在没有人抓着他了，所以他跳到甲板上，在地上滚了一圈儿，跳起来，向下跑回船里。小维就在他前面，来抓金海的人伸出手要抓小维，她跳跃着躲避。金海突然停了下来，感觉身体向下一沉，仿佛重力把他往下拉扯着，他还感受到了一阵风。他向后瞄了一眼，原来"流浪者"正把船托起，完全离开了水面。他还看到一个怪兽信徒冲着他跑过来，是一个红头发的家伙，马上就要追上来了。

他的直觉告诉他要后退，拉开距离，然后找对方的破绽，但是大脑中残留的部分小维的意识却不是这么说的。他站近了一点儿，双脚站稳，左手出拳击中那个男人的肾脏部位，马上又右手一拳打在他的腋下，紧接着用左手肘给了对手的脸颊一记肘击。

那个男人像个沙包一样沉入海底。金海往船的上层爬时，响起了刺耳的警报。船只再次摇晃起来，船体倾斜得厉害，但是金海把自己抵着舱壁，没有掉下去。他飞快地回头看了一眼，没有抓捕他的人。其他看守者肯定忙着逃命去了。

"小维！"他大喊一声，找不到她——她跑得太快了。虽然船的底层现在已经没有人了，但警报声还是大得把所有声音都盖住了。

他一转身，发现自己和一个之前看守他的光头文身大汉正面对着面。

在金海反应过来之前，有什么东西击中了他的肚子，然后他感觉到一股电流流经全身。他踉跄地后退，努力站稳，但是没用。他摔倒了。那个男人再

次用泰瑟枪 [1] 攻击他。他感觉自己的肌肉和骨架已经分离了，但他还是努力保持清醒。在极度痛苦之中，他猜测小维就在前面的房间里，再上几级台阶就到了。这时，那个男人踢了他的头，金海倒在地上，背靠舱壁。

"一切都结束了，"金海挣扎着说出这句话，"外面的是'复仇流浪者'。你们都完了。"

"不，"那个男人说，"一切都没变。'海洋天使'的血液会净化整个地球。没有什么能阻止它。"

"你们这群疯子。"

"你看，炸弹不在船上，"男人说着，踢了他胸部一脚，"他们不会及时找到它的。他们也找不到你。"他转身朝小维的方向走去，一边挥舞着手中的泰瑟枪。

别逞能，他的身体在警告他。你不是英雄。不像爸妈那样。

但是这不是英不英雄的问题。他一定不能让这个男人找到小维。

所以，他顽强地扶着墙站了起来。

"嘿，混蛋。"他嘟囔着。

光头大汉已经走了几步，现在回过头来看着他。

"蠢货。"大汉说着，又举起泰瑟枪朝他刺去。

金海防御了。或者说他试图防御了，但还是没用。光头大汉把他的手打到一边。他全身颤抖起来，又一次感受到电压的刺痛穿透身体。这一次，他还闻到了什么东西烧焦的味道，然后他狠狠地咬了一下自己的舌头。他的眼睛渐渐睁不开了，但就在他彻底昏迷之前，他看到那个男人身后有什么东西，看起来像一位天使。天使的眼里满是怒火，把椅子高举过大汉头顶。

森真子的直升机降落在"战争恶魔之神"号的甲板上，这上面正在进行的血腥勾当她看得真切了。"复仇流浪者"把船带到了附近的卡巴尼岛，那里已经有一支菲律宾海军维和部队在等候着。

---

[1] 一种电击枪。——译者注

四分之三的船员在刚才的战斗中死亡了，剩下的人都受伤了。负责此次任务的海军将军——费尔南·奥坎伯——在森真子登陆时前来迎接。她在别的场合见过这位将军，记得他是一位爱笑的人。可是现在，他却皱着眉头。

"秘书长，"他说，"我不建议你上船。"

"反抗者都被制伏了，你们也清除了炸弹，不是吗？"

"我们可能漏了什么东西。"

"不会的，"她说，"时间就是生命，将军。"她扫了一眼战斗的惨况：整个甲板上都是医疗小组的人，另一个分队正把那些不再需要救助的人转移到部队的海军运输船上。

"你的士兵战斗得很勇猛，打得漂亮。"她说。

"怪兽给菲律宾国民带来的损失太惨重了，"奥坎伯说，"'混沌'（Hundun）、'逆袭'（Gyakushu）、'妖魂'这些怪兽。我们好像受了诅咒似的。我小的时候，马尼拉还是一座正蓬勃发展的城市……"他叹了口气，"怪兽无法为它们犯下的罪行赎罪。今天这些人不得不死，我感到很遗憾，但他们是怪兽信徒，我对他们没有丝毫怜悯之情。我的士兵们——他们问心无愧。"

森真子想起过去自己的复仇。这种心情曾一度支配着她，至少她自己是这么认为的。她身边其实不乏其他情感元素——爱、尊重、光荣。但她从不珍惜，直到她意识到复仇是一种多么空洞和残缺的情绪。

"我的学员怎么样了，将军？"她问道，"我听说他们还活着？"

"他们没事，"他说，"受了点儿皮外伤，不严重。"

"莫拉莱斯博士呢？"戈特利布急切地问道。

"她还活着。"奥坎伯说，"他们炸掉了整个导航系统和所有电脑。没有一个幸存者肯说出他们的目的地，或目的。我怀疑除了莫拉莱斯外，其他人对此一无所知。船长和其他员工都死了。"

"我想和莫拉莱斯博士谈话。"森真子说。

"我们在她办公室找到了她。"将军说，"她当时正在破坏自己的电脑和文件。我们将她当场制服了。"

"如果我的学员们没事，把他们也带去莫拉莱斯的办公室吧。"森真子说。

一名海军士兵保护她和戈特利布来到船上莫拉莱斯的办公室。那个女科学家看到他们走进来了，神色镇定自若。

"莫拉莱斯博士，"森真子说，"我想知道你到底想做什么。"

"不做什么，秘书长，你已经看到了。"她说着，举起自己戴着手铐的手。

"我的天哪，伊莎贝尔。"戈特利布爆发了，"你到底在做什么？你怎么会和那些怪兽极端分子混在一起？你知道'战争恶魔之神'犯下过什么样的罪行吗？"

"我知道，赫尔曼，"她说，"我非常清楚他们干了什么。我也参与了其中几件事。把你也卷进来了，对不起，老朋友，但是我没办法。"

"我真的搞不懂，"戈特利布说，"你的头脑是这世间少有的——"

"既然如此，赫尔曼，你应该相信我做的事情都是为了寻求最好的结果。"

"你到底做了什么事？"他追问道。

"你很快就会知道了，"她说，"真可惜我无法亲眼见证。"

"你什么意思？见证什么？"赫尔曼用手托住下巴，朝别的地方张望了一会儿，又转过头面向她。

"你为什么无法亲眼见证？"

"我们把它从虫洞裂缝里召唤出来了，"她说，"为了不遭到严刑逼供，我已经采取了一些措施。"

"你服毒了。"森真子说，"是和索克一样的毒药吗？"

"索克真可怜。"她说，"他的信仰不纯洁。他听说了我们执行任务的全计划后就退缩了。我别无选择，只能杀了他。"她轻轻笑了。

森真子听到身后有声音，回头看见是小维和金海，他们俩按照她的吩咐过来了。

"学员。"她说。

金海深深地鞠了一躬，"秘书长……"他刚开口。

"还有炸弹！"小维心急如焚，脱口而出。

所有人都看着小维，但是森真子却盯着莫拉莱斯。有那么一瞬间，莫拉莱斯脸上的平静消失了，取而代之的是一副奇怪的、愤怒的面孔。这种表情森真子永远不会忘记。

"继续说，学员。"森真子说。

"有一个男的——他把炸弹叫作'海洋天使'之血。那是一个炸弹，但不在船上。"

"莫拉莱斯？"

"您不是我们的劫难，"莫拉莱斯低声说着，她的视线穿越人群，凝视着远方，"您是我们的救世主。在您辽阔无边的身影前，我们向您下跪，在敬畏和崇拜中高举双手。让大天使的血液洗刷人类的罪孽，让我们在新的世界中开启新生活。"

她一直说着，但是声音越来越低沉。

"告诉我们这个炸弹的事。"森真子追问她。

她只摇摇头，"我什么都不会说的。"她说。

"伊莎贝尔，"戈特利布说，"我求求你。帮我们停下你正在进行的一切计划吧。告诉我们。"

她又摇摇头。森真子看到一滴血泪从她的眼角流出。她说话的时候，血已经滑到她的脸颊。她的话语变得断断续续，而且难以理解。

"我们已经……没有时间……了，赫尔曼。我……接受了它，就像我……接受死亡一样。我……终于……能面对……肖恩的死了。"

"伊莎贝尔，"戈特利布的声音颤抖着，"你选择了这样面对肖恩的死，我很遗憾。真的很遗憾。"

32

2034
海参崴
俄罗斯
小维

　　这是小维从南萨哈林斯克乘飞机过来的第五年。此刻，她正站在仓库的屋顶上，凝视着金角湾对岸的海参崴破碎穹顶，心悬到了胸口。尽管 PPDC 允许民众参观极少数设施，但她还没有进入过穹顶，因此这是她目前距离她父母受训、出战的地方最近的时刻了。她曾发誓，若有一天进入穹顶，一定要以驾驶员的身份，或者至少也是实习驾驶员的身份。

　　但现在，她觉得自己也许一辈子都无法看见海参崴穹顶，或其他任何穹顶内部的模样了。

　　她不是没有试过。在库页岛的最后一晚彻底改变了她的生活。她坐在道场里，等老师把外婆带过来。有一瞬间，她对未来的认识是很清晰的。直到她意识到一件事：萨莎和阿列克西斯该多么愧疚，若她们知道了她一路是如何走来的——受尽欺凌，一文不值，无法再承受哪怕一丁点儿外力的打击。萨莎和阿列克西斯过去的日子都很艰辛，尤其是萨莎。他们俩是在监狱里认识的。但他们是有史以来最优秀的一对驾驶员。他们是在战场上牺牲的，而不是两具对这个世界而言轻如鸿毛的尸体。他们也许没有尽过父母的职责，但她对他们有着无尽的崇拜。不是因为他们出身特别，也不是因为他们成了特别的人，而是因为他们让她相信自己也可以像他们一样成功。

她常常会想到那个晚上。老师在霍尔姆斯克有几个熟人，他买通了几个人，让他们能跨过大陆前往铁路渡轮。从那里，他们搭火车前往海参崴，老师的姐姐伊芙吉尼亚就住在那儿，她帮外婆申请了残疾人津贴，还帮小维在船坞找了份清洁船只、码头设备，并给它们上漆的工作。严格说来，小维还不到工作的年纪，但是监管部门似乎不怎么管年龄的问题——她的许多工友年纪也大不到哪儿去。她的工作性质有点儿像在怪兽体内挖东西——孩子们可以钻进大人进不去的地方，还能像猴子一样在梯子上爬来爬去。有的人会抱怨工作，但是对小维来说，这就是真正的工作，她的父母会为她感到骄傲的。此外，她离破碎穹顶很近，这也算是一个福利。她十五岁就会用潜水装备，这样可以在水下更有效率地工作。她喜欢潜水服。她把穿潜水服当作是为日后穿驾驶服做准备。

她在周末、暑假，有时放学后，也会工作，在学校里她很认真地学习。她虽然不喜欢英语的发音，但还是努力学英语，因为它比俄语或韩语在国际上更通用。她找了一个教西斯特玛 [1] 的教练，西斯特玛注重匕首战、徒手格斗和轻武器战斗。她基本上每天上学前都要跑七千米。

"你没有通过，是吗？"

她没注意到柯亚走过来。柯亚盘着腿坐在她旁边，她没有看他，只递给他一封回绝函。

"信上说为什么了吗？"他问。

"没有，"她说，"他们不会告诉你为什么的。他们大概是想让我自己找出原因吧。"

"你可以再试一试。"

"我可以，"她说，"我会的。"

"真是的，"他说，"你怎么哭了？"

"风进眼睛了。"她说。

"这才对嘛，"他说，"你那么坚强，不会哭的。我都忘了。"

"你想让我把你从屋顶上推下去吗？"

---

[1] 一种俄罗斯军警格斗术。——译者注

"不是的。你看起来好像很失落。我知道你为这件事付出了很多努力。我知道它对你很重要。我想你现在可能需要一个朋友。"

"谢谢，"她说，"你真好。我是挺失望的，但我一般不会跟别人发泄情绪。"

"你需要我离开吗？"

她摇摇头："不用。"

"不如，我去买瓶伏特加？"

"你知道我不喝酒的。"她说。

人人都喝酒，通常小孩儿十岁的时候就和父母一起喝酒了。到十六岁，你就能合法购酒了。不过小维从来没试过，可能是因为外婆时不时就喝得烂醉吧。

"好吧，"他说，"那就喝苏打水，我再买点儿吃的。我们可以去野餐——我请客。"

"听起来不错。"小维说。

她于是和柯亚买了一些饮料、酥饼和甜点，坐在明尼戈罗多克公园绿茵茵的草地上，享受了一顿野餐。

她搬到南萨哈林斯克不久就遇见了柯亚。他一开始挺讨人嫌的，好像总是听不懂她想一个人待着的暗示。不过后来她也习惯了他在身边，偶尔还因为他说的傻话发笑。

可是，当他突然俯身吻小维的时候，小维还是震惊得无以复加。

如果她不是惊得呆住了，那个吻一定不会超过一秒钟。可是小维呆了两三秒才反应过来。然后她一把推开柯亚，他在草地上打了几个滚儿。

"你在干什么？"小维生气地说。

柯亚咳了咳，用手摸了摸自己的胸膛，好像担心某个器官受损了。

"对不起！"他说，"听我解释，我不知道，我以为……"他低下了头，然后又慢慢抬起头来，凝视着小维。

"我爱上你了，小维。"他说，"我一定要告诉你。"

"不！"她大喊着，"不，我不听。我什么都不知道。"

"你真的对我一点儿感觉都没有吗？"

"我们是朋友,柯亚。"她说,"至少我觉得是。是我为数不多的朋友。我以为我可以信任你。"

"你可以信任我。"他说。

"我不是这样的人。"她说,"什么接吻、拥抱、亲热。我没时间做这些事,我做不到。"

"对,"他说,"在你的生命里,除了怪兽或机甲猎人,别的事情都不重要,对吗?你是在等你的同步搭档吗?我看是机会渺茫了。你已经被淘汰了。也许你该准备一个B计划。"

她盯着他看了好一会儿,然后站起来。

"我没有B计划,因为我一定会成功的,"她说,"我以前已经做过太多后备计划了。我会再次参加测试,这一次我会通过的。没有B计划。但是关于你,我的确是有别的想法。"她说,"再见,柯亚。"

她转身离去,心里却觉得舒服多了。柯亚虽然不是故意的,但却做了她现在最需要别人为她做的事——说她是失败者,是半途而废的人。而她偏偏两者都不是。她当然会再试一次。毫无疑问。她已经经历了太多。任何持反对意见的人对她而言都是拖累。

33

2035
菲律宾海
菲律宾

在"流浪者"上方，兰伯特和伯克一人坐在一个舱门前，俯瞰着下面的船只、海洋和岛屿。

"景色不错。"伯克说。

"对呀。"兰伯特说。

兰伯特一直在纠结要怎么开口，但是他发现，在犹豫不决的时候，开门见山是最好的办法。

"伯克，你什么时候才打算告诉我刚才在里面是怎么回事？如果这是一场很严肃的战斗……"

"但它不是，对吧？这只是一次执法行动而已。他们根本就不需要我们。几架直升机、两艘炮船就能把船截停，然后控制他们了。"

"那样的话我们的士兵死伤人数会更多，"兰伯特说，"那些导弹——"

"我知道了，知道了。"伯克说，"我现在遇到了点儿事情。私事。在适当的时候我会告诉你的。"

"好。"兰伯特说。但脑海里的想法挥之不去。停在他们下方的船为一个与"战争恶魔之神"有关的商人所有。索克和莫拉莱斯不是单独行动的。也许他们并不是穹顶中仅有的怪兽信徒。

如果伯克也是他们的一分子，破坏所有的东西只是为了掩盖他的行踪，又该怎么办呢？

但兰伯特之前也进入过伯克的脑子。他们同步状态一般都不错。如果伯克是"战争恶魔之神"的间谍，兰伯特应该早就发现了，不是吗？

森真子的声音突然传来。

"你们有新任务了。"她说。

"我们不回蒙屿兰？"

"不回，原地待命，直到任务控制中心发布新命令。我会就目前掌握的情况发一份简报给你。这件事还没结束，在别的地方还有很危险的东西。我们暂时还不知道具体地点，但是根据船只行进的方向判断，'流浪者'很有可能是距离那里最近的机甲猎人。"

"收到，"他回复道，"小维和金海怎么样了？"

"精神还不太稳定，但他们会没事的。"

"那就好。还有，您能帮我个忙吗？"

直升机将金海和小维送回破碎穹顶，金海看着脚下灰色的大海。森真子还在询问小维关于炸弹的事。

"他说了很多，"小维说，"关于黑暗天使之血什么的。"

"他还说炸弹不在船上？"

"对，不在船上。这一点我很肯定。他说他们要去迎接它。炸弹爆炸的时候他们会在现场，作为第一批在狂喜中死去的人。"

"那么他们有可能计划亲自引爆炸弹。"戈特利布说，"这样的话，我们也许还有时间能找出它的位置。"

"第一批死的人。"森真子重复着小维的话，"根据这个男人的话——还有莫拉莱斯的话——他们相信这枚炸弹会毁灭世界，至少从目前掌握的状况来看是这样。他们会不会计划打开一个新的虫洞裂缝？戈特利布博士，我知道她给你的数据是伪造的，但是她有可能真的调查过那些深海海沟。"

"对，"他说，"她当然可能调查过。那就是吉尔诺西斯进行的主要工作。但我不知道什么样的炸弹才能炸开虫洞裂缝。"

"他说，这枚炸弹会让整个世界准备好迎接它们的到来，"小维说，"迎接怪兽的到来。"

"大气层，"戈特利布轻声说，"气候。现在的气候不适合怪兽。虽然比以前更适合了，但还不是最佳气候。"他似乎越来越兴奋了。

"纽顿的数据。莫拉莱斯做的所有事情——用'狂战士克罗诺斯'分散我们的注意力，伪造证据指向学员——都是为了看到纽顿的数据。里面一定有答案。我要立刻重新检查一遍。"

"金海，"森真子说，"你还有什么要补充的吗？莫拉莱斯有没有泄露什么信息？"

金海认真想了想，觉得肚子里空空如也。

"有一件事，"他说，"她把所有即将发生的事——就是炸弹爆炸，我猜——比作一场婚礼。她说，呃，我就是那个递戒指的男童，小维就是花童。但她又说我们不是这场婚礼的必需品，没有我们也能进行。可是从她说话的语气，我能感觉出来，她似乎觉得自己，或船上的其他所有人，都不是必需品。我想她似乎认定了这件事一定会发生，无论中途会有什么意外。"

森真子紧紧地抿着嘴唇。

"既然这样，"她说，"那就希望她是错的吧。现在，你们俩听好了。我们回到破碎穹顶时，肯定会有很多人问很多问题。但是，在这件事完全解决之前，在所有调查结束之前，你们不能透露任何机密信息。我必须强调，你们不能提到'战争恶魔之神'和与怪兽信徒相关的内容，或者是目前我们面对的危机。你们不用撒谎——直接告诉那些问你们的人，说你们收到命令不能谈论此事就好。我们已经告知其他学员，你们是被陷害的。我想现在穹顶里所有人都知道'复仇流浪者'被派遣出去了，所以你们可以说这一点，但是其余的一律保密。明白了吗？"

金海和小维表示他们知道了，不一会儿他们就看到了破碎穹顶。

34

2035
蒙屿兰破碎穹顶
中国

戈特利布解析了纽顿的旧数据，想知道莫拉莱斯到底在找什么。很明显那与炸弹有关。从他们得到的一点点信息中可以知道，炸弹还与怪兽血液有关，所以戈特利布集中精力看那些与血液的化学成分分析有关的数据。

问题是，怪兽血液本身不会爆炸。它有毒害、有腐蚀性，成分极其复杂，但就是不会爆炸——至少在面对如加热、通电、猛烈加速、压缩等常见引爆方式时，不会爆炸。

那么，它会不会是让其他东西爆炸。像催化剂一样？

戈特利布开始了新的搜索，这一次他重点关注怪兽血液的作用。找到的数据不少。怪兽血液能让水发黑，或在怪兽与机甲猎人大战后漫到陆地上来。化学工厂、石油精炼厂、液化天然气都接二连三地与怪兽血液接触。怪兽血液会把能引发爆炸的东西混合在一起——比如说通过腐蚀它们的容器——但是没有疑似的案例能证明怪兽血液和化学物质的直接接触就是引发爆炸的元凶。他正打算换一种思路时，突然注意到了纽顿标记出来的一个案例。上海的一家微电子芯片厂在机甲猎人与怪兽"豁达"的战争后爆炸了。它没有受到怪兽的直接攻击，事实上，它是大战后的第二天才爆炸的。

纽顿也在这儿做了笔记。

"豁达"血流如注。

的确——"豁达"当时被打飞了起来，然后在空中炸得四分五裂。上海经济区因此深受怪兽毒害，不再适合人类居住。

那个工厂里有什么东西会与怪兽血液起反应呢？

他站起身，走向工具箱，盖斯勒总是把一些没什么用的东西往那里面扔。他翻找了一会儿，找到一块带有电子芯片的板子，于是用钳子把芯片夹了出来。他把芯片放进灭火筒中，盖好盖子，然后走向冷冻柜，取出一点儿怪兽血液。

回到实验桌，他用移液管吸取一点儿怪兽血液，从灭火筒盖子上的一个小开口滴进去。血液一离开移液管，他就马上后退几步。

他想着，纽顿一定会因为他做了一件心血来潮的傻事而感到自豪的。

血液滴到了芯片表面，有那么一会儿，什么都没发生。

下一秒，他的眼前只见一片白茫茫的光。戈特利布晃了晃头，想平息耳朵里的嗡鸣，又眨了眨眼睛，可是眼前依然有一块块斑点阻碍他的视线。

等到他醒过来的时候，安保人员已经到场了。

"戈特利布博士！"其中一个人喊道，"你没事吧？"

他的声音听起来缥缈不清，但是戈特利布还是点了点头。

那个容器是由合成聚合物制成的，和怪兽鳞甲成分相似。它能承受一百磅TNT炸药爆炸的威力。可是现在却被炸成了碎片，而那钛合金制的盖子也完全被炸飞了。

"情况太糟糕了。"他说。

他正打算向权将军报告此事，突然，他想起了一件事。他差点儿忘记这件事了。好在他的大脑又想了起来。他连忙跑到一台设备前，调出了怪兽观察台发给他的一系列图像，看到菲律宾海沟的那个蓝色圆点。

35

2035
菲律宾海
菲律宾

兰伯特躺在"流浪者"头顶上，闭着双眼，感受着温暖的日光，在快睡着的时候，他想到了朱尔斯。他知道这说出来不太合理——他只远远地看过她几眼，说过两次话，她身上还有薰衣草、机油和臭氧混合的味道。世上那么多女人——蒙屿兰破碎穹顶里的女性就不少。朱尔斯有什么特别的？

"她最特别的就是让你问出了这个问题。"伯克说。他穿着夏威夷风格的上衣和短裤，戴着墨镜，躺在另一个舱室入口处。

"啊？"兰伯特看向他。

"你听到我说的了。"伯克说。

"可是我没有说出来呀，"兰伯特说，"我只是在心里想着而已。"

"兄弟，我们是同步的搭档。"伯克说。

"可是我们现在没有同步。"

伯克抬起手，说："那我怎么会知道你在想什么？"兰伯特没说话，只是看着他。

"为什么你没有穿战服？"兰伯特问。

"试一下，"伯克说，"看看你能不能猜中我在想什么。"

"伯克，回答我的问题。你现在应该穿着战服。我们随时可能进入控制舱。"

伯克坐起来，叹了口气。

"错了。"伯克说着摘下眼镜，射出一道蓝光。兰伯特看见伯克的眼窝处有冷冷的蓝色火焰。

"我想的事情是现在应该是你的死期。"

兰伯特坐起来，倒吸了一口气。他身处"流浪者"顶部。伯克躺在舱室的另一个入口，穿着防弹服，正在坐起来。

一阵持续的振动吸引了兰伯特的注意。是他的通信器。"请讲。"兰伯特说。

是项。

"'流浪者'。"她说。

"是，"兰伯特回复道，"我们在。"

"我们即将向你们发送坐标。"

兰伯特看向伯克，伯克点了点头。

"你们找到炸弹了？"兰伯特问她。

"让戈特利布博士跟你解释吧。"她说。

话音未落，戈特利布博士就开口说话了。"你好，驾驶员，"他说，"从'恶魔之神'号的行进方向和怪兽观察台的数据来看，没错，我想我已经找到了炸弹的大致方位了，误差范围两公里。"

"那好像不是很准确。"兰伯特说道。

"雷达信号遭到屏蔽了，"戈特利布回答，"炸弹本身可能不大。怪兽观察台已经在处理了。我想等你们赶到那儿时我们就已经处理好了。"

"那就去拿下炸弹吧。"兰伯特说，"至少我们可以先动身。"

"它在一个岛上，你们的东南方向。很小的岛，大概一年没人住了。现在把坐标发送给你们。"

"坐标收到。"伯克说。

"好的，"兰伯特说，"我们现在出发，希望可以成功。"

"小心点儿，"项说，"那边离加拉太深渊很近，要是掉进去了，得好一会儿才爬得出来。"

"更别说还可能有其他'恶魔之神'的信徒在那附近。"戈特利布补充道。

"我们会安全的。"伯克说。

36

2018
鄂霍次克海
俄罗斯
"切尔诺阿尔法"

"切尔诺阿尔法"是最重的机甲猎人——这是它的设计特点。它的最初用途就是定点防守攻击，与怪兽拳对拳肉搏。

它不是速度型机甲猎人。

然而速度却是他们现在最需要的东西，他们把能源提炼速度和引擎性能都提到最大。

他们最初与怪兽"雷神"相遇的海域深度仅到机甲猎人膝盖部位，但是"雷神"向深海区移动，他们也追上去，很快水就到他们腰部了。他们的南边，是库页岛北面一道残破的海岸线。

他们很快就要到达指定的"奇迹线"了。

而"雷神"却占得上风。

"驾驶员们？"又是斯克里亚宾的声音，"如果你们向海岸线移动，就能到达非常浅的向北延伸的海滩。走那条路，你们也许可以拦截怪兽。"

"明白。"萨莎回复到。

他们稍微向南边调整方向。

果然，斯克里亚宾说得不错。很快，水只到他们的脚踝了。他们将速度提到最快，然后还继续提速。

"如果你们现在耗尽燃料，是无法抵达那里的。"斯克里亚宾劝告他们。

"我们不会耗尽燃料的，"萨莎说，"油井的民众都疏散了吗？"

"没有，"任务控制中心主管回复道，"时间不够。已经有快艇飞速去接应他们了，但我们已经事先发出了警告，让他们在战争结束之前与大海保持距离。"

"看来只能二者择其一了。"萨莎说。

潘特考斯特将军突然加入了对话。

"你们只有一种选择，'切尔诺阿尔法'。那就是胜利。"

"别担心，"萨莎说，"我们如果不获胜，绝不回去见您。这一点您可以放心。"

太阳升起了。一望无际的灰色海面上升起了一圈儿耀眼的橙色光芒；海里的黄色、橙色珊瑚礁都被冰冻住了，黄橙两色交相辉映；海面的冰层和浮冰白得让人胆寒。机甲猎人爬上了蔚蓝的天穹，高空稀薄的云层环绕着它伟岸的身躯，太阳的金色光芒照射着它们的腰腹。

他们现在可以看见"雷神"的位置了，它把冰层破开了长长一道口子，几乎和他们平行前进。同时他们也能看见距离最近的石油钻井平台。它形状怪异，像一间搭在巨大的中央塔上的树屋。阿列克西斯的记忆闪现，他想起自己参观过这里。这里有难喝的鱼汤、上好的伏特加酒，有晚餐后的欢声笑语和各自的故事。钻井平台有一座小型城市那么大，上面住着数百口人。他记得上面有自助餐厅、游戏室，还有一间酒吧。那里不是海参崴也不是香港，但若是他们任务失败了，同样会导致很多人死亡。像这样的平台在不远处还有很多。再加上深海油井持续喷油，污染海洋的情况还不知道要持续多久……

尽管现在是阿列克西斯在回忆往事，但是大多数想法却来自萨莎。阿列克西斯正带领着他们大步流星地前进，他只专注于一件事。

"雷神"。

"正在进入深水区域，"斯克里亚宾告诉他们，"抓住时机。"

没有人会相信"切尔诺阿尔法"居然能走得这么快，但它开始为此付出代价了。他们透支了太多能源，即便是超大容量也开始见底了。如果此时他们想使用焚烧涡轮机或特斯拉拳，他们可能就要面临能源储量不足的风险了。

"好，我们会把它痛击至死。"阿列克西斯大声地吼着。

他们走到"雷神"身后几米的位置。

"切尔诺阿尔法"跳入"雷神"破开的冰道里。

更准确地说，他们四十五度角前倾，跳入了海底。

他们潜入水中，突然什么也看不见了，只能盲目地伸手摸索着。

他们抓到了什么东西。

两个人都为胜利而呼喊起来。

"雷神"像一条挂在鱼钩上的鲟鱼不停扑腾着，但它可遇错渔夫了。"切尔诺"是重量级的。

当然，他们自己也存在着问题。"切尔诺"的角色更像是拳击手，而不是特技演员。它的髋关节可以左右摆动，这让它在站立时尤为强大，可它一旦摔倒了，就很难再爬起来。怪兽在把他们往前拉，若它一直如此，他们也许可以坚持住，甚至可能爬上"雷神"的背，待其精疲力竭时，再找到致命武器将其击溃。

现在，他们更像是一个锚，只能阻止怪兽前往油井。

但这也比任由怪兽抵达油井要好一点儿。

警报响起。

"外壳有裂口，是刚才战斗导致的，"萨莎说，"裂口不大，但是水能渗进来。我可以封闭那个区域，但我们会因此损失一个电容器。"

"封闭吧。"阿列克西斯说。

警报声停了，舱内灯光都变暗了，然后又恢复了正常。

"该死的！"萨莎说。

就在这时，"雷神"决定不再忍耐了。它不再尝试拉动他们，而是转过身，先把身体收缩折成两折，再去攻击他们，这可以看出怪兽的身体异常灵活。

"放手！抓住它的胸部！"

他们已经不知道这是谁的想法了，但是都立刻采取了相应的行动。"雷神"的身体完全站直，然后开始拉扯他们，他们也重新站直了。

双脚一站稳,"切尔诺"马上给怪兽一记重击,打中了怪兽高举的手下面。

怪兽又摔回水中,但几乎立刻找回了平衡,并且向他们发动攻击。机甲猎人背对着初升的太阳,清清楚楚地看到了站在破晓时分的日光中的"雷神"。

"我的天哪,"萨莎说,"我宁愿现在还是天黑。"

在黑夜里,"雷神"也让人恐惧,但那只是因为人们对其知之甚少。

在白天,则是它的丑陋面孔让人们感到畏惧。

他们抓住怪兽的手臂,用肩膀抵住其圆鼓鼓的肚子,将它从水中举了起来,然后重重摔到冰上,怪兽沉入翻滚的海水中,直接撞到海水深处的大陆架。它扑腾着身体,立刻又站了起来,但是他们马上又朝它胸口来了一拳。它踉跄着后退,又站直了身体。

"太阳光,"萨莎说,"我觉得它可能看不清东西。"

他们补充电能,用头撞击怪兽,又连续重拳击打怪兽,把它再次打入海底。

怪兽还在挣扎着扭动身体,所以他们又朝怪兽覆盖了鳞甲的肩膀打了一拳。然后怪兽又站起来了,抓住了机甲猎人,想把他们压到冰层下面去。他们无情地殴打着怪兽,但是怪兽厚重的皮囊之下似乎没有受伤,完全没有。

他们勉强站稳,但是怪兽再次抓住了他们的头,似乎坚决要把他们的头部摘掉。

"阿列克西斯……"萨莎开口了。她知道他想用拳头解决怪兽,她也很想,但现在该结束这一切了。

"好,"他说,"无所谓了。"

他们发动了焚烧涡轮机。

机甲猎人两边肩膀各有一台涡轮机,它们看起来像巨大的加农炮,并且在某种意义上来说也可以算是加农炮,但它们发射的不是炮火——而是地狱的业火。一启动涡轮机,两股流体就从内置的储藏库经混合交融后喷射出来,形成一种黏稠的凝胶,燃点比喷气燃料燃点更高,像凝固汽油弹,但比汽油弹更好。

两发都正中"雷神"的脸。

怪兽步履蹒跚地向后退,用爪子挠自己烫伤的脸,然后潜到冰冷的水中。火焰还在燃烧,在海浪下可见冷冷的白色火光。"切尔诺"也追下去,用一只手一只脚把怪兽架起来，尝试把它撕裂。

但是"雷神"又开始挣扎了，他用燃烧的头颅撞向"切尔诺"。有的凝胶掉落到机甲猎人的身上，现在他们自己也着火了。他们把"雷神"猛地推开。

怪兽再次靠近时，像狗一样甩着脑袋——把一团团火苗甩得到处都是，火苗落在海面上发出了嘶嘶声。

"好像没有伤到它。"萨莎说。

"雷神"铆足了劲儿，"切尔诺"也充了电。

他们猛烈碰撞在一起，"轰隆"的撞击声就连六十英里之外的钻井平台上的工人都听见了。

他们与伸直了身体的怪兽扭打在一起，相持不下，互不退让，但这种情况无法维持多久。机甲猎人的半数感应器都损毁了，指示灯都指向紧急等级。更糟的是，萨莎感觉到他们的同步连接开始不稳定了——他们已经同步了十五个小时，即便是对于他们而言，也接近极限了。

"雷神"用带有鳞甲的头撞击他们，试图破坏他们的能量提炼设备。目前，怪兽造成的大多是表面的破坏，但显然，再过一会儿，怪兽锋利的嘴巴就会切开他们的外壳了。

"够了，"萨莎说，"这是最后一搏。"

可以看出阿列克西斯在极力克制自己，他的脸涨得通红，她能感受到他的愤怒，还有他无比强烈的想将眼前怪物撕裂、看着它的蓝色血液喷洒在空中的欲望。

但那是不可能发生的了。"切尔诺"随时可能战败，到那时，"雷神"会将他们推入北冰洋的冰冷海水中，然后去破坏钻井平台和其他城市。也许另一架机甲猎人能够阻止它。

又或者。

"我们还怕什么？"萨莎问。

阿列克西斯不情愿地表示同意。虽然连接不稳定，但他还能大概感知到萨莎的想法。

"所有能源注入特斯拉拳。"萨莎下了指示。

"这样'切尔诺'就无能源可用了。"斯克里亚宾表示反对，"之后你们要充能十五分钟才能移动。"

萨莎无视了他。

"启动特斯拉拳。"她冷静地说。

两人大吼着，将机甲猎人的手臂从"雷神"的环绕中挣脱开来。

"雷神"想把头缩回去，但这一次，它的动作太慢了。"切尔诺"巨大的双拳两面夹击，像老虎钳一样紧紧夹住了怪兽的头。

然后，特斯拉电池放电，415千瓦的电压贯穿了"雷神"三瓣状的头骨。

机甲猎人内部所有灯光都熄灭了，然后电池开始供电，灯重新亮了起来。他们所有的显示屏都暗了，两人用前所未有的蛮力断开了同步连接。

萨莎深吸一口气，把头盔摘掉。周围响起了金属和电缆断裂的"噼噼啪啪"的响声。空气浑浊，臭氧味道浓烈，这说明机甲猎人内部有某处电力超载了。

阿列克西斯首先解除了匹诺曹控制系统。他启动了手动模式，似乎决意用自己的双拳与怪兽决一死战。

周围的恶臭让人窒息，冷风像斧头一样劈在他们身上。"切尔诺"已经被冻僵了，它的四肢仍保持着断电时固定的形态。

他们找不到怪兽了。

"呸！"阿列克西斯骂道。他往四周看了一圈儿，这是一片无人的冰原，已经处于断裂的边缘了。他在冷风中发出一声怒号。

萨莎挽住他的手臂。"阿列克西斯，"她说，"我们要么已经杀了它，要么就失败了。现在已经无能为力了。"

过了不久，他们听见了直升机的声音，然后看到一架直升机。那不是部队的运输机，而是印着石油公司标志的小型直升机。飞机上的机长和乘客一看到他们站在机甲猎人胸膛的开口处，简直高兴得发疯。飞机上的人伸长了手臂，朝他们比了一个向上的大拇指。

原来，"雷神"仍躺在他们正前方的深海处。尽管金属重击和炮火燃烧都不起作用，"切尔诺"双拳的闪电终究是把怪兽击倒了。之后他们就会知道，"雷神"有三个大脑，而他们把三个大脑全烤焦了。

37

2035
菲律宾海
菲律宾
"复仇流浪者"

"复仇流浪者"走到海岸线了。项说得没错——海岸东部的大陆架像被劈裂了一般幽深。菲律宾海沟没有之前出现虫洞裂缝的马里亚纳海沟那么深,但它是地球上深度排名第三的海沟,其深度也足以吓人了。"流浪者"在海沟中存活当然没有问题——反正只是待上很短的时间——但他们可不想没由来地就跳进去。

但是海岸和海沟之间没有什么特别的,只有一道狭长的海滩,上面有一些人。

对于机甲猎人而言,人类和虫子的大小没什么两样。并且,尽管机甲猎人在路上奔波是为了拯救全人类,它还是不想伤害路上的每一个人。晒日光浴的人、浅水区的垂钓者、岩石间撒网捕捞的渔民、追逐浪花的冲浪者、教孩子们划船的赛艇者。他们每个人都有父母、朋友,有自己的心愿——而只要机甲猎人迈错一步,所有的这些都会瞬间灰飞烟灭。看到这三百英尺高的巨人向自己走来,大多数人都会自觉让开道路,可是有的人来不及,有的人躲不掉。

他们进一步靠近岛屿的时候,松了一口气,因为他们发现自己一直在追寻的海岸是独立分隔出来的,于是他们穿过浅海走向海岸。

"任务控制中心,"兰伯特说,"我看到一座岛。收到了吗?"

"收到。"项说。

和伯克同步的状态还没有改善。他们的同步连接非常微弱，但这已经是最好的状态了。兰伯特担心同步连接随时可能会断开，到那时，他们就只是海中的一个雕塑了。

也许正是由于这糟糕的同步状态，他们注意到那枚导弹时，差点儿就为时已晚了。导弹仿佛从天而降，他们的雷达完全没有扫描到它。他们使用引力吊索，在导弹距离他们五十米时勉强抓住了它，但还来不及进行下一个动作，导弹就爆炸了。爆炸给"复仇流浪者"带来了不小的冲击，他们不得不往后退一步才能保持平衡。他们周围的海水泛起涟漪，形成海浪拍打在小岛上，丛林中的鸟纷纷飞逃。

"这该死的导弹从哪儿来的？"伯克问道。

"距离海岸六英里处有一艘船。"项说，"刚才它发射导弹时我们才注意到它。他们搭载了雷达屏蔽器——不是很高级。几乎是二十年前的老技术了。"

"但是很有用，"兰伯特说，"连你们都没有看到。"

"我们没想到会有船。但现在在卫星图上能看见它了。"项回复道。

"我们也看见了。"伯克边说边把它放大。船只露出水面的部分很高，至少有好几层楼高。

"这比刚才那艘船大得多。"

"这是老式货运船。"项回复道。

"它们不在我们的等离子加农炮攻击范围内，"伯克说，"它在海沟另一边，我们无法跑过去攻击它。请求空中支援。"

"空中支援已经出发，"项说，"坚持一下。"

"又来了。"伯克喊道。

另一枚导弹。这一次他们抓得比较快，但导弹还是爆炸了，他们有点儿手足无措，因为紧接着又是一发导弹袭来。

"流浪者"侧身闪避，伸出左手尝试拦截第三枚导弹。

爆炸的反馈给兰伯特的左臂带来了剧烈的疼痛感。支撑着他们的磁场也减弱了。"流浪者"摔倒了，而兰伯特和伯克受到了比一般情况下更多的撞击。

他们用右手猛地抵住海床，把海水搅出一个个小漩涡，这才没有彻底跌倒。

"空中支援抵达。"项说道。

"也该是时候了。"兰伯特说,他看到支援是六架马来西亚产的鱼鹰直升机,从西北方向疾速飞来,"让它们打掉那些导弹发射器,掩护我们。"

第四枚导弹袭来时,机甲猎人还在挣扎着重新起身。

和其他导弹不同,这一枚导弹爆炸时,发出一团炫目、耀眼的蓝光,就像在"战争恶魔之神"上发射的那枚没能攻击到他们的导弹一样。

这一次攻击造成的伤害,足以让那些坏蛋窃喜了。

兰伯特感受到一阵强烈的冲击力贯穿全身,他的身体超出负荷,大脑也像被炸过一般。紧接着,为保护驾驶员,系统自动断电了。兰伯特和伯克的同步连接也断开了,两人都摔倒在地上,他们在地板上趴了一会儿。伯克先站起来。兰伯特口中溢出了鲜血。

"啊,该死。"伯克说,"情况不妙,所有系统都失灵了。刚才那是脉冲武器。"

"'流浪者'的电磁脉冲防御是经过加强的。"兰伯特说。

"对,这样看来我们现在的情况还可以呀。"伯克说着,电池开始供电了,与任务控制中心的连线也重启了。但除此之外,"流浪者"在大海中和已死亡没什么两样儿。

"项,告诉我一点儿好消息吧。"兰伯特说道。

"机甲猎人的内核没有损毁,"她说,"我们可以立即重启。"

"那要多久?"

"二十分钟。"

"我们的空中支援呢?"

"脉冲武器把它们都打下来了。"

兰伯特正说着,伯克挤开他,打开舱门往外看。

"我们可能没有二十分钟了,"伯克说,"有几架直升机从那艘船上起飞了。"

"我绝不坐以待毙。"兰伯特说。

"对。"伯克表示同意。

以前，机甲猎人驾驶员一般不会携带轻武器——如果重型武器对怪兽都不管用，手枪的攻击对它就更不痛不痒了。

然而，在过去十年，机甲猎人和驾驶员们并没有跟怪兽战斗，而是和人类作战，因此，配一把手枪或是突击步枪，在战斗中还是很方便的。

他们从各自的武器库里拿出步枪。然后伯克又探头出去看了一眼。

"看起来像煤油直升机，"伯克说，"有武器。"

"他们还有导弹。"兰伯特说，"要是我们把头伸出去，他们正好朝舱门发射导弹怎么办？那我们就彻底玩完了。说实话，我觉得他们的任何一件武器都能重伤我们。"

"不好说，"伯克说，"他们有脉冲武器，而且很明显有怪兽血液制成的炸弹。也许他们还有酸液炸弹。"

"也许吧。"兰伯特同意这种猜测，"但是他们只要拖慢我们，能争取到时间引爆炸弹就足够了。到那时，我们怎么样都会死了。"

兰伯特打开舱门，向下望去。他看到四架直升机。两两之间拖着众多缆绳组成的窗帘一样的东西。兰伯特不知道他们想干什么，但一定不是什么好事。他用步枪瞄准其中一架直升机的驾驶舱，开了一枪，又补了一枪。他不知道自己有没有击中，似乎没有看到直升机有任何损坏。可是大约过了六秒钟后，他看到一架直升机往右手边发射了一列导弹后，开始冒烟了。

他"砰"的一声把门关上，紧紧锁住，然后就听到了爆炸声，感受到了爆炸引起的震动。这些导弹和之前击中机甲猎人的导弹相比是小巫见大巫，但只要有一枚炸到了控制舱，"流浪者"的高科技武器就再也派不上用场了。

"他们有缆绳。"他告诉伯克。

"就那四台煤油直升机？"伯克说，"他们不是部队的运输机，至少要二十架才能拉动我们。"

"可能他们想把我们捆起来，像捆住格列佛一样。[1]"兰伯特说。

---

[1] 指英国作家乔纳森·斯威夫特所著小说《格列佛游记》中格列佛在小人国被绑的故事。

"这听起来可不太妙，"伯克说，"糟透了。任务中心，距离重启还有多久？"

"十五分钟。"项说。

"戈特利布在吗？"兰伯特问道。

"我在。"他们听到戈特利布说。

"你还有别的关于这个炸弹的信息能告诉我们吗？这些家伙很明显是'战争恶魔之神'的人。他们已经到了——可是为什么他们还不引爆？"

"炸弹很可能还没有完成，"戈特利布说，"它的爆炸成分很可能是浓缩的怪兽血液。我一直在看报告，但是很多报告在过去几个月都被偷走了，而那时候的黑市交易金额异常庞大。要达成目的，他们需要大量的怪兽血液——我怀疑攻击你们的那艘船上就装载着最后的怪兽血液。"

"然后呢？"

"然后他们会尽快引爆血液，或者是将血液注射进去。"

"注射进去？"

"对，我发现怪兽血液似乎能与稀土矿物发生剧烈反应。那些矿物只存在于极少数地点——"

"比如深海海沟。"兰伯特说。

"对。但是我们从以前的战争中可以发现，仅仅一只怪兽的血液流进海沟里是达不到他们想要的效果的。海水不仅会稀释血液，还会减缓其原本剧烈的催化效应。最有可能的是，这座岛屿本身蕴含了丰富的稀土。若他们已经挖出了一条通道——通过使用钻井设备、岩心取样器或类似设备——那么他们就能强制将提纯后的血液直接注入岩浆中，岩浆就会涌流至海沟的地面上。"

"然后就马上爆炸？"伯克问道。

"没错，"戈特利布说，"我想那一定是一场无比猛烈的爆炸。全世界都能听见。"

机甲突然剧烈摇晃起来，兰伯特和伯克猝不及防，摔倒在地。

"好了，格列佛。"伯克说，"现在怎么办？"

"坚持住，"兰伯特说，"我想事情进展总是不会一帆风顺的，直到它变得……更糟。"

"'流浪者'，"项说，"我们检测到你们移动了。系统恢复了吗？"

兰伯特的手抵住控制舱壁，仔细观察视窗外的动向——虽然看不到什么东西。

怎么了，小姑娘？他对"流浪者"说。

他恍然大悟。

"他们不是想把我们拉起来，"兰伯特说，"他们是想把我们拉倒。该死，他们想把我们扔到海沟里去。"

"冷静，"项说，"你们不会那么快被拖走的。在他们把你们扔到海沟之前就可以重启了。"

"有道理，"伯克说，"一点儿都不需要担心呢。"

一阵短暂的沉默过后，又响起了项的声音，听起来有点儿担心。

"水里有东西，"项说，"潜在水底。很大。他们似乎想把你们拉到那儿去。"

"拜托，'流浪者'，快重启呀。"伯克说着，踢了舱壁一脚。

"还有七分钟，"项说，"你们已经停止移动了。"

兰伯特已经知道了。

"奇怪，"他说，"我感觉不妙。"

这时，他听到了什么声音，像二十码开外传来的炸爆米花的声音。

"控制中心？"

"我刚刚侦察到那个东西附近有好几处小型爆炸，"项说，"我想——糟了。"

"糟了？什么糟了？"

这时，"流浪者"猛地一动。

"他们把它推过来了，"项的音调都变尖了。"'流浪者'又动了，这次速度快得多——"

"他们把我们绑在什么东西上了，"伯克说，"他们把我们和什么东西绑在了一起，现在往悬崖那儿挪了。"

38

2035
加拉太深渊
菲律宾海
菲律宾
"复仇流浪者"

兰伯特能感觉到他们在加速。忽然，重力像消失了一般，几乎感受不到了。他们并不是完全自由落体——兰伯特想起了他小时候从又陡又长的水滑梯上滑下来的感觉，和这个很像。

只不过，这条水滑梯长达六英里……

"水压在上升，"伯克看着仅存的电池读数计说，"上升速度非常快。"

"流浪者"像是也知道似的，金属外壳摩擦发出刺耳、难听的声音表示抗议。从厚厚的视窗玻璃向外看，日光正在快速变暗，他们即将面对的，是地球上最亘古、漫长的黑夜。

项还在和他们通话，但是信号越来越差了。兰伯特几乎能感受到压倒性的水压向他袭来，每呼吸一口都能感觉到水压在急速上升，吸入的空气也很快就变得黏滞、闷热。

项模模糊糊地说了什么，兰伯特没听清。

"你说什么？"他问道。

没有回应了。他和伯克静静坐着，听着金属碰撞发出"砰砰"的声音，也许外壳金属的磨损快接近临界值了。他听见伯克叹了口气。

"听着，内特。"伯克说。

突然，控制舱内的灯光都亮了，这场景令人多么神魂颠倒。"流浪者"重新充满能量。

"什么？"兰伯特问。

"没什么，"伯克说，"快离开这个鬼地方吧。"

很快，磁悬浮场也稳定了，兰伯特和伯克回到了他们的位置，头盔内置的空气过滤器为他们送来了一阵清爽，他们也冷静下来了。

"启动紧急驾驶员间连接。"兰伯特说着，手划过独立控制仪。

开始建立同步连接，他转过头去看着伯克。

"百分百投入，伯克，"他说，"我需要你。这不只是为了我，更是为了所有人。"

伯克点点头。"我会投入的，"他说，"不过，恐怕你不会喜欢这样的结果。"

"投入就够了。"兰伯特说道。

他们进入了同步状态，伯克也卸下了心防，兰伯特终于知道了他在隐瞒什么——果然，他完全不喜欢这样的情况。

但是现在不是在意这个的时候。

仪器显示他之前的感觉是对的——他们不是竖直坠落到海沟里，而是沿着一条非常陡峭的斜坡滑了下去。毕竟，这个深谷两侧的悬崖不是完全竖直的峭壁，不过随着他们越滑越深，两侧悬崖倾斜的角度越来越接近垂直了。此外，他们下滑的速度非常快，撞到悬崖后会弹开很长一段距离，所以机甲猎人并不是一直贴着悬崖滑行。

"我们已经降到海平面以下一万八千英尺了，"伯克说，"三英里。下沉超过一半了。"

"链剑。"兰伯特说。

说完，"流浪者"手中便伸出一把巨大的、刀刃呈锯齿形的剑。在探照灯的光照下，兰伯特终于能看到他们和什么东西绑在一起了——半艘船，那本是一艘非常宏伟的船，可能是以前机甲猎人与怪兽在这附近战斗时损毁了。船尾的缆绳末端系在"流浪者"的颈部上，所以那些人才能先拉动头部。

他们抓住缆绳，用链剑一切，缆绳断了。

当然了，他们还在下沉，而且和船分离其实减少了他们接触悬崖的概率。他们已经下降了超过三分之二的距离，现在的悬崖几乎是垂直的。悬崖壁近在眼前，但他们还是够不着，而"流浪者"又不太擅长游泳。也许在触底之前，他们能再与悬崖壁碰撞一次，也许不能。

"试一下引力吊索。"伯克说，"也许可以把我们和悬崖壁拉近一点儿。"

兰伯特点点头，启动引力吊索，然后对着墙壁发射出看不见的引力场。

有那么一瞬间，他们定住了，但是引力场无法撑起"流浪者"如此庞大的身躯，连接随即断开，而且机甲猎人内部似乎有的机械设备快撑不住了。

兰伯特暗暗骂了一句，再次发射出引力场，引力场又一次把机甲猎人定住了——这一次的引力足够强，将他们拉向了悬崖壁，他们现在可以把链剑插入岩石壁中。冲击力几乎将驾驶员从磁悬浮场中震出去。剑身有一半插在岩壁中，但他们依旧向下滑着，链剑把岩壁划开了一道大口子，下降的速度变慢了。他们手脚挣扎着找着力点，又向下滑了半英里，才终于停住了。

"能源动力剩余百分之六十，"伯克说，"氧气供应——最多还能撑几个小时。"

"那就快点儿离开这个鬼地方吧。"伯克说。

39

2024
黄海
中国
"少林游侠"

"少林游侠"的自由落体在痛苦中突然结束了。重力作用让明皓在控制装置中遭受了剧烈的疼痛。一开始,他以为是机甲猎人摔在海面上的痛感,但是后来他发现——这发现让他喜忧参半——他们又一次处于上升状态中。

"它又抓住我们了。"苏尹说。

没错,"豁达"现在用所有的爪子抓住他们,并且又一次以令人眩晕的速度往云端飞去。

上海离他们越来越近了。一到达上海市上空,"豁达"就径直向经济区的高楼大厦俯冲而去。"少林游侠"在它的爪子下绝望地挣扎着,希望能挣开束缚,但这只是徒劳。

"能源核,"苏尹气喘吁吁地说,"可以舍掉。"

"不行,"他说,"那会毁掉半个城市的。"

一切似乎都慢下来了。环球金融中心,这是一栋瘦高、典雅的大厦,楼顶有一个针眼儿般的环状开口。此刻它就矗立在他们面前。

"豁达"松开了爪子。

明皓和苏尹依偎着彼此——不是身体上,而是在同步连接中——他们共同生活的回忆就像落叶,在他们身边盘旋飞舞,最后落入了溪流中。

与大楼相撞产生的冲击力似乎很缥缈——先是控制舱内的灯光闪烁不停，然后机甲猎人解体，舱内陷入了一片黑暗之中，整个世界天旋地转，仿佛置身离心机中——但明皓和苏尹始终在一起，他们的同步连接没有减弱，反而越来越强，他们在生命的终点将一切都献予对方。

又感受到疼痛了。明皓躺在控制舱里，有血流进了眼睛里。从破碎的控制舱往外看，他看到一片碎石、瓦砾，烟雾弥漫，看到一座破败的城市。"豁达"又出现了，距离很近，它低飞着冲向一栋建筑，然后用爪子捏碎了建筑的顶部。

"苏尹……"他喘着粗气儿吐出两个字。他知道她没有死。他还能感受到她的意识。但是控制舱在她身边破裂了，压断了她的腿。她瞪着双眼，像是处于极度恐慌的状态之中。

"我们快离开这里。"他说。

"看。"她迷迷糊糊地说着，手指向明皓身后的天空。

他转过头，正好看到"暴风赤红"的等离子加农炮发射出一束能量光束。

"豁达"爆炸了，在空中炸成了一朵蓝色的花。空中随即下起了毒雨。怪兽又进化了，他想。

40

2035
菲律宾海
菲律宾
"复仇流浪者"

往回爬的过程是十分缓慢、艰辛的。他们要先稳住自己的位置，拔出剑，再把剑往高处插。一开始这似乎不可能做到，但随着他们的位置越来越高，岩壁渐渐不那么陡峭了，最后他们终于可以四肢都贴在岩壁上了。

能源动力下降至百分之四十，氧气供应余量也亮起了红灯。他们已经爬了接近四英里，还有最后一英里路程。

好在他们的同步状态很稳定。自整个事件发生以来，这是兰伯特第一次感觉到伯克真的与他同在，第一次感觉到他们又像以前一样合拍。不过这情况不会持续很久。等到任务结束……

"对不起。"伯克说。

"现在别说了。"兰伯特说，"先保持同步，解决眼前的事。"

就这样，最后，历经痛苦、磨难，几乎耗光所有氧气之后，"复仇流浪者"终于把自己从深渊边缘拉了回来，再一次在惊涛骇浪中现身，前去结束这场战争。

任务控制中心发现他们回归了。"'流浪者'！"项说，"你怎么样了？"

"正在气头上呢。"兰伯特说，"我们有特定目标吗？还是说可以把所有会动的都杀了？"

敌人也注意到了他们。直升机出动了。

"怪兽观察台已经处理好问题了。我发送了坐标给你们。在这座岛的南边有一个月牙形的湖。那是一个废弃的采矿点，你们会看到一些工业废弃建筑。炸弹就在它旁边。"

"谢谢。"兰伯特说。岛屿地图出现了，炸弹的位置用一个蓝点标注了出来。

他们一靠近岛屿，就受到直升机的扫射攻击。"流浪者"用引力吊索从附近的小岛上吸了一块巨石到手上，用它直接将一架直升机砸成了碎片，碎片以异常缓慢的速度下落。其他直升机见状，纷纷掉转方向，机甲猎人没来得及再次使出吊索，就这样让它们逃走了。

兰伯特注意到那艘船现在停靠在岛屿东部。

"也许我们应该先解决那个，"他说，"以免它给我们带来更多'惊喜'。"

比如说，若敌人还有一枚脉冲炸弹，那他们肯定又束手无策了。但是那些家伙现在明明有几分钟时间可以发射导弹，却没有发射。希望他们终于弹尽粮绝了。

轻武器子弹"咔嗒咔嗒"地打在机甲猎人的外壳上，同时船载武器也在发射大口径炮弹。然而这些都只是噪音罢了。直升机在他们身后谨慎地绕着圈儿。

他们离岛屿越来越近，这时，船甲板的货梯从船底运上来一个东西：一根长长的圆筒，它的一端涂得闪闪发亮，正对着机甲猎人。他们立即本能地向右转，一道灼眼、炙热的等离子流随即划过空中，擦过他们的左半边身体。他们在控制舱内发出一声怒吼，一记重锤砸向甲板，等离子炮管飞了起来。他们又抓住船舷上缘，将船只攥紧在手中，抬起手，把整艘船翻过来。最后他们用自己的等离子加农炮朝船只发射了两枚炮弹，以防万一。他们转身，向着岛屿跋涉前行，身后的船只已被大火吞没。

"在你们的位置收到了高能量信号，"项报告说，"戈特利布博士认为他们可能已经开始注射了。"

"流浪者"一只脚先踏上了岛，再两只脚一起站稳。

他们看到了湖，在湖边的废弃建筑里摆放着众多经过伪装处理的设备，这样即使从空中看过去也不会被发现。他们慢慢靠近，那里聚集着男男女女共约五十人，都一窝蜂地逃窜了，还朝着机甲猎人开火。

他们无视了"啪嗒啪嗒"打在机甲猎人身上的子弹，弯下腰，去掉了设备的伪装。

"我看到炸弹了，"兰伯特说，"也可能不是炸弹。"

"你们要找的是一个大罐子之类的容器。"戈特利布说。

"我没看到类似的东西。"兰伯特报告道，"流浪者"翻遍了这片废弃地，依然一无所获。

"已经开始了，"他听到戈特利布说，"你们要加快速度。"

"在地下，"伯克说，"一定在地下。"

"流浪者"的手向后抬起，然后向下移动，挖开土地。他们感受到了金属冰冷的触感……

他们猛地把它提出来：那是一个和水塔差不多大的球状容器，里面蓝矾般的液体不断从一端漏出。

"找到了！"兰伯特高兴地喊起来。

"你们最好快点儿离开那里，"项说，"怪兽观察台在你们的位置收集到了一些很可怕的数据。"

他们将容器倾斜一点儿，让它不再漏出溶液。然后，他们再次以机甲猎人的最快速度奔跑起来，把岛上的椰子树都毁了，脚下的土地开始晃动、塌陷。他们冲进水中，激起大片浪花，全速奔跑冲向大陆。回头一看，只见岛屿升起的滚滚黑烟直冲向湛蓝的天空。

接着整座岛都炸开了。它就这样变成了一个冒着浓烟的火球。爆炸引发的巨浪把机甲猎人撞得踉跄，但他们的供能很稳定，很快又恢复了平衡。岛上的树被炸得东倒西歪，浪涛一波接一波地冲击着他们。

"情况还不算太糟。"伯克说。

话音刚落，海水就疯狂涌向一个巨洞，那是陆地表面被炸开的一道缝隙，径直通向地底深处的岩浆湖。岩浆向上涌，海水向下流，两者激烈碰撞发出的巨响，比兰伯特听过的任何一场暴雷都更震天动地。在声音传来之前，岩浆和海水混合产生的高压蒸汽如飓风一般朝他们袭来，狠狠地拍打他们，比任何怪兽的击打力度都大。"流浪者"摔倒了，双膝跪下，单手撑着海床，全身系统都响起了刺耳的警报。左腿水压表读数失灵了，冷却系统也关闭了。

但飓风席卷过后，他们手上依然稳稳地握着装有怪兽血液的容器。

兰伯特看着伯克，然后看向身后沸腾的海水。

"我们做到了。"兰伯特说。

"等等，"戈特利布的声音响起，"让我看看——啊，感谢老天。"

"听起来情况不错。"伯克微笑着说。

"是啊，"戈特利布说，"你们成功阻止了潜在的、更重大的灾难。我算了一下，在你们动手之前，他们大概只注射了五十升怪兽血液。"

"五十升？"兰伯特表示不可置信，"只注射了十一加仑？这消失的可是一座岛哇。"

"对，"戈特利布说，"但情况本可能更加严重的——超乎想象的严重。"

"我们大概需要一点儿帮助才能离开这里。"兰伯特说。

"运输直升机已经出发了，'流浪者'。"项说，"恭喜你们，我代表穹顶全体成员感谢你们。干得漂亮。"

41

2035
蒙屿兰破碎穹顶
中国

　　金海和小维一回到穹顶，森真子就将他们交给技术人员和医护人员。医生对他们进行检查，宣布他们没事之后就让他们回去了。就这样，他们从这件事中解放了，像是被抛弃了一样。无论外面的世界或任务控制中心内部发生了什么，都与他们再无瓜葛了。

　　他们走回宿舍，半路上，金海突然想起了什么。

　　"我饿了。"他跟小维说。

　　小维点头，说："也该饿了。"

　　"嘿，"他说，"如果你想一个人待着……"

　　"不，"她说，"一起去吃点儿东西吧。"

　　他们到厨房一看，午餐时间已经结束，晚餐时间又还没有到，而且食品供应区已经在收拾残羹剩饭了。好在某个值班人员为他们煮了两碗面，还加了茄子、猪肉和罗勒。金海已经开吃了，但小维只是坐着，看着自己的面。

　　"怎么了？"他问，"我们还活着，而且嫌疑也已经洗清了。"

　　"没错，"她说，"但我们差点儿就回不来了。因为我们太蠢了。我太蠢了。兰伯特说他马上要开始刷人了。你觉得谁会先被刷掉？就是我们。"

　　"也许吧。"金海说。

　　"这对我很重要。"小维说。

"我知道，"金海说，"我和你同步那么多次，不可能不知道。我不是说它不重要。"

"我知道你不是这个意思。"

"早该想到我们会在这儿找到他们。"耳边响起了别人的声音。金海不回头也知道那是苏雷什的声音，但他还是回过头去了。他看到所有学员都来了，所有人。

"大家这是怎么了？"金海说。

"你们俩，"雷娜塔说，"你们就是想尽了办法要退出训练，是吧？"

有那么一秒钟，金海以为她是认真的。小维也从座位上倏地站了起来。

然后雷娜塔局促不安地笑了笑，其他人也笑了。忽然，雷娜塔的表情又严肃了起来。

她说："我们是来跟你们道歉的。对不起。我们应该相信你们、支持你们的。有时候我难以言行一致。"

"我们都很抱歉。"伊利亚说。

"我们之前太傻了。"苏雷什补充说。

小维放松了一点儿，坐回椅子上。"谢谢，"她说，"真的非常感谢。"她的语气听起来很真诚。

"我们能和你们一起吃吗？还是你们俩有悄悄话要说？"雷娜塔问道。

"来坐吧，"金海说，"有人陪总是好的。"

"对，"小维说，"我们刚才在聊刷人的事情。"

"我知道，"塔希玛说着，一边找位子坐下，"和'塞普提得'那场该死的模拟战斗。"

"我们更担心偷偷溜去机甲装备用地和被人绑架的事，"小维说，"不过，当然了，也很担心那场模拟战。"

"你们现在可必须告诉我们整件事的来龙去脉，"苏雷什说，"把整趟冒险原原本本说出来。"

"我们不能透露太多，"金海说，"'复仇流浪者'——'

"——胜利了。"又一个新的声音加入谈话。

森真子走进了餐厅，他们马上全体立正站好。

"和你们一样。"森真子说。

"一切都结束了？没发生什么吧？"金海问道。

"一切都好。"她说，"等所有细节都调查清楚了，就会告诉你们的。目前大多数情况还是要保密。"她笑着说，"接下来就可以恢复正常训练了。"

"秘书长，兰伯特驾驶员和伯克驾驶员什么时候回来？"梅林问道。

"快了。"森真子说，"兰伯特驾驶员让我帮忙带你们，今天下午开始训练。他觉得你们会趁他不在偷懒的。当然了，前提是金海和玛丽科娃觉得可以开始训练了。"

"可以了，长官。"金海说。

"随时可以开始，秘书长。"小维说，"我们在回来的飞机上已经休息好了。"

"很好，"森真子说，"一小时后到模拟战斗室集合。"

"我们又来了。"梅林说。模拟场景在他们身边慢慢出现了。

"我早该知道的。"伊利亚说。

又身处厄瓜多尔。"塞普提得"从西边来了。他们又回到了第一次进入这个场景时驾驶的机甲猎人中——雷娜塔和伊利亚驾驶"暗黑拦截者"，塔希玛和梅林驾驶"忧蓝罗密欧"，小维和金海驾驶"美洲狮"。

"似乎又回到最初的起点了，"金海说，"大家有什么好主意吗？"

大家沉默了好一会儿。然后，小维开口了。

"我有一个。"她说。

"不如这样吧，"雷娜塔说，"这一次你来指挥？反正我指挥到现在也没出什么成绩。"

小维看了金海一眼，"你想的跟我想的一样吗？"她问道。

"这是个设问句吧？"金海说，"我当然和你想的一样。你我已经不怕失去什么了，但他们不一样。快解决了这个模拟战斗吧。"

小维点点头，转到公共对话频道。

"好，'暗黑拦截者'，'忧蓝罗密欧'，你们防守海岸线，形成交叉火力网。我们原地不动，耗死它。"

"耗死它?"伊利亚表示反对,"如果说我们从之前跟它的交战中有学到什么的话,那就是它是'耗不死'的。"

"等着瞧吧,"小维说,"我有别的招数。"

"'美洲狮',我们现在前往海岸了。"雷娜塔说,"祝大家好运。"

"别的招数?"金海问道。

"好吧,其实只有一招。"小维说。

"塞普提得"来了。"先发射几枚导弹。"小维说。

"没问题。"金海说。他们发射了导弹,和之前一样没什么效果。"塞普提得"好像压根儿没注意到似的,继续缓慢前进。

"你觉得其他人现在的位置足够靠后了吗?"小维问道。

"再等两分钟吧。"金海说。

金海和小维慢跑着往左边移动了一点儿,发射了几枚导弹,然后回到右边,开枪射击,直到子弹用尽。

"我觉得他们应该安全了。"金海说。

"好,"小维说,"你准备好了吗?"

"准备好了。"金海说。

"走。"他们走到怪兽的必经之路上,然后径直朝它冲去。

"'美洲狮',"雷娜塔大吼,"你们在干什么?"

"杀了它呀。"小维说。

他们举起双拳,重击"塞普提得"。怪兽被打得左摇右摆。

他们到达怪兽面前的瞬间。怪兽的身体从中间开始分裂,皮肤、骨肉都裂开了,像地球上最恶心、最丑陋的蝴蝶正在破茧一样。然后怪兽吞食了他们。

怪兽爆炸了。金海感受到了轻微的压力反馈和一阵眩晕感。小维在他脑中尖叫着,也在控制舱中放声大喊。然后周围一片漆黑。

黑暗持续了很久。突然他害怕了。发生了什么?他们在模拟实验中死了,还是别的什么?这是在惩罚他们故意破坏机甲猎人,还是又发生了一起破坏事件?他真的要死了吗?

突然,他明白了,开始冷静下来。"我们还在同步。"他说。

小维没有回答他，但他能看见她，她就站在金海的面前，在茫茫黑暗中浑身散发着光芒。在小维光芒的照耀下，金海看到了一扇门，不知为何，他总觉得门后隐藏的，就是他从未涉足的小维内心深处的隐秘之地。

小维伸手，拉开了门。门外是人类世界。

一切似乎都很平静。夜幕降临。眼前是一座小镇。落日的余晖把小镇里几百间土褐色的小房子蒙上了一层玫瑰色和朱红色。

金海听到了一个声音，一阵难听、低沉的呻吟声穿透了这片土地和天空。他把目光从落日上移开，看到有什么东西正在升起。

一开始他以为是云朵，像一道阴影一样高悬在黄昏时分的天空中，被太阳镶上了一条金边。

但是，他看到这阴影降了下来，金色的边缘处探出了一张脸，向下凝视着他。阴影里还有长长的手和脚在移动着。然后空中响起了凄厉的哀鸣声，甚至让他的耳朵觉得刺痛。这阴影降临到眼前的小镇，四处开始冒起火光和浓烟。空气灼伤了他的眼睛和喉咙。眼前的一切都在移动，然后又陷入了沉沉的黑暗中。

黎明驱散了黑暗。金海站在更遥远的地方看着小镇。那片巨大的阴影不见了，但小镇已成断壁残垣。空中的尖叫声也消失了，四周一片寂静，他能听见有人在哭泣。

场景变得模糊，并开始变换起来。他和小维站在一起，她大概只有三、四岁。小维旁边站着一位老人，他身披厚重的大衣，戴着一顶毛线帽。金海知道那是她外祖父。他们看着并排的两座墓碑。

"你的父亲，"外祖父说，"我的儿子。我的宝贝儿子。"外祖父哭了起来，"这边这位，是你的母亲，一个很善良的女人。我很高兴她成了我们家族的一员。"

小维在原地站着，慢慢长成了现在的她。她牵过金海的手，穿过一片碎石、瓦砾，走到了海边。金海的父母在海边跳着舞，虽然他母亲有一条腿是义肢，但他们的舞姿依然优雅。金海感受到了自己内心深深的渴望——比任何深海海沟都要深。这时候，他才终于明白了。

他的父母还在沙滩上舞蹈着，他和小维却飞上了天空，云层中浮现出一张脸，一张女人的脸。

"小维。"那个女人低声道。

然后，他察觉到同步连接断开了，他感受不到小维了。他回到了模拟训练室，身边站着一位技术人员和森真子。

"发生了什么？"他喘着气说。

"没事的，"森真子说，"偶尔会发生这样的事，你会迷失在同步连接中，尤其是在受到极大震撼时。就算你知道自己不是真的死了，你大脑中的某些部分也可能无法理解这一点。"

"好的。"说罢，他转过头去看着小维，小维脸上似乎浮现出一丝微笑。

"所以我们结束了？"金海问道。

"结束？"森真子问。

"被刷掉了吧？"

"没有，当然没有，"她说，"你们赢了。"

"我们破坏了一架机甲猎人，"他说，"我们死了。"

"这才是唯一正确的答案。"森真子说。

"这也是前辈们的做法。"小维说，"'暗黑拦截者'在攻击'塞普提得'时爆炸了。我们之前一直以为应该想出一个更高明的办法。"

"'暗黑拦截者'并不知道事情会怎么发展，"森真子说，"他们只想着与怪兽战斗，但有时候，战胜怪兽的唯一办法就是牺牲自己。有时，不存在别的答案。"

"你是说像史塔克·潘特考斯特和查克·汉森引爆核弹为'危险流浪者'清出道路一样，就算他们知道引爆核弹就是引爆自己？"

"对，"森真子说，"就像罗利……"她突然不说话了，目光变得深邃，好像越过了他们，陷入了久远的回忆中。

"兰伯特驾驶员会很满意的。"森真子回过神儿来，终于说了，"对你们所有人。现在回宿舍放松一下吧。"

要放松很简单，但是要睡着却很难。脑袋里有太多思绪要理清，太多事情要弄明白。金海时睡时醒，总是梦见怪兽、缥缈的声音和一个蓝眼睛的宝宝。还有几个小时才天亮，可他又醒了，这一次他知道自己再也睡不着了。宵禁的时间早就过了，他于是去了食堂。食堂还没开始提供早餐，但是那儿的自动售货机有热茶出售。他买了一杯，走向猎人海湾。

小维早就在那儿了，盘腿坐着，盯着巨大的机甲猎人。

"你觉得我们真的有驾驶机甲猎人的那天吗？"他问她。

"有。"小维说。

"我也觉得。"他说，"我以前根本不在乎这些，但是现在……"

"现在不一样了。"她接上他的话。

"对。你活了一辈子——至少活到现在——还以为已经很了解自己了。你总能为自己做某些事找到理由。可是有一天，你忽然发现自己是错的。你以为的所有事情都不是你想象中的那样，你也不是以前认识的那个自己。"

小维点点头。

"对。"她说，"我知道。金海，你努力来到这里，是因为你想找到自己的同步搭档。你以为自己想要的是像你父母那样的联系。但其实，那完全不是你想要的，对吗？"

金海摇摇头，发现自己马上要哭出来了，觉得很丢人。

"对。"他说，"我只是想要——他们。我小的时候，他们很爱我的。我们做什么都在一起。我们是一家人，然后——他们就同步了。一开始还不太频繁，后来次数越来越多。再后来他们经历了'豁达'入侵——那一次他们俩差点儿死在同步中——之后，好像所有人，包括我，对他们都不再重要了。他们是彼此最重要的人——是彼此的唯一——其他人对他们而言就像幽灵一样。他们不是没有努力过，只是——我知道他们对其他人没有一点儿感觉。"

他抿了一口茶。

"我以为那是我的错。我以为只要我能知道他们的感受，只要我对某个人产生那种感觉，也许我就能被他们接纳了。就能成为……我想成为的那样。"他叹了口气，"不好意思，我知道这听起来肯定很颓废。"

小维摇摇头。

"有很长一段时间，我都以为我的父母是凯伊丹诺夫斯基夫妇。因为我外婆就是这么告诉我的。其实我心里知道他们可能不是我的父母。但我宁愿相信他们是。我告诉自己要相信外婆的话。后来我的困惑越来越多，我觉得自己很蠢，于是狠狠地揍了自己一顿。"她用手点了点自己的脑袋，"在想象中揍的，"她说，"我身体还没有那么灵活。"

金海笑了，发自内心的。这感觉真好。

"我不记得外公带我去看坟墓的事了。"她说。

"那时候你还很小。'雷神'入侵的时候你还只是个婴儿。我很惊讶你居然记得这些事情。"

"我不记得，"她说，"我是说，我以前做噩梦的时候梦到过，但我不知道那些梦境是真的。我梦见过妈妈的脸，但那时候我不知道她是谁。"

"你的父母，他们到底是谁？"

小维拿出一个文件夹。

"我昨晚才知道的。我从来没想过去找出真相。模拟战斗后，森真子把这个交给我了。"

她打开文件夹。

"我父亲叫皮奥特·玛丽科娃，"她读着，"我母亲叫瓦伦蒂娜·克鲁滨。父亲是托马里一家石油化工厂的工头。母亲在托马里的学校教历史和数学。'雷神'来袭时他们俩都在镇上。我妈是在帮助学生转移到安全地点的时候死的。我爸是在阻止化学物质泄漏的时候死的。他们俩工作的时候，我就跟外婆待在一起。怪兽袭击时，外婆把我带到了安全的地方。外婆撒谎了，外公也顺着她。"

"你知道为什么吗？"

"他们想让我觉得自己很重要。算是给我一点儿精神鼓励吧。的确起作用了，在一开始的时候，但后来就只是让我觉得很困惑了。"

"你父母也许不是那么有名，他们也许没有驾驶过机甲猎人，"金海说，"但是，听起来他们也是英雄。"

"对，"她说，"我也发现了，虽然当时还不能很好地消化这些真相。现在我已经接受了。"

"那就好。"他说。

"你呢？"她问。

"我……还在努力中。"他说。

42

兰伯特和伯克回到蒙屿兰时，发现等待他们的是一场发布会。项、几位初级控制员和一群机甲技术人员在集结待命区布置了几张桌子，挂了几盏纸灯笼，准备了麦克风，还装了满满几桶冰啤酒。

这次发布会旨在让他们复述整场战斗，把每个过程、每个细节都说出来。技术和控制人员也会上台发表见解、提出疑问，但真正的明星是兰伯特和伯克，所以他们时不时就会被叫起来发言，聊一聊对方、谈谈后勤人员——或随便其他什么内容。

这本应是很快乐的事情，但就算已经喝了很多啤酒，兰伯特还是不觉得高兴。

虽然已经喝多了，但有时候他还觉得意犹未尽。大家让他再发一次言时，他爬上椅子，举起酒杯，站都站不稳了。

"敬所有人，"他说，"敬部队，是你把使命交给了我，是你给了我早上起床的理由，是你给了我穿好靴子去工作的理由。我信仰我的职业，这是一个男人可以拥有的最好的东西。一个男人能拥有的第二好的东西，就是站在他身边的人和他有一样的信仰，能支持他，永远不会让他失望。我想有时候这种要求可能太过分了，对吧？忠心、承诺。我以前是知道这些词的意思的。但是去他的，对吧？它们就是几个字而已，几个随机组合的字……"

他差点儿失了平衡，脚下的椅子晃了起来。伯克想扶他，但是兰伯特一把打掉了他的手。

"别……"他说。

"嘿，哥们儿，"伯克说，"要不下来吧？你会受伤的。"

"现在你知道照顾我了？"兰伯特生气地说，"去你的'哥们儿'吧……"

"嘿，驾驶员，"有人对他说，"来，我们去外面透透气吧。"

他低头一看，朱尔斯朝他伸着手。他看了一圈儿所有人的表情，刚才他们的脸上还洋溢着欢喜、微笑，现在却满脸震惊、困惑。

"行，好。"他说。

他牵住朱尔斯的手，跟着她走了出去。

"我喜欢喝酒时能控制自己的男人。"她说。他们身后又响起人们狂欢作乐的声音。

"那真遗憾。"他说。

"说实话吧，"她说，"其实我也有点儿醉了。"

他们站在汹涌的潮水之上，看着山坡上的星星。一阵温暖的微风拂过，兰伯特突然意识到他们还牵着手。

"对了，你之前说的没错。"他告诉她。

"什么？我说了什么？"

"他们的确换了'狂战士克罗诺斯'的控制舱，我带学员们进入的是备用控制舱。我没想到这一点。我早该想到的。"

她笑了，"备用控制舱的功能不完善，"她说，"所以我一开始也没有想到。后来我意识到，它并不需要具备完善的功能。所以我查了一下。为了我的驾驶员小伙伴。然后我发现有人不仅换了控制舱，还想把这件事做得神不知鬼不觉。"

"对，"他说，"谢谢你为我查这件事。"

他抬头望着辽阔的夜空。不知哪里传来了猫头鹰的叫声——一声缥缈又孤单的鸣叫。

"刚才是怎么回事？"朱尔斯问道，"在发布会上？"

"伯克，"他说，"我的好哥们儿，我的好兄弟——我的同步搭档。他要走了。"

"离开蒙屿兰？"

"离开部队。去私人公司。他不想告诉我。差点儿把我们俩害死了。"

"如果我是他，我也不想告诉你。"她说。

"那是什么意思？"

"你是个信仰很虔诚的人，"她说，"伯克不是。他是个好人，但他不像你。"

"只是——这不是我的搭档第一次离开了，"他说，"我好像总是不能……是不是我有什么问题？"

她转过来与他面对面。在星光下，她的眼眸——美得难以言喻。

"驾驶员，"他说，"内森·兰伯特。你没有任何问题。"

之后，他真的不记得是谁主动的，这将来可能会成为一个问题，但现在不重要，因为他已经迷失在她的双唇、双眸，还有她的体温中。

兰伯特走向会议桌，参与权和戈特利布的讨论，森真子朝他笑了。

"驾驶员，感觉还好吗？"她问道。

他觉得不好。他的头很痛，胃里翻江倒海，满脑子的记忆都是迷迷糊糊的，但他很确定如果把记忆一一梳理清楚了，自己一定会尴尬、难堪的。

"好极了。"他撒谎了。

"真遗憾，没能赶上你们的——报告会。"她说，"希望一切都还顺利。"

"发布会吗？"他说，"那不是我的主意……"

权突然开口说话，吓了他一跳。

"大家工作都辛苦了，"他说，"尤其是驾驶员。秩序虽然很重要，但时不时也要释放一下压力。发布会是我同意的。"

"我没意见，"森真子说，"但我认为我们应该更正式地讨论此次事件。"

"我同意。"兰伯特说。虽然他现在最想做的事情就是躺在自己的床上，用枕头捂住自己的耳朵和眼睛。

"我们现在来详细讨论本次事件发生的具体过程，"森真子说，"在此之前，我一直与悉尼方面保持着联系，也向他们提出了建议。他们补充了注意事项后，接受了我的意见。"

"所有针对'狂战士克罗诺斯'破坏案、布拉加和索克被谋杀案、学员欧阳金海和玛丽科娃被绑架案、菲律宾海战役以及岛屿毁灭事件的调查都将被视为对'战争恶魔之神'组织及其他相关个人、组织的调查。因此，上述所有案件都是高度机密案件，部队成员不得议论。也包括学员们。"

"关于在菲律宾发生的事，你打算给公众一个说法吗？"兰伯特问道，"毕竟那座岛爆炸了。"

"有几家媒体已将其报道为火山自然喷发，和那附近地区的其他火山喷发没什么区别。我们偏向于采用这种说法，但不下定论。"

"明白。"兰伯特说，"我会和学员谈话，但是要把这种新闻压下去恐怕很难。"

权耸耸肩，"我们无法消灭已经存在的东西，"他说，"但我们可以限制它，至少目前要限制住，直到我们能判断出这只是一次单独的事件，还是其背后还有更多性质更严重、涉及范围更广的连锁威胁。"

"他们是动真格的，"戈特利布说，"我们必须比以往更警觉。我能看出来，莫拉莱斯相信她的'怪兽炸弹'能够引发一场灾难，能把世界改造为适宜'先驱者'生存的环境。如果她是对的，并且他们的计划已经正在实施中，那么现在的世界很有可能因受到人类历史上前所未有的构造作用而被重塑。我们将面临史无前例的、大规模的动物和植物灭绝的悲剧。事实上，它有可能比二叠纪末期的大灭绝事件更严重，而二叠纪末期的大灭绝很可能是地球历史上最严重的大灭绝事件。这里我还要补充一下，那次灭绝有可能是火山爆发造成的。"

"但莫拉莱斯并没有成功引爆整个炸弹。"权说。

"没有，"戈特利布说，"她没有成功，这多亏了驾驶员和其他人的努力。而且我并没有对她的数据深信不疑。虽然那枚炸弹也许不像她预料的那样会对全球造成毁灭性破坏，但我认为它原本可能引发更严重的灾难。另外，这枚'炸弹'只是一个简单装置。只要拥有足量的怪兽血液和钻井工具，任何人都能制造出来。"

"你有什么建议，戈特利布博士？"

"从科学的角度？我们必须扩大怪兽观察台的观测范围，要覆盖所有的深海海沟，而不仅是那些最深的和活动最频繁的。我本人会立即着手研究怪兽血液和不同稀土矿物之间的化学反应。但我们必须限制民众获得怪兽血液。既然现在没有怪兽入侵，就应该限制供应量。必须把剩下的怪兽血液都收归部队。"

"我已经根据上述建议整理出初步方案，准备提交给委员会，"森真子说，"如果有什么新的建议可以以书面方式交给我，我会把它们一起提交上去。"

会议结束时，兰伯特已经度过了宿醉后最难受的时刻。他现在只想记起昨晚发生的事。他在楼道里遇见的每个人，似乎都在憋着笑，好像他们知道一些他不知道的事一样。

他中途绕道去看看"流浪者",看到它这般遍体鳞伤,很是心疼,但他知道这只是暂时的,再过几周,也许用不了几周,它又能出发作战了。可即使"流浪者"被修好了——他却又一次失去了同步搭档。他上哪儿再找一个呢——从学员里挑?这个想法让他觉得沮丧。

他刚准备离开,就看到朱尔斯朝他走来。她——和今天见到的其他人一样——脸上挂着奇怪的笑容。

"驾驶员,"她说,"你还好吗?"

"有点儿晕,"他说,"大概是昨天喝多了。"

"发布会讲得不错。"她说。

"呃,"他说,"还可以吧。"他努力回忆着昨晚发生的模糊的事。他记得自己吼了伯克,然后朱尔斯把他拉开了。然后——还有什么事?他和她……?

朱尔斯清了清喉咙。"所以说,"她开口了,"我们——你还记得吗……唔……"

"什么?"他问。

"没什么,"她说,"就是——没事了。我要走了,还有——工作要做。"

"对,"他说,"我也是。"

然后他们转身分别了。

森真子又一次踏进格斗训练室,这一次她完全没有用武器。她深呼吸六次,全神贯注。她开始移动了,感受着自己的呼吸,感受血管里流动的血液,感受赤足在地面移动的感觉。

她在思考金海和小维的同步连接。她看了他们的记录,还在消化里面的内容。她把自己对养父的情感投射到金海身上,因此对金海产生了误判。小维纷乱、复杂的成长史和她个人的认知问题还没有得到完全的解决,但森真子看到了解决的希望。

她曾以为自己能帮助他们,并且能通过帮助他们,找到自己的答案。可现在,她觉得自己完全没帮上忙,而他们却帮了她很多。

她现在知道了，自己原来一直受到过去痛苦记忆的驱使。关于父母、关于东京的痛苦记忆一直在推着她前进，直到她终于为父母报仇雪恨为止。然后她失去了养父和罗利，却无法为他们复仇。所以他们就成了她心头上的负担，她不断在同步中寻找他们，一般是找罗利，有时也找父亲。

但不知什么时候起，她变得害怕一个人，她害怕脑海中只有自己的意识。她对回忆过于执着，这在同步连接中是致命的。所以她出拳、防守、踢腿、躲避，她用空手道、用想象中的战斗来转移注意力。

这时，罗利像往常一样出现了，与她对打，她一闭上双眼就能见到他。这感觉很美妙，却也让人忧伤，它和庞斯同步连接一样真实，只是……连接的程度更浅。

罗利停止进攻，后退了一步。

森真子，你只要顺势下坠就好了，谁都可以做到的。

"我知道，"她说，"我现在懂了……再见，罗利。"

他笑了。现在，她又是一个人战斗了。

如果森真子需要罗利和父亲，她还是可以在同步中找到他们的——但是她不再需要他们了。

她永远无法释怀。生活本就是不平静的，人人都在挣扎求生，它的好处是让人从中获得成长。

她还有很多事情要做。她从"战争恶魔之神"失败的阴谋中看到的不是答案，而是更多的问题——他们的背后是谁？他们的资金是从哪儿来的？是不是还在酝酿着其他阴谋？还有其他困扰着她的线索，她认为应该追查到底，尽管这些线索也许指向的是其他方向，与怪兽信徒完全无关。不知怎的，她总觉得有大事即将发生，也许是毫无预兆、无法预知的事——不仅仅是出现另一个虫洞裂缝，而是比这更糟的事。怪兽"先驱者"会吸取教训。它们会进化。它们不会再犯同一个错误。她不知道到底会发生什么，但她害怕事情真正发生时，人类还没有做好准备。

此外，还有一件事，一件她搁置了太久的事。

是时候去找她的弟弟——杰克了。